솔가람
新무협 판타지 소설

天魔夢

허허실실

FANTASTIC ORIENTAL HEROES

허허실실 2

솔가람 新무협 판타지 소설

초판 1쇄 찍은 날 § 2008년 5월 26일
초판 1쇄 펴낸 날 § 2008년 6월 5일

지은이 § 솔가람
펴낸이 § 서경석

편집장 § 문혜영
편집책임 § 문정흠

펴낸곳 § 도서출판 청어람
등록번호 § 제1081-1-89호
등록일자 § 1999. 5. 31
어람번호 § 제2-1496호

주소 § 경기도 부천시 원미구 심곡1동 350-1 남성B/D 3F (우) 420-011
전화 § 032-656-4452 팩스 § 032-656-4453
http://www.chungeoram.com
E-mail § eoram99@chollian.net

ⓒ 솔가람, 2008

ISBN 978-89-251-1331-9 04810
ISBN 978-89-251-1329-6 (세트)

소탐대실(小貪大失) 2

부제 : 졸라(拙懶)
게으르고 나태 하다.

허허
실실

솔가람 新무협 판타지 소설
FANTASTIC ORIENTAL HEROES

청어람

目次

第一章

소탐대실

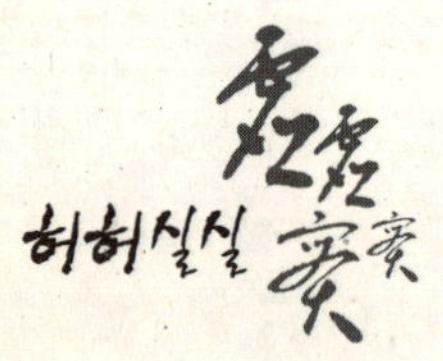

"오라버니, 헤헤!"

침을 흘리며 삼룡을 바라보는 백서연의 눈에는 이슬 같은 눈물이 고여 있었다. 이는 그녀가 춘약에 취한 상태에서도 눈앞의 상대를 인식하고 있다는 뜻이었다.

삼룡은 금방이라도 눈물을 흘릴 것 같은 백서연의 시선을 외면하지 못했다.

'젠장, 이번 한 번만이다.'

춘약에 의해 백서연이 스스로 도드라진 가슴을 드러내려는 찰나, 마음의 결정을 내린 삼룡의 손이 움직였다.

타다닥!

삼룡의 재빠른 손길이 혼혈 세 곳을 부드럽게 건드리자 미친 듯 헤헤거리던 백서연이 그 자리에 조용히 쓰러져 잠들었다.

삼룡이 그냥 도망칠 것으로 생각했던 독각화선과 삼안통은 흥미롭다는 듯이 쳐다봤다.

"이보게, 삼안통. 방금 저 삼류 놈 점혈 수법이 제법이지 않았는가?"

"흐음, 삼류치고는 제법 능숙한 솜씨로군."

"잘하면 꼴에 우리한테 덤비겠는데 그래? 크하하하!"

삼룡을 앞에 두고 사파의 두 고수는 뒷짐을 져 보이며 여유를 보이고 있었다.

반면, 그들의 속마음은 심상치 않은 의구심이 번뜩이고 있었다.

'내력도 없는 자가 점혈을? 아냐, 그럴 리 없어. 저년이 춘약 때문에 잠시 정신을 놓은 걸 거야.'

'우연이었을 거야. 저놈은 삼류일 뿐이야, 삼류.'

두 사파 고수가 각자의 생각에 빠져 있을 때, 삼룡은 천연덕스럽게 자신의 봇짐 속에서 목검을 꺼내 들고 있었다.

"이걸 개소문의 사조님께서는 균검이라 불렀거든."

'저 자식, 또 뭔 헛소리야?'

삼안통이나 독각화선이나 목검을 들고 자신의 사조를 운운하는 삼룡의 말뜻을 알아채지 못했다.

하지만 삼룡은 미소까지 지어 보이며 애써 설명했다.

"처음 맞는 놈이나 나중에 맞는 놈이나 똑같이 공평해야

한다는 조사님의 의지가 담긴 검이지. 그러니까 내 말 뜻은,
음……!"

삼룡이 잠시 말을 멈추며 삼안통과 독각화선 사이를 번갈
아 보며 말을 이었다.

"니들, 누구부터 맞을래?"

"이런 개……."

목검을 든 삼룡과 처음 시선이 부딪친 삼안통의 얼굴이 금
세 붉게 달아올랐다.

자신들을 훈계하듯이 말하는 이 삼룡이란 놈은 하도 꼴같
잖아 음양쌍랑조차 죽일 가치가 없다고 고개를 흔들었던 바
로 그 삼류 놈이 아닌가!

반면, 삼안통과 독각화선은 아무도 무시할 수 없는 사파의
거두였다. 그런 위치에 있는 이들이 삼룡에게 무시당했으니
기분이 어떻겠는가?

백운산장의 장주 삼안통은 기가 차서 말도 제대로 나오지
않은 상태였다. 어찌나 분한지 주먹을 쥐고 부들부들 떨고 있
을 정도였다.

하지만 독각화선은 조금 달랐다. 그 자신도 삼룡의 광오함
에 분기를 참을 수 없었지만, 적어도 그는 이 상황을 이용할
줄 알았다.

그는 재빨리 폭발 직전인 삼안통을 부추겼다.

"삼안통, 저 버르장머리없는 놈을 그대로 두고 볼 것이
오?"

“내 이놈을 당장!”

독각화선의 간단한 부추김에 삼안통이 주먹을 쥐고 삼룡에게 달려들었다.

삼안통은 절정에 근접한 일류고수답게 화가 머리끝까지 치밀었음에도 민첩하고 군더더기 없는 동작을 펼쳤다.

삼룡이 이를 보고 급히 목검을 상하좌우로 흔들며 소리쳤다.

“아씨, 준비도 안 했는데!”

삼룡은 그냥 목검을 잡고 아무렇게나 흔들었다.

따다닥!

손과 목검이 부딪치는 소리가 들리며 삼안통이 급히 뒤로 물러났다. 그리고 노기가 가득했던 삼안통의 눈동자는 당혹감에 이리저리 흔들리고 있었다.

‘뭐야, 저 자식? 내력이 실린 대력권(大力拳)을 목검으로 쳐 냈어!’

삼안통이 잠시 삼룡의 시야를 가리는 사이, 독각화선은 자신의 특기인 독장(毒掌)을 끌어올리며 은밀히 움직이고 있었다. 그리고 마침내 삼룡이 자신의 거리에 들어오자 삼안통을 뿌리치며 소리쳤다.

“삼류 하나 처리 못하다니! 비키시오!”

사실 독각화선은 삼안통을 부추긴 후 공격할 틈만 엿보고 있었다.

사파의 고수 중에서도 악랄함이라면 빠질 일 없는 그가 지켜보고만 있을 리 없었다.

 이에 난처해진 것은 삼룡이었다. 삼안통 때문에 목검을 회수하느라 다시 목검을 출수하기 곤란한 자세였으니 말이다.

 '당황하는군. 빈틈을 확실히 노렸으니 넌 죽는다.'

 일격필살의 각오로 준비한 독각화선의 시커먼 독장이 삼룡의 옆구리에 근접했다.

 이에 삼룡은 귀찮은 듯 왼 손바닥을 마주 내밀었다.

 "아, 정말 귀찮게 하네!"

 퍽!

 독각화선의 쌍장과 삼룡의 일장이 부딪치자 놀랍게도 쌍장을 내민 독각화선이 뒤로 밀려났다.

 주르르륵!

 뜻밖에도 삼룡이 계속 방어에 성공하자 독각화선 또한 당황하기는 매한가지였다.

 '이 자식, 내공은 익히지 않고 외공만 익힌 건가? 내 쌍장을 한 손으로 막아내다니!'

 출수를 마친 독각화선의 표정에는 자신의 공격을 막아낸 당혹감 이외에도 왠지 모를 자신감이 엿보였다. 그가 믿는 구석은 다른 곳에 있는 것처럼.

 삼룡에게 힘에서 밀린 독각화선은 득의양양한 표정으로 삼룡의 왼손을 쳐다보고 있었다.

 놀랍게도 독장과 부딪친 삼룡의 왼손은 이전과 달리 검은색을 띠고 있었다.

이에 독각화선이 득의양양하게 소리쳤다.

"건방진 놈, 꼴좋구나! 나의 독장과 맞부딪쳤으니 넌 이제 중독된 몸이다! 이 버르장머리없는 놈아! 어서 무릎 꿇고 살려 달라 애원해 보거라! 혹시 아느냐, 내가 살려줄지? 크하하하!"

"잘했소, 독각화선!"

독각화선을 칭찬하는 삼안통의 표정은 그리 밝지만은 않았다.

'나도 특기인 암기나 조법을 쓸 걸 그랬어. 괜히 권으로 출수를 해서……. 근데 저 삼류 자식, 중독됐다더니 왜 이리 멀쩡한 거지?'

삼안통이 보는 것처럼 삼룡은 시간이 지나도 멀쩡했다.

대신 삼룡의 손바닥은 여전히 검은색을 띠고 있었다.

삼룡도 자신을 쳐다보는 시선을 느끼고서야 힐끗 손바닥을 바라봤다. 하지만 놀라는 눈빛이 아니었다. 이내 별거 아니라는 듯이 손바닥을 훌훌 털어버렸으니까.

"더럽게 이런 걸 묻히고 지랄이야, 지랄이!"

삼룡의 손을 털자 검은 기운이 손끝으로 모여들었다. 그리고 또 몇 번을 털자 검었던 부분이 손에서 빠져나와 허공에 흩어졌다. 마치 손에 흙이 묻었다가 떨어져 나가는 것처럼 말이다.

이를 지켜보는 독각화선은 못 믿겠다는 듯이 눈만 껌벅이고 있었다.

'말도 안 돼. 황소도 단번에 죽이는 삼성 공력의 흑살장(黑殺掌)을 그냥 털어?'

삼안통은 독장을 바로 털어버리는 것을 보고 독각화선을 비꽜다.

"독각화선, 그동안 쌓은 독공이란 게 겨우 손바닥에 독 가루 묻히는 수준이었던 것이냐?"

삼안통의 놀림에도 독각화선은 충격에서 헤어 나오지 못한 듯 멍청히 자신의 손바닥만 바라봤다.

반면 삼룡은 다른 것이 신경이 쓰이는 모양이었다.

"내가 지금 니들 대답 기다리잖아. 니들, 누구부터 맞을지 대답 안 할 거냐고!"

삼룡이 두 번의 공격을 쉽게 막아냈지만, 아직까지도 사파의 두 고수는 자신들이 불리하다고 생각하지 않았다.

적어도 이들은 삼 할 이상 실력을 드러내지 않고 있었다. 무림강호라는 곳이 밑천을 드러내는 순간 또 다른 강자의 먹잇감이 되니 서로 실력을 드러내지 않고 감추는 경향이 있었다.

거기에 사파의 세계는 마교의 영향으로 힘이 좌지우지되는, 그야말로 약육강식의 세계다.

즉, 강한 놈이 득세하는 것이 오늘날 사파의 세계였다. 그렇기 때문에 이들이 허명(虛名)으로 오늘날 오독문의 장로와 백운산장을 장주의 위치에 오른다는 것은 불가능한 일인 것이다.

게다가 이들이 이 나이 들도록 절정을 넘어서지 못한 것도 독과 암기에 치중했기 때문이지 자질이 떨어져서가 아니었다.

독과 암기라는 것은 내공심법과는 거리가 있었고, 아무래도 그것 때문에 무공의 발전에 한계가 있었던 것이다.

더욱이 절정을 넘어선 고수들도 독각화선과 삼안통을 무시할 수는 없었다. 절정고수들 또한 독과 암기에 당하면 목숨을 보장할 수 없으니 말이다.

즉, 절정의 고수는 아니지만 그에 준한 대접을 받고 있는 사람들이 독각화선과 삼안통 같은 독과 암기의 고수들이었다.

그런 그들에게 삼룡이 겁도 없이 목검으로 삿대질까지 하기 시작했다.

"이것들이 대답을 안 하네? 그럼 니들이 먼저 공격하던가!"

아직까지 본 실력을 믿고 있는 삼안통과 독각화선은 기가 차다는 반응이었다.

"허, 이놈, 곱게 죽여주려고 했더니 이젠 머리끝까지 기어오르는구나!"

"내 말이 그 말이다, 삼안통!"

"독각화선 자네, 화골산 가진 거 있나?"

화골산은 뼈까지 녹여 버린다는 극강의 독이었다. 삼안통의 물음에 독각화선이 즉시 고개를 끄덕였다.

“당연히 가지고 있지. 내가 이래 봬도 오독문 장로 아닌 가!”

“잘됐군. 우리, 저놈 시체도 찾지 못하게 해버리세.”

“자네가 그렇게 말하지 않아도 그럴 참이었어. 숨만 붙어 있게 한 다음 다리부터 천천히 녹여줄 참이었네.”

사파의 두 고수는 짐짓 대화하는 척하며 삼룡을 공격할 틈을 노리고 있었다. 하지만 허술하게 보였던 삼룡에게서 두 고수는 빈틈을 찾을 수가 없었다.

바로 삼룡이 들고 있는 목검 때문이었다.

‘뭐지? 목검이 기둥만 하게 보여!’

빈틈만 살피던 두 사파 고수가 삼룡의 검세에 눌린 그때, 돌연 삼룡이 한 발짝 앞으로 다가왔다.

순간 삼안통과 독각화선이 저도 모르게 한 걸음씩 뒤로 물러섰다.

‘설마 내가 뒷걸음을.’

‘나만 그런 게 아니라 삼안통도 물러섰나? 아니야, 착각일 거야.’

부정적인 생각을 떨쳐 내려는 듯 삼안통과 독각화선은 동시에 입술을 굳게 깨물었다.

그러면서 독각화선은 장법을, 삼안통은 조법을 준비했다.

“거참, 기다리기 귀찮다니까 그러네!”

순간, 못 기다리겠다는 듯 삼룡이 목검을 좌우로 휘두르며 달려들었다.

'빈틈이 보인다!'

삼룡이 달려들자 삼안통은 머리를, 독각화선은 하초(배꼽 아래)를 노리고 삼룡을 공격했다. 그러면서도 이들은 언제든지 퇴법을 날릴 준비를 했다.

"금계삼조수(金鷄三爪手)!"

"오독신장(五毒神掌)!"

금빛으로 물든 삼안통의 여섯 손톱과 검은색으로 물든 독각화선의 쌍장이 삼룡의 상하로 나뉘어 빛을 뿌렸다. 하지만 그들은 목적을 이루지 못했다.

왜냐하면 그들의 눈앞 저만치 멀리에 삼룡이 있었으니까.

사실 삼룡은 일부러 빈틈을 보이며 달려들 것처럼 연기를 했을 뿐이다. 어떻게 보면 고수들이 쓰지 않는 하수의 수법이었지만, 긴장한 두 사파 고수가 걸려든 것이다.

결론적으로 삼안통과 독각화선은 공격할 목표를 잃고 빈손을 허공에 휘두른 꼴이 되어버렸다.

다행히 그들 모두 퇴법을 준비했고, 그 퇴법을 이용해 몸을 바로 세울 수 있었다. 하지만 이를 삼룡이 두고만 볼 리 없었다.

공교롭게도 사파 고수 둘 모두 머리 쪽에 빈틈을 보이고 있으니 말이다.

졸지에 삼룡에게 빈틈을 보인 삼안통과 독각화선은 목검이 날아오는 것을 뻔히 봤음에도 어쩌지 못하고 멀뚱히 쳐다보고만 있었다.

‘안 돼!’

‘저런 삼류에게!’

빠각! 빠각!

둔탁한 해골 울리는 소리와 함께 삼안통과 독각화선의 눈에서 번개가 치기 시작했다.

그다음부터 이들은 아무 기억도 하지 못했다. 단지 번개가 몸을 뚫고 지나가는 느낌뿐이었다.

굳이 기억나는 게 있다면, 그것은 삼룡이 검을 휘두르기 전에 친절하게 외친 초식명이었다.

“소탐대실(小貪大失), 소탐대실…….”

＊　　　　＊　　　　＊

사당 밖에 있는 삼안통과 독각화선의 수하들은 옷을 벗고 발광하는 지평을 상대하느라 땀을 뻘뻘 흘리고 있었다.

삼안통과 독각화선이 절대 다치게 하지 말라고 지시까지 해놨으니 이들은 더 죽을 맛이었다.

어느 순간, 사당 안에서 비명과 교성의 중간 즈음에 해당되는 소리가 들렸다.

“으아악!”

“으어어억!”

사당 안에서 비명 소리가 계속되자 백운산장의 한 무사가 고개를 흔들며 말했다.

“영감들, 오늘 신났군, 신났어. 아까는 일부러 고함치더니 이제는 죽어라 소리를 지르는군.”

옆에 있던 오독문 수하가 대꾸했다.

“어리고 예쁜 계집이던데 오죽하겠어. 게다가 춘약에 절었으니 기루에 있는 계집보다 나을 걸세. 나도 한 번 품어봤으면 좋겠는데 말이야. 아까 장로님께 말 붙였다가 자살하라고 명령할까 봐 간신히 참았다네.”

“자네도 그랬나? 나도 그랬다네. 근데 저러다 우리 영감들 오늘 복상사하는 거 아닌지 모르겠군. 너무들 기운을 쓰시네.”

“복상사당하면 행복한 거지. 우리 봐. 저 발정난 수컷 데리고 놀아야 하지 않는가. 저 청성 도장 놈은 미치기 일보 직전이네그려.”

오독문 수하의 말대로 지평은 부풀어 오른 하체를 어쩌지 못하고 맹수처럼 이리저리 헤매고 있었다.

“으어어어! 으어어어!”

그런 지평을 보고 무슨 생각이 났는지 백운산장 무사의 눈빛이 반짝였다.

“저기 마차에 있는 말이 암컷이겠지?”

“거세된 걸로는 안 보이는데. 그렇담 암말이 분명하겠구면.”

순간 백운산장의 무사가 의미심장한 미소를 지으며 말했다.

"우리는 무슨 짓이든 하는 사파의 무사가 아닌가?"

"당연한 거 아닌가! 오독문이라고 하면 다른 웬만한 무사들은 십 장 밖에서 얼씬거리지도 않는다네. 혹시라도 중독될까 봐 말일세."

"그게 아니고, 심심한데 우리 장난이나 치세나."

"무슨 장난을 말하는 겐가? 어서 말해보게."

백운산장의 무사는 삼룡이 세워놓은 마차에 묶인 말 뒤쪽을 가리키며 음흉하게 웃었다. 그러자 그 웃음의 의미를 알아챘는지 오독문의 무사도 따라 웃었다.

"얘들아, 저기 청성 도사 놈을 마차 쪽으로 몰아라!"

"오늘 청성 도장 장가가는 날이다!"

*　　　*　　　*

사당 밖이 소란스러워질 즈음, 삼룡의 목소리가 사당을 울렸다.

"야, 그만들 일어나!"

삼룡은 바닥에 쓰러진 두 사파 고수를 발로 깨우고 있었다.

그들이 일어나지 않자 삼룡은 발로 그들의 낭심 부근의 혈도를 툭툭 건드렸다. 그러자 기절한 듯 누워 있던 두 사파 고수가 눈을 번쩍 뜨며 벌떡 일어섰다.

"으헙!"

"허어업!"

거의 동시에 정신을 차린 이들의 입에서 심상치 않은 신음소리가 새어 나왔다.

"으으으, 어떻게 된 거지, 삼안통? 몸이 말을 제대로 말을 듣지 않네."

"그러게 말일세. 나도 온몸이 안 아픈 데가 없어."

목소리를 확인해 가며 간신히 앉은 두 사파 고수는 서로의 얼굴을 보며 도리질 쳤다.

"자네는 누군가?"

"그러는 자네야말로 누구야?"

"난 삼안통인데……."

"삼안통이라고? 자네, 어찌 이리 된 건가? 날세. 독각화선."

눈두덩이 부근을 비롯해서 얼굴 전체가 잔뜩 부풀어 오른 삼안통과 독각화선은 몰라보게 변한 서로를 보며 놀라고 있었다.

"이 사람아, 자네야말로 지금 심상치가 않아."

"내 말이 그 말일세. 근데 자네야말로 내가 해야 할 말을 자꾸 먼저 하는 겐가?"

쉽게 끝나지 않을 것 같은 두 사파 고수의 대화에 삼룡이 끼어들었다.

"그만들 하시지. 여기가 당신들 집도 아닌데."

이전의 상황을 기억을 못하는지 삼룡에게 동시에 눈을 흘기는 삼안통과 독각화선이었다.

"네 이놈이!"

"저런 삼류 새리가!"

말을 끝낸 두 사파 고수는 자신도 모르게 몸을 움찔거렸다.

삼룡의 손에는 아직도 목검이 들려 있었는데, 그것을 보자마자 몸이 스스로 반응했던 것이다.

"설마… 그게……!"

"그것이 꿈이 아니었단 말인가?"

삼룡은 눈을 껌뻑이는 사파 고수에게 목검을 흔들며 조소했다.

"다들 꿈이었으면 싶겠지? 근데 어쩌겠어. 이미 맞았는걸."

독각화선은 능글거리는 삼룡의 입에 화골산 한 바가지를 퍼붓고 싶은 심정이었다. 하지만 그의 심연 깊은 곳에서는 끊임없이 삼룡이 두려운 존재라 외치고 있었다.

이는 삼안통도 마찬가지였는데, 둘은 서로 짠 듯이 곧바로 입을 굳게 다물었다.

"이 목검은 절대 불공평하면 안 되거든. 그게 사조님 뜻이니까 어쩔 수 없잖아? 내가 골고루 때리느라 얼마나 힘들었는데."

'골고루 때려? 그럼 내 모습도 삼안통처럼?'

'독각화선처럼?'

서로의 얼굴을 보며 자신의 모습을 상상하는 삼안통과 독각화선이었다. 그러거나 말거나 삼룡은 주섬주섬 무얼 챙기고 있었다.

삼룡이 바닥에서 폴짝폴짝 뛰고 있는 금선혈와 앞에 합(상자)을 내려놓고 말했다.

"인마, 들어와! 싸움도 못하는 게 까불기는! 너, 내가 오룡이한테서 두 번 구해준 거다! 잊지 마!"

삼룡의 말이 끝나기가 무섭게 금선혈와는 합 속으로 들어갔다.

삼안통은 금선혈와가 독물인지 그냥 개구리인지 몰랐으나 독물에 일가견이 있는 독각화선은 달랐다.

"서, 설마 저건 금선혈와?"

"어, 당신, 이 개구리 아나 보네? 이거 줄까?"

독각화선은 실컷 두들겨 패놓고 웃는 삼룡의 얼굴을 어떻게 받아들여야 할지 난감했다.

'이 자식, 날 죽이려고 떠보는 수작인 걸 내가 모를 것 같으냐? 근데 떠보는 것도 삼류인 척하는 건가?

사실 삼룡은 별 뜻 없이 한 말이었다. 그냥 쳐다보기에 농담 삼아 그랬던 것이다. 다만 금선혈와를 줄 마음은 애초부터 없었다.

"그래, 잘 생각했어. 이거 가져가면 평생 쫓겨 다녀야 할 거다."

삼룡의 말을 곱씹어 생각하던 삼안통이 초조한 듯 말했다.

"원하는 게 뭐냐?"

삼룡이 힐끗 보자 바로 말을 바꾸는 삼안통이었다.

"…아니, 뭡니까?"

"니들, 해약 있지?"

'그럼 그렇지. 이 자식, 춘약이 슬슬 발동하나 보군. 요녀랑 합궁하길 부추겨 빈틈을 노려야지!'

생각 끝에 삼안통은 정색하며 말했다.

"해약은 없소. 반드시 여자와 합궁을 해야만 해결되오. 그렇지 않으면 심장이 터져 죽을 것이오."

'어때, 네놈이 누굴 건드렸는지 이제 알 것 같지?

반면 삼룡은 또 심드렁했다.

"그래, 해약이 없단 말이지."

살짝 고민하는 삼룡의 모습에 삼안통은 속으로 쾌재를 불렀다. 하지만 삼룡이 다음에 한 말에 삼안통과 독각화선의 안색이 딱딱하게 굳어갔다.

"그럼 니들도 합궁하지 않으면 죽겠네?"

"……."

설마 하는 심정으로 서로를 쳐다보는 그들에게 삼룡이 놀리듯 말했다. 이전에 삼안통이 시산노호를 놀릴 때처럼 말이다.

"니들 심장이 벌렁벌렁하고 숨소리가 거칠게 느껴지지 않냐? 그거 발동될 때가 되었거든. 참고로 내가 먹은 거 다 니들 몸에 있어. 그 기운 좀 세더라? 잠자기가 불편할 정도로 말이야."

춘약을 쓴 삼안통조차 믿기 어려운 말이었지만 일단 서둘러 자신의 몸을 살폈다. 만에 하나 진짜라면 큰일이니까.

'춘약이 내공도 아니고 어떻게 격체전공(隔體傳功)을……. 으헉, 진짜다!'

'이 정도 양이면 일이 각 안에 분명 심장이 터질 거야. 어서 해약을 먹어야 살 수 있어.'

당황한 두 사파 고수는 서둘러 몸을 뒤져 해약이 든 환약병 하나씩을 꺼내 들었다. 하지만 그들은 해약을 먹지 못했다.

삼룡의 손이 먼저 그들의 병을 가로챈 것이다.

"이것들이! 해약 없다며?"

삼룡이 눈을 부라리자 삼안통과 독각화선의 몸이 자연스레 움츠러들었다. 하지만 돌연 미소를 짓는 삼룡이었다.

"뭐, 여기 내 수중에 있으니 상관없지. 근데 니들, 나한테 맞았다고 소문내지 않을 거지?"

이에 반색하는 삼안통이었다.

"사, 살려주실 겁니까, 대협?"

반면 독각화선은 잠자코 있었다.

'가만있으면 삼안통처럼 비굴해 보이진 않을 거야.'

삼룡은 눈치 백단보다 조금 높은 놈이다.

"어라? 독각화선, 넌 살기 싫어?"

꼭 실천하고야 말 것만 같은 삼룡의 눈빛에 바로 머리를 숙이는 독각화선이었다.

“아, 아닙니다. 살고 싶습니다.”

“다시 말하지만 어디 가서 나한테 맞았다고 하지 마라. 뭐, 얘기하면 니들이 더 쪽팔리겠지만. 니들도 알겠지만 난 삼류야, 삼류.”

“네, 그건 그렇죠.”

대답하는 독각화선은 자신이 대답하고서도 찔렸는지 움찔하며 삼룡의 반응을 살폈다.

하지만 삼룡은 별 상관하지 않는 듯했다.

“아무튼 내가 저기 저 여자 데리고 나갈 테니까 니들 부하는 니들이 알아서 처리해. 뭣하면 너희들끼리 싸웠다고 해도 될 거고.”

“알겠습니다!”

시키지도 않는데 동시에 대답하는 독각화선과 삼안통이었다.

이후 삼룡이 자리를 비켜주자 삼안통은 수하들에게 지시했다.

물론 맞은 모습을 보이지 않게 하기 위해 완전히 모습을 드러내지 않는 정도의 융통성은 발휘하고서 말이다.

“여기 삼룡이란 놈이 여자를 데려갈 것이니 건느리시 바라. 이놈 죽이면 우리만 손가락질받는다. 그러니 건드릴 생각하지 마라.”

삼룡이 백서연을 업고 마차로 향하자 삼안통은 속으로 생각했다.

‘지금이라도 저놈을 공격하라고 할까? 아니야. 저놈은 단 일 수 만에 독각화선과 나를 제압한 놈이야. 혼혈 한 개씩만 짚어놓으면 될 텐데, 일부러 점혈하지도 않았어. 어쩌면 우리를 죽이려고 핑계될 일을 찾을지도 몰라. 괜히 긁어 부스럼 만들지 말자.’

독각화선 또한 삼룡이 자신들을 시험하는 것이라고 생각했다. 그리고 점점 심장을 죄어오는 춘약의 기운을 느끼고 있었다.

하지만 그는 결코 불안하거나 초조한 기색이 아니었다.

‘젠장, 내가 춘약에 당하다니. 하지만 내가 준 건 해약이 아니다. 흐흐, 독공이란 이런 임기응변이 필수인 것을. 이 멍청한 놈, 조금만 기다려라. 내 곧 태청검보와 금선혈와를 찾으러 가마.’

마차가 있는 곳에 도착한 삼룡의 눈에 볼썽사납게 말 뒤를 올라타려고 안절부절못하는 지평이 들어왔다.

다행히도 지평이 마차에 있는 말과 일을 치르진 않은 모양이었다.

“우어어어! 우어어어!”

“쯧쯧, 지 도장도 참. 그러게 심보를 곱게 써야지? 그래도 그간의 정이 있는데 그냥 두고 보면 안 되겠지?”

삼룡은 백서연을 마차 뒤에 싣고는 바로 지평의 혼혈을 짚었다.

벌거벗고 있는 지평이 안됐는지 봇짐에서 옷을 꺼내 대충 입혔다. 물론 삼룡의 누더기 옷을 말이다.

마부석에 앉은 삼룡은 근처에 있는 백운산장의 무사에게 해약이 든 병 하나를 건네고는 마차를 몰고 사라졌다.

그사이 검었던 하늘이 개이면서 비가 그치고 있었다.

해약이 든 병을 가지고 있던 백운산장의 무사는 삼안통의 호출에 사당 안으로 쫓아 들어갔다.

"장주님! 아니, 어찌 얼굴이 그리되셨습니까?"

백운산장 무사는 심하게 부풀어 오른 삼안통의 얼굴을 보고 놀란 나머지 하마터면 들고 있던 병을 떨어뜨릴 뻔했다.

이에 삼안통은 병이 떨어질세라 재빨리 손을 내밀었다.

"이리 내!"

"여기 있습니다, 장주님."

병을 받아 든 삼안통의 손이 수하의 목으로 향했다.

"크헉! 자, 장주님, 왜 이러십니까?"

목을 잡힌 수하는 제대로 반항도 하지 못하고 버둥대고 있었다.

반항을 했다가는 항명죄로 죽일 게 뻔하고, 그렇다고 손길을 뿌리치고 도망칠 수도 없었으니 말이다.

"이런 내 모습을 봤으니 살려둘 수는 없지. 장주 체면이 있는데. 안 그래?"

우드득!

삼안통의 말이 채 끝나기도 전에 그의 손이 거칠게 회전했다. 그와 동시에 몸을 축 늘어뜨린 백운산장 무사는 사당 한쪽에 버려졌다.

다시 삼안통은 독각화선을 힐끗 쳐다보며 약병의 마개를 천천히 뽑았다.

이를 보고 독각화선이 급하게 소리쳤다.

"삼안통, 혼자 해독할 셈인가?"

"하하, 독각화선, 자네도 참 순진하이! 삼룡이란 저 자식이 병을 하나만 주고 갔으니 어쩌겠나! 설마 이걸 나누자고 하진 않겠지?"

삼안통은 독각화선의 기습에 대비하며 약병을 조심스레 기울였다. 그리고 자신의 손바닥에 놓인 환약 전부를 입에 털어 넣었다.

해약을 모조리 삼킨 삼안통은 독각화선을 보고 비릿한 웃음을 지었다.

"하하, 자네는 어서 지나가는 여자나 찾아보게. 안 그럼 심장이 터져 죽을 걸세."

'독각화선, 네놈이 살아 있으면 좀 전의 내 모습이 떠오를 것 같네. 안녕히 가시게, 친구.'

삼안통의 변화에도 독각화선의 태도는 별반 달라지지 않았다. 이미 삶을 포기한 표정이었다.

"벌써 심장이 날뛰는군. 하지만 구차하게 살고 싶진 않네. 대신 죽기 전에 자네에게 한 가지 묻고 싶은 게 있네. 어떻게 그년이 시산노호의 딸인 걸 알고 있었나?"

"후후, 그거 말인가?"

"으윽! 춘약의 기운이 올라오는군."

독각화선이 춘약의 기운에 몸서리치며 고통스럽게 고개를 끄덕이자 삼안통은 일부러 천천히 대답했다.

"간단하네. 그년의 정체를 아는 누군가가 알려줬기 때문이야. 그게 누구냐 하면 바로 내가 모시고 있는… 윽!"

말을 하던 중간 삼안통의 눈동자가 붉게 충혈되고, 그의 입에서 끊임없이 피가 흘러나왔다.

배를 움켜쥐고 쓰러진 삼안통이 서서히 눈을 감는 동안 독각화선은 느긋하게 자신의 품에서 해약 병을 꺼내 들었다.

"흥, 삼안통, 이 쓸모없는 자식! 정작 중요한 얘기는 못 들었잖아. 그나저나 삼룡이란 놈, 운도 좋군. 독환이 든 병을 남겨놓다니. 삼안통, 너무 원망하지 마라. 어차피 네가 먹을 해약은 없었어. 난 널 조금 일찍 보내준 것뿐이다."

독각화선은 삼안통이 혈수로 변해가는 것을 무심하게 지켜보다가 비가 완전히 그친 다음 사당 밖으로 나왔다.

일곱 명 정도 남은 오독문의 무사들은 그가 나타나자 재빨리 그에게 다가와 부복했다.

독각화선은 다가온 오독문 수하들에게 은밀히 전음을 보냈다.

"삼안통이 나를 배신해서 죽였다. 남은 백운산장 놈들 뒤에 누군가 있다고 하니 여기 있는 놈들은 하나도 빠짐없이 죽여야 할 것이다."

독각화선의 전음을 받은 오독문의 무사들은 즉시 고개를

끄덕이고는 주위로 흩어졌다.

백운산장 무사들은 자신들의 장주 삼안통이 보이지 않자 사당 앞을 서성였다. 하지만 장주의 괴팍한 성격을 아는지라 차마 들어가지 못하고 입구에서만 기웃거렸다.

백운산장의 무사들이 한곳에 모이자 흩어져서 눈빛을 주고받던 오독문 무사들이 백운산장 무사들을 조용히 둘러쌌다.

푸슉! 푸슉!

한 오독문 무사의 고갯짓을 시작으로 수십여 발의 독탄이 백운산장 무사들의 발아래에서 한꺼번에 피어올랐다.

녹색 독무가 수십 명의 백운산장 무사들을 감싸자 방심하고 있던 백운산장 무사들은 너나 할 것 없이 코와 입에서 피를 흘리며 바닥에 쓰러졌다. 개중에는 사당 안으로 도망친 무사도 있었지만, 오독문 무사들의 손을 벗어날 수는 없었다.

바르르 떨며 죽어가는 백운산장의 무사들을 쳐다보는 오독문 무사들의 표정에는 조금 전까지 함께 같이 싸웠던 무사들 간의 정은 조금도 찾아볼 수 없었다. 그렇지 않다면 그들은 오독문의 무사가 아니었다.

오늘날 무림에 알려진 오독문의 악명은 친구나 혈족을 무참히 죽이는 데에서 세워진 것이 반이었다.

이들이 무표정한 것은 어쩌면 오독문 무사들의 필수 조건이었다.

         *   *   *

　마차를 몰고 가는 삼룡은 비가 내려 질퍽해진 산길을 달리
고 있었다.
　"어디로 가지?"
　혼잣말을 하는 삼룡의 얼굴은 당혹감으로 물들어 있었다.
　그의 불안한 시선은 마차 뒤에 뉘여 있는 지평과 백서연을
연신 돌아보고 있었다.
　혼절해 있는 백서연은 춘약의 기운이 끓어오르는 듯 연신
몸을 비비 꼬고 있었고, 지평은 얼굴이 시커멓게 죽어가고 있
었다.
　"젠장, 하나만 독인 줄 알았더니 두 개 다 독이라니! 지 도
장 몸의 독은 급히 뽑아내긴 했지만 이대로 두면 위험한
데……."
　갈림길이 나오자 삼룡은 또 갈등했다.
　왼쪽 길은 아미파로 가는 길이고, 다른 쪽 길은 성도로 가
는 길이었다.
　"성도로 가면 지 도장이나 저 독한 년이나 모두 죽게 될 거
야. 그렇다고 아미파로 가서 주가장 자식들과 마주치기도 그
런데. 에이, 언제 체면 따지고 살았나. 이랴!"
　삼룡이 아미파가 있는 왼쪽으로 방향을 정하고 말고삐를
흔들자 마차는 덜컹 소리를 내며 다시 달리기 시작했다.

第二章

한철 빙면

허허실실

虛虛實實

주가장의 정패 일행은 한철보검을 되찾은 이후, 떠나려는 능운비와 두천을 간신히 붙잡아 같이 동행하기를 청했다.

한철보검을 찾았다는 이유로 같이 동행하지 않으려던 능운비도 정패가 사파 고수들이 기웃거린다는 핑계를 대자 다시 동행하기를 수락했다.

청음객잔에서 아미파로 향한 외길을 따라 한참을 가던 정패는 뒤따라온 사파 무사들이 눈에 띄게 늘어나자 두천에게 곧바로 상의했다.

"두천 대협, 사파 고수들의 숫자가 점점 늘어나고 있습니다. 아무래도 사파 놈들이 한철보검을 노리고 따라오는 듯합니다."

정패가 걱정스러운 모습을 보이자 두천은 가슴을 두드리며 호기를 부려 보였다.

"날파리 같은 자식들! 걱정할 것 없소. 사파 놈들이 우리 앞을 막는다면 내 창이 가만있지 않을 것이니!"

이런 두천의 모습에 정패는 그의 비위를 맞추며 아부하기를 주저하지 않았다.

"역시 제호창 두천 대협님과 함께하니 두려울 것이 없습니다. 아무리 사황성과 봉황성의 고수라도 어찌 저희 길을 막겠습니까. 하하하!"

기름칠을 한 정패의 아부가 이어졌지만, 두천은 듣기 싫어하는 눈치가 아니었다.

반면, 멀리서 이들의 대화를 듣던 사파 무사들의 아미가 좁혀졌다.

사실 그들이 관심을 두고 있는 건 주가장의 한철보검이 아니라 시산노호의 태청검보였고, 자신들의 상관이 만일을 대비해 미행을 붙여놓은 것이라 할 수 없이 따라오는 것뿐이었다.

하지만 사파 무사들은 어떤 내색이나 행동도 하지 않았다. 점창의 능운비가 있는 탓도 있었지만, 아미파의 영역에 들어선 이유가 더 컸다.

이때 멀리서부터 싸우는 소리가 들렸다.

챙! 챙!

막상 일이 닥치자 정패는 제일 먼저 점창 능운비가 있는 쪽부터 살폈다. 그가 진짜로 믿고 있는 건 두천이 아니라 능운비였으니까.

능운비는 그의 표정만 보고도 그의 심정을 아는 듯 먼저 말을 꺼냈다.

"여기부터는 아미파 영역입니다. 그러니 너무 걱정 않아도 될 겁니다."

능운비의 말에 비로소 안심하는 정패였다. 그리고 정패가 안도하는 모습에 긴장했던 주자경의 손자 셋도 따라 안도했다.

언제부터인지 주자경의 손자들은 호위무사 정패의 눈치만을 살피며 일희일비(一喜一悲)하는 신세가 되었다.

원래는 다들 활달하고 무엇이든 저지르고 보는 성정이었지만, 구대문파 출신인 능운비와 호방한 성격의 두천의 위세에 눌려 숨 쉬기조차 어려워했다.

이는 능운비와 의형제지간인 주원덕도 마찬가지였다.

주원덕은 비록 주자경의 손자들 중 제일 맏형이었지만, 정패가 조부에게 행여 다른 소리를 할까 봐 노심초사했다.

그 때문에 정패의 비위까지 맞추느라 원래의 성정이 어땠는지소차 잊고 있었나.

챙! 챙!

무기가 부딪치는 소리가 가깝게 들리자 주원덕은 자신도 모르게 움찔거렸다.

능운비는 주원덕과 정패의 관계를 모르는 척하면서도 유

심히 관찰하고 있었다. 그는 결정적인 순간이 아니면 나서지 않으려 했고, 이번에도 그는 먼저 나서지 않았다.

정패 일행이 앞으로 나아가자 한 여인의 고성이 들렸다.

"안 되겠다. 칠성복호진(七星伏虎陳)을 펼쳐라!"

"네, 사부님!"

일사불란한 대답과 함께 수십 명이 움직이는 소리가 어지럽게 들렸다.

정패는 칠성복호진이라는 소리에 주원덕과 서로 눈빛을 주고받더니 이내 확신하는 듯 고개를 끄덕였다.

'아미파의 진법이다!'

아미파 고수들임을 확신한 정패가 급히 두천에게 고했다.

"두천 대협, 저 앞에 있는 무림인들은 아마도 아미파 제자인 듯합니다."

"확실하오?"

"네, 확실합니다. 칠성복호진은 저희 본문에서만 펼칠 수 있는 진법입니다."

"그렇다면 아미와 다른 문파의 다툼이겠군. 우리도 어서 가서 도웁시다."

두천의 말을 기다렸다는 듯 정패가 주가장 무사들에게 명령을 내렸다.

"아미파가 위험에 처했을지도 모르니 이를 묵과할 수 없다! 따라들 오너라! 이랏!"

정패가 말고삐를 힘차게 당기자 주가장 무사들도 뒤따라

말을 몰았고, 두천은 능운비를 부추겨 쫓아가기를 청했다.

"능 아우, 어서 가서 돕자구!"

"네, 형님!"

능운비가 타고 있던 말이 젖은 땅을 박차고 달리자 이들을 뒤따랐던 사파 무사들도 경공을 쓰며 뒤쫓았다.

*   *   *

아미파로 향하는 한 분지, 붉은 법포를 입은 뇌음사 대뢰승(大牢僧) 셋과 아미파 제자 삼십여 명이 싸우고 있었다.

숫자 면에서는 아미파 제자들이 압도적으로 많았지만 오히려 건장한 대뢰승들에게 압도적으로 밀리고 있는 분위기였다. 그렇다고 아미파 제자들이 나이 어린 제자들로만 구성되어 있는 것도 아니었다.

그들 중에는 절정을 넘어선 아미 제자 조영(曺榮)을 비롯한 아미파 고수들이 수두룩했다. 하지만 그들은 분명 밀리고 있었다.

아미파의 제자들이 계속 밀리자 조영이 소리쳤다.

"칠성복호진을 펼쳐라! 어서!"

조영의 말이 떨어지기가 무섭게 아미파의 제자들은 세 무리로 나뉘어 진법을 펼치기 시작했다.

순식간에 북두칠성의 위치를 점한 아미파의 제자들은 대뢰승들을 하나씩 맡으며 연환(連環) 공격을 퍼부었다.

그러자 위태롭기만 하던 아미파 제자들이 점차 안정을 찾기 시작했다.

하지만 아미파 제자들의 얼굴에는 여유를 찾아볼 수가 없었다. 그들은 마치 더 큰 위험을 안고 싸우고 있는 듯 보였다.

순간 멀찌감치 떨어진 다른 쪽에서 사내의 목소리가 들렸다.

"팔사제, 구사제, 십사제! 니들, 뭣들 하는 거야? 모두 계집이다! 어서 끝내!"

목소리가 들린 곳에는 다른 대뢰승이 일곱이 더 있었다. 그들은 자신들 사제 셋이 수십의 아미파 제자들을 밀어붙이지 못하는 것이 못내 불만인 표정들이었다.

이에 제일 많은 수의 아미파 제자들과 싸우고 있는 대뢰승이 대답했다.

"알았어, 대사형!"

대답을 한 대뢰승은 목에 둘러매고 있는 주먹 크기만 한 염주를 꺼내 들고는 무기처럼 휘두르기 시작했다.

그러자 놀랍게도 염주와 부딪친 아미파 제자들의 검에서 불꽃이 튀며 뒤로 밀렸다.

타타탕!

염주 공격이 통하자 다른 대뢰승들도 염주를 벗어 들고 휘둘렀다.

철검이 밀리자 아미파 제자들이 펼치고 있던 칠성복호진 또한 불안해졌다. 아무리 절세 검진이라고 해도 검을 제대로 휘두르지 못하니 효과가 반감된 탓이었다.

이에 당혹스러운 것은 진법을 펼치라 명했던 아미파의 조영이었다.

"조금만 버텨라! 신호를 보냈으니 본문에서 지원이 올 것이다!"

조영이 애써 목소리에 힘을 주었지만, 이미 아미파 제자들은 대뢰승들의 공격에 하나둘 나뒹굴고 있었다.

그때였다. 멀리서 정패가 이끄는 주가장 무사들이 말을 타고 나타났다. 제일 선두에서 달려오던 정패가 재빠른 솜씨로 말에서 뛰어내리며 소리쳤다.

"주가장에서 왔습니다! 저희도 돕겠습니다!"

도움을 주러 왔다는 소리에도 아미파 조영의 얼굴은 환해지지 않았다. 실상 그들의 실력이라고 해봐야 이미파 제자 서넛에 해당될까 말까 하는 정도였으니까.

진법을 펼치는 데 오히려 방해가 된다고 판단한 조영의 입에서 짜증 섞인 말이 튀어나왔다.

"필요없으니까 쓸데없이 나서지 마!"

조영의 말에 정패의 얼굴이 바로 굳어졌다.

연배로 보면 한참 어려 보였지만 방파의 제자에 불과한 그로서는 조영의 말을 거부할 수가 없었다.

"일단 물러서자!"

정패가 명령하자 주가장 무사들은 불편한 표정으로 물러섰다. 이때 뒤따라온 두천이 창을 뽑아 들고 소리쳤다.

“이보게, 어서 돕지 않고 무엇 하는 건가?”

“본문 제자들께서는 저희가 돕는 걸 원치 않습니다.”

아미를 두둔하는 정패의 말투에는 섭섭함이 드러나 있었다.

이런 정패의 얘기가 귀에 거슬렸는지 아미파의 조영이 엉겁결에 고개를 돌리다가 대뢰승이 휘두른 염주에 맞을 뻔했다.

조영은 급히 천근추의 묘리에 궁신탄영의 수법을 섞어 내기가 실린 염주를 가까스로 피해냈다.

곧 그녀는 뒷받침하는 다른 아미 제자에게 자리를 양보하고 아미파의 독문신법 추풍보(秋風步)를 펼치며 정패 쪽으로 이동했다.

적당한 공간까지 물러선 조영이 외쳤다.

“네가 정녕 진법을 깨뜨릴 참이더냐?”

노한 조영의 눈길이 정패에게로 향하자 정패는 화들짝 놀라 고개를 숙였다. 하지만 고개를 숙인 정패의 눈빛은 뉘우침의 눈빛이 아니었다.

‘흥, 어차피 다 깨진 진법이거늘.’

그때였다. 조영이 물러난 칠성복호진이 한순간에 파훼되며 아미파 제자들이 나가떨어졌다. 그뿐만이 아니었다.

한쪽이 깨지자 다른 쪽도 연달아서 진법이 파훼되며 아미파 제자들이 볼썽사납게 쓰러져 버렸다.

순식간에 칠성복호진이 무너져 버리자 조영은 분한 듯 입술을 지그시 깨물었다.

동시에 아미파 제자들을 상대했던 대뢰승들이 염주를 허공에 두세 바퀴 휘두르며 크게 웃었다.

"크하하하, 중원 계집들이 제법 오래도 버텼구나! 제법이다, 제법!"

조영을 놀리는 대뢰승의 나이는 고작 서른 살쯤 돼 보이는 승려였다. 그 때문인지 아미파 조영의 얼굴이 더 심하게 일그러졌다.

그녀는 혼자라도 싸울 것처럼 검을 다시 고쳐 잡았다.

"하하, 여럿이 나를 당하지 못했는데 혼자 나를 상대하겠다는 것이냐?"

"아미파 제자는 죽음을 두려워하지 않는다! 모두 일어서라!"

금방이라도 혼자 달려들 것 같던 조영은 다시 한 번 생각해 보더니 아미파 제자들이 일어서기를 명했다. 하지만 쓰러진 아미 제자들은 내상이라도 입은 듯 몸을 가누지 못하고 있었다.

아니나 다를까, 아미 제자들의 입에서 분수 같은 선혈이 내뿜어졌다.

이를 보고 크게 웃는 젊은 대뢰승이었다.

"크하하하, 그깟 허접한 아미파 검진 따위야 수백 명이 몰려와도 모조리 박살 내줄 수 있다!"

대뢰승의 비웃음을 받은 조영은 입술만 깨물 뿐이었다. 당

장이라도 달려들고 싶었으나, 그녀 혼자로서는 역부족이었
다. 그렇다고 방파에 불과한 주가장 무사들을 끌어들여 싸우
기에는 그녀의 자존심이 허락지 않았다.

그 순간, 두천이 창을 비껴들고 나섰다.

"네 이놈! 감히 세외 놈이 중원에서 큰소리치다니!"

두천이 내기를 실어 소리쳤지만 대뢰승들은 꿈쩍도 하지
않았다. 오히려 조영을 상대했던 대뢰승은 간지럽다는 듯이
귀를 후볐다.

"아, 간지러워! 구사제, 저 자식이 방금 나한테 뭐라고 한
거냐?"

그의 말에 바로 왼편에 있는 승려가 대답했다.

"딴엔 그것도 내력이 들어간 목소리라고 우리한테 겁주는
거 같은데, 팔사형?"

"네 생각도 그렇지?"

사제로 보이는 대뢰승이 고개를 끄덕이자 조영을 비꼬았
던 대뢰승이 목을 좌우로 흔들며 두천이 있는 쪽으로 발걸음
을 옮겼다.

심상치 않은 기운이 엄습하자 두천은 창을 쥐고 자세를 잡
았다.

"뭐야, 이거! 가까이 가기만 했는데도 벌써 긴장하잖아?"

다분히 놀리는 투의 말에 두천의 인상이 자연스레 구겨졌
다.

잠시 생각한 두천은 일부러 태연한 척하기 위해 다시 창을

세웠다. 하지만 이를 두고 또 놀리는 대뢰승이었다.

"뭐야? 아깐 싸울 듯이 창을 들더니 이젠 안 싸우겠다고 창을 빼? 이거 싸우겠다는 거야, 말자는 거야?"

대뢰승의 말에 놀아난 두천의 표정이 험악하게 변하는 찰나, 능운비가 조용히 말에서 내려 포권했다.

"뇌음사 승려님들이시군요. 저는 능운비라고 합니다."

능운비의 웃음 띤 포권지례에 뇌음사 대뢰승은 포권하지 않고 고개를 돌렸다.

"흥, 남색 도포를 보니 점창 도사로군."

예의를 벗어난 대뢰승의 반응에도 능운비는 언제나처럼 웃음을 잃지 않았다. 두천과 정패는 능운비가 나서자 비로소 어깨에 힘이 들어갔다.

아미파 조영의 눈엔 뇌음사 대뢰승에게 포권지례를 하는 능운비가 곱게 보일 리 없었다. 다만 주가장 정패의 일행인 것 같아 공공연히 적의를 보이지 않을 뿐이었다.

조영은 불쾌한 기색으로 능운비에게 물러서기를 종용했다.

"아미의 일이다! 점창은 끼어들지 마라!"

조영이 능운비에게까지 냉담하게 굴자 정패의 안색이 더욱 굳어졌다. 반면 능운비는 그런 그녀에게도 웃으며 포권했다.

"인사가 늦어 죄송합니다, 선배님. 점창 능운비라고 합니다."

"흥, 지금은 인사나 나눌 한가한 때가 아니다."

여전히 냉담한 반응에도 능운비는 미소를 잃지 않았다.

"하지만 저 뇌음사 승려들을 홀로 막기에는 무리인 듯싶습니다."

"흥, 네가 도와준다고 해도 이 상황은 바뀌지 않는다. 차라리 이 자리에서 죽을지언정 구차하게 도움을 바라지는 않겠다."

조영의 말에 고개를 돌렸던 대뢰승이 비웃으며 말했다.

"하하, 정말 웃기는군. 누가 너희들을 죽이겠다고 했느냐? 우린 단지 이곳을 지나갈 누군가를 기다릴 뿐이다."

"닥쳐라! 여긴 아미파의 영역이다!"

조영의 말에 발끈한 대뢰승이 주먹 크기만 한 염주를 철퇴처럼 휘두르며 위협하듯 말했다.

"이 땅 전체가 너희들 것이냐? 지킬 힘도 없는 것들이 주둥이만 살았구나!"

"그 입 놀린 걸 후회하게 해주지."

대뢰승의 말에 지금까지 분기를 참고 있던 조영이 검을 치켜들고 달려들었다.

그녀는 지금까지 대뢰승의 빈틈을 노리고 있었던지 자신의 우세한 방위를 점하며 달려들었다. 하지만 검이 대뢰승의 몸에 닿기도 전에 바람을 헤집는 굵직한 파공성이 등 뒤를 노렸다.

'어느새 뒤를!'

분명 방금 전까지 조영의 눈앞에 있던 대뢰승의 형체가 사라지더니 조영의 등 뒤에 나타나 염주를 휘두른 것이다.

심상치 않은 기운을 느낀 조영은 뒤를 확인할 새도 없이 내기를 실어 땅을 박찼다.

실로 종이 한 장 차이로 아미파 조영이 간신히 염주를 피해내며 허공으로 몸을 솟구쳤다. 그녀는 이에 그치지 않고 허공을 향해 발길질을 했다. 이대로는 대뢰승의 다음 공격에 당할 것이 분명할 테니 말이다.

그러자 마치 땅을 박찬 것처럼 반동이 생겨 조영의 몸이 이리저리 움직였다.

대뢰승의 염주 공격을 피해 조영이 착지한 곳은 그녀가 공격하기 바로 전에 서 있던 곳이었다.

아미파 조영은 그동안 치밀한 계산을 하고 공격을 시도한 것이었지만 공격 한 번 못하고 물러서 버렸기 때문에 입술을 굳게 깨물고 아무 말도 못했다.

반면 그녀가 공격할 것을 미리 눈치 챈 대뢰승의 입가에는 미소가 어려 있었다.

"허보(허공을 밟는 보법)를 쓰다니 제법이네."

"닥쳐라!"

자신보다 한참 어린 자에게 또 놀림을 받자 조영은 치욕을 갚지 못해 안절부절못했다.

두천은 분노를 못 이겨 부들부들 떠는 조영을 보고 다시 창을 고쳐 잡았다. 호방한 그의 성품상 도저히 묵과할 수 없다고 여긴 모양이었다. 게다가 주변에 그가 그토록 싫어하는 사파 무사들이 쳐다보고 있지 않는가!

그런 그를 능운비가 막으려 했지만 두천은 단호하게 고개를 가로저었다.

"목숨을 아낀다는 오명은 듣고 싶지 않네."

능운비가 말리지 못하고 물러서자 두천이 조영을 농락한 대뢰승을 가리키며 소리쳤다.

"중원의 남아로서 여인을 희롱하는 너를 훈육하고자 한다! 비록 내 무공이 떨어지나 이대로 두고 볼 수가 없구나!"

"필요없다니까!"

조영이 신경질적으로 소리쳤지만, 두천은 물러서지 않았다.

"나는 아미파 출신도, 주가장 출신도 아니오. 그러니 나에게 명령하지 마시오."

두천은 말이 채 끝나기도 전에 창을 휘두르며 대뢰승에게 달려들었다.

"태산압정(泰山壓頂)!"

초식명을 외친 두천이 몸을 솟구치며 창끝을 잡고 도끼질하듯 위에서 아래로 창을 휘둘렀다.

특출날 것 없는 가장 평범한 초식이었지만 내력을 전부 쏟아 붓는 듯한 공격에 대뢰승의 몸이 잠시 움찔거렸다.

하지만 대뢰승은 그 자리에서 두천의 공격을 피하지 않았다.

아미파의 조영은 몰라도 내력 수위가 얼마 안 되는 두천이 자신에게 위협이 되지 않는다고 판단한 것이다.

공기를 뚫고 두천의 창이 도끼처럼 밀려들어 오자 대뢰승은 무릎을 잠시 구부리더니 이내 곧게 펴며 염주를 휘둘렀다.

그러자 대뢰승이 휘두른 염주가 철퇴처럼 길게 늘어나는 것처럼 보이더니 쇄도하는 창대를 연속으로 쳐냈다.

타탕!

연속으로 번개가 치는 것처럼 주위가 진동하더니 두천의 창이 허공으로 튕겨 올라갔다.

대뢰승은 한순간의 공격으로 끝이 난 줄 알고 염주를 거둬들이고 있었으나, 두천은 튕겨 올라가는 창을 반대 방향으로 돌렸다.

그러자 대뢰승이 가했던 힘과 두천의 힘이 더해진 상태로 뭉툭한 창끝이 다시 쏘아졌다.

"이런 젠장!"

방심한 상태로 창끝을 확인한 대뢰승이 급히 염주를 말아 쥔 손을 합장하며 허리를 뒤로 꺾었다.

간발의 차이로 대뢰승의 머리를 놓친 두천의 창이 땅에 박히고, 이어 단단한 두천의 바위만 한 주먹이 돌진했다.

이대로 둔다면 두천의 바위 같은 주먹에 대뢰승이 몸통을 허용할 것 같았다.

순간 대뢰승이 완전히 허리를 꺾은 상태에서 재빨리 허리를 튕겼다. 그러자 머리를 땅에 댄 채 몸이 뒤로 넘어가는 것이었다. 그뿐만이 아니었다.

바닥에 꽂힌 창을 발로 차자 꽂혀 있던 창이 다시 두천을 향해 흙 파편을 튕기며 날아들었다.

하지만 창에 능한 두천이 자신의 창에 맞을 만큼 어설픈 상대는 아니었다.

날아오는 화살을 잡아채듯 권에서 장법으로 바꿔 창을 부드럽게 낚아채며 창을 회전시키는 두천이었다.

부웅!

두천이 만들어내는 파공성이 다시 대뢰승을 향하자 그의 아미가 다시 좁아들었다. 뒤로 물러나면 두천의 공격을 쉽게 피할 수 있었지만, 그러기에는 그의 자존심이 상하는 일이었다.

대뢰승은 채찍을 팔에 감듯 주먹만 한 염주를 오른팔에 감아쥐었다. 그리곤 염주 때문에 울퉁불퉁해진 팔뚝으로 창을 쳐내는 한편 두천을 향해 주먹을 회전시켰다.

순간 대뢰승의 팔에 붙어 있던 염주가 나선을 그리며 두천의 가슴을 향해 쏘아졌다.

방어에 이은 쾌속적인 공격이었기에 두천은 뜬눈으로 날아오는 염주를 지켜볼 뿐이었다.

두천은 이번 공격은 절대 피할 수 없다고 판단하고 눈을 질끈 감았다. 그만큼 대뢰승의 공격은 빨랐다.

순간, 뒤에서 강한 힘이 두천을 강하게 끌어당겼다. 하지만 그 속도가 대뢰승의 팔에서 빠져나오는 염주 속도만큼 빠르

지는 않았다. 아니나 다를까, 염주가 두천의 가슴에 창처럼
꽂혔다.

퍼억!

"크허억!"

두천이 가슴에 염주를 맞고 비명을 지르는 사이에도 그의
몸은 계속 뒤로 당겨졌다. 한참을 뒤로 끌려간 그가 고개를
들자 능운비가 애처로운 모습으로 그를 끌어안고 있는 것이
보였다.

"능 아우, 미안허이. 쿨럭!"

두천은 각혈까지 했지만 제때 빼내서 그런지 그렇게 큰 내
상을 입은 것처럼 보이지는 않았다.

이에 능운비가 안도하며 두천의 혈도 몇 개를 점혈하며 일
어섰다.

"다행히 큰 상처는 아닙니다. 운기조식하고 계세요, 형님."

두천이 조영을 대신해 나서서 다쳤음에도 조영은 여전히
냉담하게 굴었다.

"점창 도사, 아미파의 일이니 나서지 말라고 경고했다."

"제 의형이 다쳤으니 이제 아미의 일만이 아닙니다, 선배."

"흥, 네가 죽어도 아미파는 상관없으니 마음대로 해라."

능운비를 마주한 대뢰승은 여전히 여유가 넘쳐 있었다.

실상 그의 옆에 있는 그의 사제들도 나서지 않은 상태에 뒤
에는 일곱이나 되는 사형들이 있었고, 능운비가 그다지 큰 위
협이 될 것 없다고 판단한 모양이었다.

　　　　　*　　　　*　　　　*

　비 젖은 땅을 달리는 것은 아무리 말이 끄는 마차라도 속도가 줄어들기 마련이었다. 하지만 어찌 된 일인지 삼룡이 모는 마차는 마른땅을 달리는 것처럼 빠른 속도로 달리고 있었다.

　그렇다고 삼룡이 채찍질을 험하게 하는 것도 아니었다. 단지 그는 고삐를 잡고 협박만 할 뿐이었다.

　"야, 인마! 속도가 줄었잖아! 빨리 안 가면 잡아먹을 거다! 내가 사는 곳에는 말고기가 특식이야, 특식!"

　삼룡의 목소리가 날카롭게 울려 퍼졌지만 마차의 속도는 더 이상 빨라지지 않았다. 이에 삼룡은 실망한 듯 마부석 옆 자리를 보며 말했다.

　옆에는 똬리를 틀고 있는 검은 뱀이 있었다.

　"이게 내 말은 죽어라 안 듣네. 오룡아, 뭐 하냐?"

　삼룡의 목소리가 들리자, 마부석 옆 자리에 웅크리고 있던 뱀이 머리를 치켜들고 소리를 냈다.

　쉬이이익!

　순간 마차가 방금 출발한 것처럼 힘을 받아 속도를 내기 시작했다.

　"역시 오룡이가 뭐라 하니까 듣네. 그러면 저 말 자식은 내 말은 왜 안 듣는 거야? 지금 내가 사람이라고 차별하는 거 아니야?"

삼룡이 뒤에서 떠들거나 말거나 말은 입에 거품을 물면서도 속도를 내기 위해 안간힘을 쓰고 있었다.

이건 원래부터 말이 통하고 안 통하는 문제가 아니었다.

뒤에 있는 독사가 흰 이를 드러내며 소리를 내고 있는데 어찌 속도를 내지 않겠는가.

오히려 해괴한 것은 독사를 애완동물처럼 데리고 다니며 말을 협박하는 삼룡이었다.

아무튼 삼룡은 최선(?)을 다해 마차를 몰고 있었다.

마차가 한참을 달리고 있을 때, 돌연 마차 앞을 막는 여인이 있었다. 그 여인은 눈처럼 흰옷을 입고 손을 들며 마차를 세워 달라는 신호를 보내고 있었다.

그녀는 창이 넓은 삿갓을 쓰고 흰 면포로 얼굴을 가린 모습이었는데, 바람이 불면 꺾일 듯 애처로워 보였다.

하지만 신기한 것은 사방이 온통 물웅덩이에 진흙투성이였지만 그녀의 옷은 깨끗하다는 점이었다.

고삐를 쥔 삼룡은 백서연과 지평이 누워 있는 곳을 슬쩍 쳐다보더니 손을 흔드는 여인을 향해 소리쳤다.

"급해서 마차를 세울 수 없습니다! 그러니 어서 물러나세요!"

그러나 가녀린 여인은 길을 비켜줄 생각을 하지 않았다.

"아참, 그러다 다친다니까요!"

여인이 길을 비켜주지 않자 삼룡이 마차를 길 한쪽으로 몰았다.

관도는 아니었지만 제법 넓은 길이라 삼룡이 모는 마차 정도는 무난하게 빠져나갈 수 있는 넓이였다. 하지만 마차가 움직이자 그 여인도 따라 마차 앞쪽으로 움직였다.

거리가 불과 십여 장 정도밖에 남지 않은 상황에서 말이다.

그러자 삼룡은 할 수 없이 고삐를 잡아당겼다.

"워! 워! 워!"

일이 보 정도를 남겨두고 마차가 간신히 멈춰 서자 삼룡은 안도의 숨을 내쉬었다.

"후아, 큰일 날 뻔했네. 그러다 다치면 어떡하려고 그래요?"

삼룡의 다그침에 마차 앞을 막아선 여인은 곧바로 사과했다.

"죄송해요. 저도 너무 급한 나머지……."

부드러운 여인의 목소리에 대번 수그러드는 삼룡이었다.

"어디까지 가시는데요?"

"아미파까지 갑니다."

"그럼 어서 타세요. 저도 그곳에 가는 길입니다."

"감사합니다, 대협."

여리고 부드러운 목소리가 이어지자 삼룡은 미약을 먹은 것처럼 노근노근한 미소를 지었다. 그 순간 마차를 오르던 여인이 삼룡의 옆 자리에 앉은 뱀을 보고 멈칫거렸다.

"아, 놀라지 마세요. 이거 제가 키우는 겁니다. 인마, 들어와!"

삼룡이 소매를 들이대자 오룡이 재빨리 삼룡의 소매 속으로 들어왔다. 그리고 삼룡이 여인에게 다시 자리를 권하자 여인은 삼룡의 옆에 다소곳이 앉았다.

그 순간 삼룡은 갑작스런 한기를 느끼며 재채기를 했다.

"에취, 비를 맞아서 그런가. 좀 추운 거 같네. 이럇!"

한기를 무시하며 삼룡이 고삐를 흔들자 잠시 휴식을 취하던 말이 움직이기 시작했다. 하지만 속도가 문제였다.

"오룡아, 너 자냐?"

삼룡의 말과 동시에 품속에서 오룡의 머리가 튀어나오더니 말 엉덩이를 향해 음침한 소리를 만들어냈다.

쉬이이익!

잠시 후, 마차가 이전처럼 속도를 내자 말고삐를 잡고 흔들던 삼룡이 여인에게 물었다.

"아미파에는 무슨 일로 가시는 거예요?"

"원래 아미에 속한 사람이에요. 누군가를 잠시 마중을 나왔는데 길이 어긋난 것 같네요, 대협."

"아미 제자셨네요. 저는 그냥 여염집 처자인 줄 알았는데."

다소곳하게 말하는 여인과 대화를 해서 그런지 삼룡은 기분이 한층 좋아진 듯 보였다.

마차에 타면서 뒤를 확인한 여인이 삼룡에게 물었다.

"뒤에 있는 사람들은 중독된 건가요, 대협?"

"네. 귀찮게도 그렇죠! 이 사람들이 중독되어서 제가 이 고

생을 하고 있습니다. 한 명은 춘약에, 다른 하나는 춘약과 독에 당했답니다."

"근처에 사파 무사들이 돌아다니더니 그들에게 당한 모양이군요."

"그런 셈이죠."

무심히 말하는 삼룡이 이상했는지 여인이 삼룡에게 물었다.

"혹시 청음객잔에서 오시는 길인가요?"

"어, 그걸 어떻게 아셨습니까?"

물끄러미 쳐다보는 삼룡의 시선이 부담스러웠는지 여인은 고개를 돌리며 대답했다.

"아미파로 오려면 청음객잔을 꼭 들러야 하거든요."

"그랬나? 그런데 그걸 아시면서 왜 묻는 거죠?"

"거기서 제가 찾는 사람을 봤나 해서요."

"말씀해 보세요. 더도 덜도 말고 아는 만큼은 말씀드리겠습니다. 더 말씀해 달라고 해도 모르는 건 말씀 못 드리거든요."

삼룡의 뜬금없는 농에 여인은 보이지 않는 면포 사이로 웃음을 지으며 말했다.

"셋은 어리구요, 그들을 보좌하는 호위무사가 여럿 있답니다. 모두 검을 들고 있고 말을 타고 있다고 들었습니다."

얘기를 듣던 삼룡은 자신이 알고 있는 상황과 매우 흡사하자 여인의 얼굴을 다시 한 번 쳐다봤다.

하지만 삼룡은 삿갓에 쳐놓은 흰 면포로 인해 여인의 얼굴 윤곽만 확인할 수 있었다.

"마차도 한 대 있고, 일행 중에는 청성 사람 셋과 점창 사람 하나가 있다고 합니다. 그리고 산적도 하나 잡아서 데리고 있다고 하던데, 혹시 보셨나요?"

조심스레 묻는 여인에 비해 삼룡은 아무 일도 아니라는 듯이 고개를 끄덕였다.

"아, 주가장 사람들을 말하시는군요? 당연히 봤죠."

"맞습니다, 대협. 제가 찾는 사람들이 바로 주가장 사람들입니다."

재빨리 대답하고 속으로 판단하는 여인이었다.

'청성 도장은 안 보이고 이 사람이 마부, 저 뒤의 남자가 산적이겠군. 그럼 저 여잔 누구지? 일행 중에 여자는 없다고 했는데…….'

잠시 멈칫거리던 여인이 물었다.

"대협, 주가장 사람들은 어디로 갔습니까?"

"저야 모르죠. 한철신검인가 보검인가를 들고 아미파에 있는 고모인가 이모에게 전해준다고 하던데요. 뭐, 누군지 알고 싶지도 않고 해서 물어보진 않았는데."

그녀가 다시 물었다.

"그럼 그 산적은요? 죽였나요? 아니면 저 뒤에 있는 사람……."

"에이, 법 없이 살 사람이 무슨 산적입니까? 그 착한 사람이 누명을 쓰고 잡힌 거예요. 오히려 그 사람이 기지를 발휘해서 주가장 사람들에게 검을 찾아줬는데."

삼룡의 얘기에 눈이 둥그렇게 변하는 여인이었다. 마치 자신이 알고 있는 것과 다른 얘기라는 표정이었다.

"그 사람이 검을 찾아줬다고요?"

"사실 마부가 진짜 도둑이었는데 순박하고 착한 그 사람에게 뒤집어씌운 겁니다. 게다가……."

'마부가 아니야? 그럼 이 사람은 누구? 혹 청성 도장인가?'

자신을 험담하는 사람은 없겠지만 낯 두껍게 자신을 칭찬하는 사람도 별로 없을 것이다. 하지만 삼룡은 그런 것을 모르는지 없는 내용을 만들어가며 자신을 칭찬하기 바빴다. 그동안 당한 한풀이라도 하려는 듯이 말이다.

"아, 그러니까 그 능운비라는 점창 도사와 정패라는 호위 무사가 나쁜 사람이군요?"

한참 얘기를 듣던 여인이 결론을 내리자 삼룡이 당연하다는 듯 고개를 끄덕였다.

"그렇죠. 그놈들은 미리 다 알고 있었던 거죠. 뭐, 이게 제가 아는 전부예요."

"그랬군요."

'이 사람, 허풍은 있어도 거짓말하는 것 같지는 않아.'

모든 상황이 이해가 된 여인, 사실 그녀는 주원덕의 당고모였다. 그러니까 아미파의 한철빙면 주희설이 바로 그녀였다.

원래 사문을 떠나는 일이 극히 드물었던 한철빙면은 정패가 미리 전한 소식을 듣고 직접 청음객잔으로 향했던 것이다. 하지만 그녀가 지름길로 오는 바람에 길이 어긋났고, 돌아오는 도중에 삼룡을 만난 것이다.

처음 주희설은 마차를 보고 삼룡을 의심했었다. 객잔 주인의 얘기로는 산적이 청성 도장과 함께 마차를 타고 도망쳤다고 들었으니 말이다. 그래서 마차를 세우지 않으면 그녀가 직접 삼룡을 죽이려고 했다.

하지만 삼룡이 아미파로 향하는 것을 알고 그가 산적이 아니라고 생각했던 것이다.

그때였다. 마차 뒤쪽에 있던 백서연과 지평이 발작적으로 움직였다.

"오, 오라버니! 너무 아파요!"

"으어어어!"

뒤를 힐끔 살핀 삼룡은 당황한 듯 말했다.

"젠장, 춘약 기운 때문에 혈도가 풀리려고 하네."

고삐를 쥐고 있던 삼룡은 지체없이 옆에 앉은 주희설에게 고삐를 넘겼다.

"낭자, 잠시만 잡고 있어술래요? 그냥 이걸 쥐고 있기만 하면 됩니다. 나머지는 말이 알아서 할 겁니다."

"제, 제가요?"

평생 마차를 몰아본 일이 없던 주희설은 삼룡의 행동에 당황할 수밖에 없었다. 게다가 거친 진흙 길을 달리는 중이 아니던가. 아무리 초절정을 넘나드는 그녀였지만 말고삐를 쥐고 안절부절못하는 모습은 무림 초출과 다름없었다.

하지만 삼룡이 낭자라 부른 것이 결정적이었다.

평생 남자라고는 모르는 그녀가 삼룡이 위급한 순간에 손을 잡으며 낭자라고 부르자 자신도 모르게 고삐를 움켜쥔 것이다.

"그냥 잡고 있으면 됩니다, 낭자."

말과 함께 마차 뒤로 몸을 날리는 삼룡이었다. 주희설의 의사와는 전혀 무관한 채 말이다.

삼룡은 먼저 지평의 혈도를 제압하고 백서연의 혈도를 제압하려 했다. 하지만 마차가 심하게 덜컥거리는 바람에 백서연의 혈도를 제압하지 못했다.

그사이 삼룡이 제압한 혈도가 풀리는 바람에 백서연이 다시 이상 반응을 시작했다.

"오라버니, 헤헤!"

춘약에 취해 스스럼없이 옷을 벗는 백서연이었지만 이번엔 삼룡도 그녀의 혈도를 제압하지 못했다.

왜냐하면 공교롭게도 그녀의 손이 삼룡이 제압할 마혈과 혼혈 하나씩을 막고 있었기 때문이다.

"아, 왜 거길 가리고 그러냐고!"

삼룡의 말에 뒤를 힐끔 쳐다본 한철빙면은 순간 얼굴이 붉어졌다. 가슴을 완전히 드러낸 여자가 삼룡을 향해 교태를 부리며 몸을 배배 꼬고 있는 모습에 충격을 받은 모양이었다.

그녀는 마흔둘의 나이였지만 일평생 무공만 수련한 여자의 입장이라면 그럴 수도 있겠다 싶은 순간이었다.

생각다 못한 한철빙면 주희설이 소리쳤다.

"빨리하세요!"

"전들 빨리 안 하고 싶겠습니까?"

실상은 혈도를 빨리 제압하라는 소리였지만, 주희설에게는 그렇게 들리지 않았다. 물론 그녀도 삼룡이 그런 뜻으로 말한 것이 아니란 것쯤은 알고 있었다.

다만 벌거벗고 있는 여인과 이를 물끄러미 쳐다보는 삼룡의 시선에서 자꾸 이상한 상상이 되는 것이 문제였다.

"그, 그래도 빨리하세요."

자신이 말하는 것조차도 상상이 되는지 얼굴이 빨개지는 한철빙면이었다.

"알았어요, 알았어!"

라고 삼룡이 대답했지만 삼룡도 딱히 어쩔 방도가 없었다.

혈도를 가린 손을 떼어내려 하자 백서연의 몸이 더 빨리 달아올라 함부로 손을 대지 못할 정도였다.

이에 삼룡은 난감함에 머리를 긁적일 수밖에 없었다.

'이것 봐라. 일부러 열노를 씩는 설 망해하고 있네. 본능으로 방어하는 것 같은데, 이걸 어쩌나.'

"아직 멀었어요?"

뒤도 돌아보지 않고 묻는 한철빙면이었다.

"조금만 더 하면 돼요."

　삼룡의 대답에 한철빙면은 자신도 모르게 하늘을 쳐다보
고 한숨을 내쉬어야 했다.

＊　　　＊　　　＊

　세 명의 대뢰승을 마주한 능운비는 이전과 달리 미리 검을
출수한 상태였다.
　"모두 덤벼라!"
　갑작스런 능운비의 말에 대뢰승들은 광소했다.
　"크하하하! 지금 저 자식 한 말 들었어, 팔사형?"
　"들었다. 자기가 무슨 마교 교주라도 되는 줄 아는 모양이
로구나!"
　"여기 중원 놈들은 큰소리치는 게 특기인가 봐."
　저마다 한마디씩 하는 대뢰승들이었지만 능운비의 표정은
변함없었다.
　"뇌음사 승려들은 말로 싸우려는가?"
　능운비의 말에 일시에 입을 다무는 대뢰승들이었다.
　팔사제로 불리는 대뢰승이 말했다.
　"네가 지금 한 말, 후회하지 않을 자신있나?"
　"검창은 말로 검을 나누진 않는다."
　의연한 능운비의 기세에 팔사제란 대뢰승이 제일 어리고
왜소해 보이는—그래도 능운비보다 훨씬 커 보였다—승려를 가
리키며 말했다.

“십사제, 네가 저놈을 상대해 볼 테냐?”

“맡겨만 줘, 팔사형! 아작 내줄게!”

자신있다고 가슴을 치는 대뢰승을 두고 십 장 뒤로 물러서는 뇌음사의 두 승려였다.

사형들이 물러서자 홀로 남은 대뢰승이 능운비를 손가락으로 가리키며 말했다.

“뭐 해, 안 덤비고?”

강호에서는 선수를 넘긴다는 것은 자신이 그 위라는 뜻이었고, 또 다르게 해석한다면 주제나 알고 덤비라는 뜻과 다르지 않았다. 이에 실소하는 능운비였다.

“혼자 날 상대하겠다니, 곧 후회할 텐데?”

“흥, 지금 떠드는 건 네 검이 아니라 입이로군.”

대뢰승의 말에 이번엔 능운비의 얼굴이 굳어졌다. 하지만 그는 두천처럼 섣불리 움직이지 않았다.

능운비가 보법을 부드럽게 밟아가자 대뢰승의 눈썹이 꿈틀거렸다.

“흥, 보법은 제법인 놈이다!”

능운비의 움직임이 심상치 않다고 생각한 대뢰승은 어느새 여유로운 미소를 거두고 양손에 염수를 감아쥐었다.

뇌음사의 신법 뇌섬보(雷閃步)는 극과 극을 달리는 보법으로써 중원의 보법과는 판이하게 달랐다.

중원의 보법이 공격과 수비 시의 유리한 방위를 계산하여 움직이는 데 반해, 뇌섬보는 강맹한 내력을 바탕으로 순간적인 움직임을 극대화시켜 몸에 뇌전(雷電) 같은 잔영을 만들 정도로 빠른 움직임이 특징이었다.

물론 강맹한 내력을 바탕으로 하기 때문에 웬만큼 수련해서는 성과를 얻을 수 없는 보법이긴 했다. 하지만 이를 극성으로 익히면 마치 번개가 번쩍이는 것처럼 보인다 해서 붙여진 이름이 뇌섬보였다.

스츳!

뇌섬보를 펼치는 대뢰승이 한 발짝을 떼자 몸에서 정전기가 자연스레 일었다. 이에 능운비도 긴장한 듯 보였다.

서로가 서로를 향해 긴장된 발걸음을 옮겼지만 누구 하나 섣불리 뛰어드는 사람이 없었다. 이는 지켜보는 사람들도 마찬가지였다.

특히 아미파의 조영은 만만하게 생각했던 점창 능운비의 심상치 않은 움직임에 놀라는 눈치였다. 반면 주가장의 정패는 믿고 있던 능운비조차 긴장된 모습을 보이자 초조해하는 기색이 역력했다.

이때 십 장 뒤로 물러선 한 대뢰승이 소리쳤다.

"십사제, 시간 끌지 마! 사형들이 기다리신다!"

탓! 탓!

대뢰승의 말을 기점으로 두 사내가 서로를 향해 달려들었다.

하지만 능운비의 안색이 조금 달랐다. 마치 무언가에 쫓기는 듯한 인상이었다.

사실 이들이 맞붙기 직전에 뒤에서 소리친 대뢰승은 자신의 사제에게 공격할 기회를 만들어준 것이었다. 바로 목소리로 만들어낸 음공으로 말이다.

보통의 음공(音功)은 주위의 불특정 다수를 공격하는 것이었지만, 그 대뢰승은 강맹한 내력을 바탕으로 음공의 범위까지 조절할 수 있는 능력이 있었다. 그래서 능운비에게만 그 영향을 끼친 것이었다.

이때를 기회로 대뢰승이 달려들었고, 불시에 공격을 당한 능운비는 충격을 고스란히 받은 채 타의에 의해 움직였던 것이다.

이런 연유로 뒤에서 지켜보던 대뢰승 모두가 자신들 막내 사제가 승리할 것을 의심하지 않았다.

막 대뢰승과 능운비가 맞부딪치려는 순간, 능운비의 검이 두 갈래로 갈라지더니 곧장 대뢰승의 가슴과 머리를 향해 수평으로 그어졌다.

"분광검(分光劍)!"

능운비가 무방비 상태로 자신의 염주 공격을 받을 것이라 생각했던 대뢰승은 화들짝 놀라 염주로 검로를 막는 한편 급히 몸을 뒤로 뺐다.

그러자 능운비는 그것까지 예상했는지 바람개비처럼 몸을 부드럽게 회전하더니 대뢰승을 쫓아 검을 찔러갔다. 집요한 공격이자 섬뜩한 수법이었다.

왜냐하면 이번에도 능운비의 검은 두 개였다. 게다가 눈이라도 달린 것처럼 집요하게 대뢰승을 쫓아가기까지 했다.

이에 대뢰승은 발바닥에 내력을 집중시켜 몸을 좌우로 움직였다.

사실 극강의 빠름을 추구하는 뇌섬보만 아니었다면 이미 대뢰승의 몸에 능운비의 검이 꽂히고도 남았다.

지금까지 결과만 놓고 보자면 사형의 도움을 받은 대뢰승이 오히려 불리했다. 대뢰승은 징검다리를 건너는 것처럼 이리저리 능운비의 검에 쫓겨 도망 다니니 말이다.

하지만 그렇다고 능운비가 여유를 부리는 것도, 압도적으로 이기고 있는 상황도 아니었다.

단지 쾌검(快劍)과 쾌보(快步)가 만나 서로 맞부딪치지 않는 상황이었지 어느 한쪽이 여유를 부리는 상황은 아니라는 말이다.

그렇게 시간이 지나자 또 하나의 변수가 서로에게 하나씩 생겨났다. 바로 대뢰승에게는 능운비의 쾌검이 눈에 익었고, 능운비의 눈에는 대뢰승의 쾌보가 익숙해졌던 것이다.

먼저 결단을 내리고 행동한 것은 지금까지 도망만 치던 대뢰승이었다.

"흥, 쾌검은 눈에 익으면 소용없다!"

대뢰승은 두 개로 갈라져 오는 검 모두를 염주로 쳐내며 능운비의 가슴을 향해 장법을 날렸다.

순간 능운비의 눈에 대뢰승의 손이 점점 커 보였다.

'밀종대수인(密宗大手印)!'

손바닥에서 풍기는 거대한 압력에 흠칫 놀란 능운비가 급히 몸을 틀어 장법을 피했다. 그러자 뒤쪽에 있던 진흙땅이 짓눌려 들어가더니 끝내는 폭발하듯 비산했다.

푸더덕!

젖은 땅이 튀어 오르며 주위를 덮치기도 전에 다시 대뢰승의 커다란 손바닥이 능운비를 쫓았다.

하지만 이번엔 능운비가 장법을 날렸다.

"유운장(流雲掌)!"

점창파의 유운장이라는 장법은 공격적인 장법이라기보다는 방어적인 측면이 강했다. 특히 지금 능운비가 펼치는 유운신법과 함께 펼치면 상승되는 효과를 얻을 수 있었다.

강맹한 밀종대수인을 부드러운 장법으로 받아치자 능운비를 향해 짓쳐들던 대뢰승의 손바닥 방향이 틀어졌다.

푸아악!

능운비를 비껴간 기운이 또다시 젖은 땅을 일으켜 세웠다.

그사이 능운비는 비산하는 땅을 요리조리 피하며 우세한 방위를 점했다. 반면 대뢰승은 자신이 날린 장법 때문에 순간적으로 능운비의 신형을 놓치고 말았다.

이어 능운비의 목소리가 대뢰승의 귀에 하나하나 꽂히듯 들렸다.

"분광검(分光劍) 제삼식(第三式) 일검사분(一劍四分)!"

심상치 않은 목소리에 대뢰승이 흠칫 놀라 고개를 돌리자 뒤쪽에서 네 개의 검이 대뢰승의 머리와 목, 가슴, 그리고 복부를 노리고 쇄도했다.

대뢰승은 뇌섬보를 극성으로 펼쳐 뒤로 빠지는 한편, 밀종 대수인을 거두고 염주를 휘둘렀다.

타타탕!

우뢰 같은 소리와 함께 대뢰승과 능운비는 교전을 멈추고 뒤로 물러섰다.

우세한 방위에서 분광검술을 펼친 능운비는 여유가 있었고, 대뢰승의 얼굴은 창백해져 있었다.

第三章

인과응보

虚虚實實
허허실실

"대협, 아직 멀었나요?"

고삐를 쥔 한철빙면의 목소리는 애처롭다 못해 간절히 애원하고 있었다. 그녀는 한시라도 빨리 이 해괴한 상황이 끝났으면 하는 것이 바람이자 소망이었다.

그녀가 이렇게 안절부절못하는 이유는 춘약 기운 때문에 교태를 부리는 백서연과 이를 난감하게 쳐다보는 삼룡의 얼굴을 본 이유였다.

물론 평상시의 그녀였더라면 더한 상황을 봤더라도 평정심을 잃지 않았을 것이다. 하지만 삼룡의 표정을 본 순간 그녀는 일평생 연공한 한천심결(寒天心結)이 한순간에 없어진 것처럼 느껴졌다.

정확히 그 이후였다.

지금 머릿속에 떠오르는 온갖 상상이 떠오르기 시작한 것이 말이다. 그래서 그녀는 고삐를 쥔 말 엉덩이조차 부끄럽게 느껴져서 하늘을 올려다보고 있을 정도였다.

"조금만 더요. 이제 거의 다 됐어요."

무언가에 열중하는 삼룡의 말에 한철빙면은 기어들어 가는 목소리로 대답했다.

"네에, 빨리하세요."

하지만 상황은 주희설 그녀가 생각하는 것과는 많이 달랐다.

벌써 삼룡은 백서연의 점혈을 끝내고 독에 중독된 지평을 보살피고 있었으니 말이다. 하지만 삼룡의 얼굴은 더욱 난감한 표정이었다. 마치 '산 너머 산' 이라는 표정이었다.

그도 그럴 것이, 춘약의 기운이 잠잠해진 백서연에 반해 지평의 얼굴은 검은 흙빛으로 변해 있었다. 거기에 혈맥이 터질 듯이 부풀어 올라 조금만 잘못 건드리면 터질 것처럼 보였다.

상황이 심각해지자 삼룡은 단전으로 독 기운을 몰아 그것을 자신의 몸으로 끌어당기고 있는 중이었다.

보통 이러한 의경(醫經)의 방법은 안정되고 편안한 자세에서 하는 것이 상식이자 기본이었다.

그렇지 않고 이처럼 흔들리는 마차에서 의경을 시전하게 되면 치료하는 사람이나 치료받는 사람 양쪽 모두 치명적인 내상을 입을 수 있는 위험을 떠안아야 했다.

심한 경우는 십중팔구 양쪽 모두 죽거나 병신이 되니 정말 급하지 않으면 절대 시전하지 않는 방법이었다.

'젠장, 무슨 독이 이렇게 지 맘대로야! 그나마 혈맥이 튼튼하니까 지금까지 버틴 거잖아! 그냥 아미까지 갔더라면 지평 도장은 혈맥이 터져 분명 죽었을 거야.'

지평의 단전에서 마구 날뛰는 독 기운이 쉽게 제압되지 않고 반항하자 삼룡의 이마에 식은땀이 흘렀다.

'에라, 모르겠다. 될 대로 되라지.'

삼룡은 오래 고민하는 놈이 아니었다. 금세 무슨 결심을 한 삼룡은 천용, 화개, 기문 등의 혈도를 순서대로 타혈(打穴)하기 시작했다.

지금의 삼룡을 다른 의원이나 고수가 봤다면 당장 뜯어말렸을 것이다. 왜냐하면 삼룡이 하는 짓은 독을 빼내는 것이 아니라 단전에 독기를 몰아넣고 신체 기운을 일시적으로 활성화시키는 행동이었기 때문이다.

즉, 자리를 마련해 볼 테니 직접 싸워보라는 삼룡의 뜻이었다.

다만 독기가 일방적으로 강하니, 신체가 싸울 수 있도록 도와주는 것뿐이었다.

'목숨이 질기면 사는 거야. 인생이 다 그렇지, 뭐.'

남 목숨이라고 쉽게 생각하는 삼룡이었다.

*　　　*　　　*

무명촌의 맑게 갠 하늘 위로 코 고는 소리가 요란하게 울렸다.

"커어어푸우우우! 커어어푸우우우!"

처마 밑 의자에는 개소문 문주 송림이 고개를 한쪽으로 기댄 채 잠들어 있었다. 그의 표정은 마치 십 년 묵은 체증이 가신 듯 평온했다.

물론 코 고는 소리는 여전히 요란했지만 말이다.

그리고 처마 한쪽에서는 눈덩이 부근이 시퍼레진 사룡이 젖은 빨래를 담은 대나무 통을 나르고 있었다. 그의 눈만 그런 것이 아니라 움직임도 부자연스러웠는데, 필시 누군가에게 맞은 모양이었다.

"참내, 사람을 이렇게 만들어놓고 잘도 주무시네."

순간 깊이 잠들어 있던 송림 문주가 잠꼬대처럼 중얼거렸다.

"음음, 사룡이 지금 뭐라고 했느냐?"

"아니에요. 날씨가 좋아서 낮잠 자기 좋다구요, 사부님!"

"음, 그럼, 그럼! 낮잠 자기 좋은 날씨지. 음야!"

다시 송림 문주가 잠을 청하자 그제야 안도의 숨을 내쉬는 사룡이었다.

"휴우!"

'노인네, 귀는 밝아 가지고.'

마음대로 말도 못하는 사룡의 표정은 불만이 가득했다. 그러면서도 그는 젖은 빨래를 하나씩 널기 시작했다.

"대사형은 언제 오려나. 대사형 빈자리가 이렇게 큰지 예전엔 왜 몰랐지?"

사부에게 맞은 뒤라 삼룡 생각에 울컥해지는 사룡이었다.

"에이씨, 눈물이 나려 그러네."

소매로 눈가를 닦은 사룡은 맑게 갠 하늘을 보고 별안간 도망가고 싶다는 생각이 들었다.

'이대로 도망칠까? 대사형처럼 몇 달 돌아다니다가 오면 되잖아.'

그런 생각으로 뒤를 보는 사룡이었고, 여전히 세상모르게 자고 있는 송림 문주였다.

'그래, 도망치는 거야. 어차피 대사형이 돌아올 때까지 고생할 게 뻔하잖아? 난 그동안 단 한 번도 도망치지 않았으니까 대사형보다 덜 혼날 거야.'

생각을 굳힌 사룡이 점점 생각을 구체화시켰다.

'잠깐, 빈손으로 나가면 고생만 하겠지? 비상금을 털까? 아니야. 그건 안 돼. 그걸 어떻게 모은 건데. 귀신같은 대사형의 눈과 귀를 피해서 피 말리는 심정으로 모은 거잖아.'

사룡은 고개를 절레절레 흔들다가 태연히 낮잠 자는 사부의 얼굴을 보고는 다시 마음을 굳혔다.

'…에이씨, 대사형이 상금 타올 텐데 비상금은 그때 또 만들면 되지, 뭐!'

이윽고 가출하기로 결심한 사룡은 소리없이 자신의 처소로 사라졌다.

*　　*　　*

풀썩!

능운비와 맞섰던 대뢰승이 창백한 표정으로 비틀거리더니 끝내 한쪽 무릎을 꿇고 쓰러졌다.

그가 쓰러지자 여유롭게 지켜보던 그의 두 사형이 동시에 소리치며 달려왔다.

"십사제!"

"어찌 된 거야?"

극상승의 뇌섬보를 펼치자 십 장 밖에 있던 두 명의 대뢰승이 순식간에 쓰러지는 사제의 곁에 당도했다.

제일 먼저 도착한 대뢰승은 다친 사제의 몸부터 살폈다.

검과 부딪쳤으니 몸에 검상을 입었는지를 먼저 확인하려는 것이었다. 하지만 사제의 몸에서 눈에 띄는 상처는 발견되지 않았다.

"팔사형, 상처가 없어. 검상이 아니야. 그런데 십사제는 지금 숨을 못 쉬고 있어."

이 말을 들은 대뢰승은 이미 알고 있는 표정이었다.

"이건 점창의 수법이 아니다."

대뢰승의 혼잣말에 능운비가 비웃으며 말했다.

"점창의 검법을 보고 점창의 수법이 아니라니, 저와 농담하자는 겁니까? 뇌음사 분들은 비무도 아닌데 따지는 것이 참 많군요."

능글맞게 비웃는 능운비의 대답에 대뢰승은 아미파의 조영이 그랬던 것처럼 입술을 굳게 깨물었다.

그의 생각으로는 능운비가 다른 수를 썼지만, 그건 추측일 뿐이었다.

'우리 셋의 눈을 피할 정도로 빠른 수법을 쓰는 자다. 혹시 사형들은 봤을까?

그 순간 뒤에서 지켜보고만 있던 대뢰승들이 다친 승려 쪽으로 걸어왔다. 그러자 능운비가 긴장되는 듯 뒤로 물러섰다.

그들 중 제일 덩치가 큰 승려가 가까이 오자 다친 승려를 안고 있던 대뢰승이 울먹이듯 외쳤다.

"소탁(蘇度) 대사형, 막내 사제가 숨을 쉬지 않아! 얼굴이 거멓게 죽어가고 있어!"

"알았어, 팔사제. 내가 좀 볼게."

소탁이 부드럽게 어깨에 손을 올리자 격한 감정이었던 승려도 뒤로 물러서 잠자코 있었다. 다만 그의 눈은 자신의 사제를 이렇게 만든 능운비에게서 떨어지지 않았다.

두둑, 둑!

뼈 맞추는 소리와 함께 창백해진 대뢰승의 얼굴빛이 제 색을 찾아갔다. 순간 지금까지 숨을 못 쉬던 대뢰승이 한꺼번에 숨을 몰아쉬었다.

"후아, 숨 막혀서 죽는 줄 알았네."

"십사제, 내력으로 당분간 뼈를 보호해야 한다."

"알고 있어, 대사형."

아무 일도 없었던 것처럼 대화하는 두 대뢰승을 보고 능운비의 표정이 다시 굳어졌다. 마치 그의 생각이 간파된 것 같은 위기감도 함께 느끼고 있었다.

'설마하니 내가 쓴 수법을 눈치 챈 건가?'

눈을 마주친 능운비의 눈동자가 흔들리자, 대사형으로 불리는 소탁이란 대뢰승은 얼굴에 미소를 지었다.

이를 기분 나쁘게 느꼈는지 능운비의 눈빛이 가늘어졌다.

"그 웃음의 의미는 뭐지?"

"내가 대답해야 하나, 점창 도사?"

소탁이 여유를 보이자 능운비의 얼굴에서도 미소가 완전히 사라져 버렸다. 이어 경고하듯 말했다.

"난 너희 모두를 상대할 능력이 있다."

그러자 소탁이 한심하다는 듯 받아쳤다.

"너만 실력을 숨겼다고 생각하지 마라. 그걸 확인하려거든 언제든 네가 가진 검을 휘둘러도 좋아. 단 네 주위에 있는 놈들은 물리고 싸워야 할 것이다."

'설마 혈랑대(血狼隊)의 위치까지 파악한 건가?'

혹시나 하는 능운비와 소탁의 강한 눈빛이 다시 마주치는 순간, 멀리서 마차 한 대가 미친 듯이 달려오고 있었다.

*   *   *

덜커덩! 덜커덩!

마차를 몰고 있는 것은 흰옷을 입고 면포로 얼굴을 가린 여인이었는데, 그녀는 고삐를 쥔 채 바싹 긴장하고 있었다. 금방이라도 비명을 지를 것처럼 잔뜩 질려 있었으니까.

아니나 다를까, 비명에 가까운 여인의 목소리가 들렸다.

"어떡해요, 대협! 말이 속도를 줄이지 않아요!"

이어 무심한 남자 목소리가 들렸다.

"아참, 다 됐다니까요."

남자와 여자의 목소리에 주가장 정패 일행과 아미파 조영의 고개가 동시에 마차 쪽으로 향했다.

'주 사저!'

'저놈이 왜 여길……?'

한철빙면과 삼룡을 확인한 조영과 정패의 얼굴은 각각 '다행'이라는 표정과 '왜'라는 표정으로 교차됐다. 하지만 조영의 표정도 곧 정패의 표정처럼 바뀌었으니.

"마차가 뒤집힐지도 몰라요. 흐엉!"

'주 사서가 울어?'

"아이참, 갑니다, 가요!"

하는 말과 함께 앞으로 옮겨 타는 삼룡이었다. 그가 고삐를 쥐자 날뛰던 말이 얌전해져 마차의 속도가 줄어들었다.

그리고 간신히 말을 진정시킨 삼룡의 눈에 건장한 체격의 대뢰승들과 주가장 무사들, 다쳐서 나뒹굴고 있는 아미파 제자들이 뒤엉켜 길을 막고 있는 것이 보였다.

‘뭐야? 다들 한바탕한 거야? 근데 능운비, 저 재수없는 자식도 있네.’

갑작스런 삼룡의 등장에 모두의 시선이 그에게로 향했다. 삼룡은 그 모든 시선을 무시하고 그냥 마차를 몰고 지나가려 했다.

하지만 다친 아미파 제자들이며 주가장 무사들, 게다가 대뢰승들까지 모두 길 한가운데에 있었으니 삼룡은 마차 속도를 줄일 수밖에 없었다.

그렇다고 이대로 멈춰 설 삼룡이 아니었다.

“거기 비켜요, 비켜! 길을 막고 앉아 있으면 어떡해요?”

다쳐서 쓰러진 사람보고 재주껏 비키라는 삼룡이었다. 그것도 아미파가 지척인 아미 제자들에게 말이다.

이때 옆에 있던 주희설이 나섰다.

“제 사매들이에요.”

동승한 한철빙면 주희설의 말에도 퉁명스럽게 대하는 삼룡이었다.

“그런데요?”

빤히 쳐다보는 삼룡에 주희설은 부끄러운 듯 고개를 숙이고 말했다.

“그러니까… 마차를 좀 세워주셨으면…….”

이 모습을 보고 놀란 건 당사자인 주희설이 아닌 그녀의 사매 조영이었다.

찔러도 바늘이 안 들어갈 것 같은 사저가 일개 범부에 불과해 보이는 삼룡에게 말조차 제대로 매듭짓지 못하고 뒷말을 흐리고 있으니 어찌 충격이 아니겠는가.

조영은 분명 잘못 들은 것이라 생각하고 고개를 흔들었다.

주희설이 사저이긴 했지만 얼음같이 차가운 성정 때문에 그리 친하게 지내는 사이는 아니었다. 하지만 그렇다고 볼품없는 삼룡에게 무시당하고 있는 사저가 보기 좋을 리가 없었다.

사실 삼룡의 꼴이 조금 하찮게 보이기는 했다. 오죽하면 부엌칼을 파는 철기점 점원조차 그를 거지 취급했겠는가.

하지만 아무리 고개를 흔들어도 그 얼음 같은 그 주 사저가 삼룡에게 쩔쩔매고 있었다.

"내 거지 같은 자식을 당장에!"

순간 조영의 눈에 불꽃이 튀었다. 이어 그녀는 삼룡을 죽일 듯이 노려보았다.

눈치 빠른 삼룡이 조영이 내뿜는 살기를 못 느낄 리 없었다.

"저년은 왜 쏘나보는 서야?"

멀리서 혼자 중얼거리듯이 내뱉는 말이었지만 절정을 넘어선 조영의 귀에는 바로 옆에서 말하는 것처럼 들렸다.

"뭐, 저, 저년?!"

한 번도 이런 대접을 받아본 적 없는 아미파의 조영은 눈이 돌아가기 일보 직전이었다.

"저 새끼, 죽인다!"

격분한 감정을 주체하지 못한 아미파 조영이 대뢰승들을 제쳐 두고 삼룡이 모는 마차를 향해 달려들었다.

이 모습을 보고 정패의 입꼬리가 살며시 하늘 쪽으로 말아졌다.

'흐흐, 역시 재수없고 한심한 놈은 어쩔 수 없군. 삼룡이 넌 이제 최소한 죽은 목숨이다.'

정패의 예상대로 단숨에 경공을 펼친 조영이 순식간에 마차와의 거리를 좁혔다. 이에 정패의 입꼬리가 하늘로 말려졌다.

하지만 그다음 순간 갑작스런 일이 벌어졌다. 바로 얼음같이 차가운 음성이 일대를 압박한 것이다.

"사매, 멈춰!"

이성을 잃고 달려들던 조영이 갑작스런 주희설의 노성(怒聲)에 얼어붙은 듯 그 자리에 멈춰 섰다.

'사저가 왜 나에게 화를 낸 건가? 아냐. 그럴 리 없어. 내가 잘못 들은 걸 거야.'

조영이 멈춰 서자 한철빙면 주희설은 삼룡에게 부탁하듯 말했다.

"대협, 잠시만 마차를 멈춰주세요."

이에 삼룡은 심드렁하게 대답했다.

"급한 거 아시잖아요?"

다시 주희설은 부탁하듯 말했다.

"잠시면 될 거예요. 제가 약속드릴게요."

주희설이 부탁조로 말하자 그제야 삼룡이 투덜거리면서 마차를 멈춰 세웠다.

"일각 이상은 안 됩니다."

"네, 대협."

보고도 믿기지 않는지 눈을 비비는 것으로도 모자라 도리질 치는 조영이었다.

"분명 잘못 봤을 거야. 얼음 같은 사저가 절대 이럴 리가 없잖어. 그래, 이건 꿈이야, 꿈!"

눈을 감고 고개를 열심히 흔드는 조영의 어깨 위로 뼛속까지 차가워지는 손길이 느껴졌다.

그녀가 고개를 들자 어느새 한철빙면 주희설이 옆으로 다가와 있었다.

'이 차가운 한기는… 분명 주 사저가 맞는데……'

주희설을 확신한 조영의 눈빛이 더욱 혼란스러워질 때였다. 다시 차가운 주희설의 목소리가 조영의 정신을 차리게 했다.

"사매가 여긴 어인 일이지? 난 잠시 나갔다 오겠다고 서찰을 남기고 나왔는데."

주희설의 차가운 목소리에는 강제력이 있는 듯 조영의 입에서 대답이 술술 나왔다.

"서찰을 본 장문인께서 보내셨어요. 근래 들어 사파 무사

들이 유난히 눈에 띈다고 제자들과 사매들을 이끌고 가보라
고 하셔서.”

　‘이 사람, 정말 사저가 맞아?’

　주희설은 쩔쩔매는 조영이 당연한 듯 고개를 끄덕였다.

　“장문인께 쓸데없는 걱정을 끼쳐 드렸군. 그것보다 왜 아
미 제자들이 저러고 있는 거지?”

　아미 제자들이 젖은 땅에 아무렇게나 주저앉아 있는 모습
에 주희설이 내뿜는 냉기가 점점 지독해졌다. 옆에 있는 조영
조차 숨이 막힐 정도로 말이다.

　‘이래서 장문인께서 주 사저의 삼 장 안으로 접근하지 말
라고 했구나. 그런데 왜 저놈에게는……’

　조영이 잠시 딴생각을 하는 사이 주희설의 차가운 음성이
다시 그녀의 귀를 파고들었다.

　“사매, 지금 내 말에 대답하지 않는 이유가 뭐지? 날 시험
하는 건가?”

　사매라고 해도 대답하지 않으면 주저없이 손을 쓸 한철빙
면의 기세였다. 그러자 화들짝 놀란 조영이 손을 가로저었다.

　“아, 아니에요, 사저! 저기 괴승들 때문에……”

　조영이 대뢰승들을 가리키자 주희설의 냉기가 일시에 그
쪽으로 향했다.

　주희설에게서 풍기는 갑작스런 냉기에 대부분의 대뢰승들
은 몸을 부르르 떨었다. 다만 세 명 정도의 대뢰승만이 주희
설의 냉기를 담담히 받아들이고 있었다.

“너희들이 아미 제자들에게 손댄 것이냐?”

냉기가 풀풀 날리는 주희설의 물음에 대뢰승 전체를 이끄는 뇌음사 승려 소탁이 나섰다.

“먼저 공격한 것은 그쪽인데…….”

“여긴 아미의 영역이다.”

“제 사매와 같은 얘기를 하는군. 우린 단지 누굴 기다리고 있을 뿐인데 다짜고짜 공격하는 것이 옳다는 말인가?”

일견 타당한 소탁의 말에도 주희설은 삼룡에게 했던 행동과는 정반대로 조금의 빈틈도 보이지 않았다.

“그게 아미파의 율법이다. 우리 말을 따르지 않으면 아무리 승려라 해도 벨 수밖에 없다.”

“글쎄, 그럴 능력이 있다면 언제든지 환영한다니까.”

말로써는 안 되겠다고 판단한 소탁이 소리를 치며 진기를 끌어올리자 소탁의 주변에서 정전기가 일었다.

스츳! 스츳!

한순간 소탁이 만들어낸 기운이 주희설의 한기를 밀어내자 주희설의 아미가 좁아졌다. 그녀가 느끼기에도 소탁의 기운이 심상치 않은 탓이었다. 하지만 주희설 또한 물러날 기세가 아니었다.

뇌음사를 대표하는 소탁과 아미파를 대표하는 주희설의 눈빛이 맞부딪치자 그 주위 일대가 정적에 휩싸였다. 심지어 대뢰승과 싸웠던 능운비조차 숨을 죽이고 쳐다볼 정도였다.

하지만 이런 일촉즉발(一觸卽發)의 상황은 오래가지 않았다. 바로 한 인물 때문이었다.

"저 시간 없거든요."

눈치없이 끼어드는 이는 삼룡이었다. 그것도 딴엔 심각한 표정으로 말이다.

고삐를 쥔 삼룡은 한 손으로 마차를 막고 있는 아미파 제자들을 가리키며 어떻게 해달라고 손가락으로 신호를 보내고 있었다. 지금 이 상황에 말이다.

이에 조영은 또다시 눈과 귀를 의심해야 했다.

삼룡의 말 한마디에 그토록 차갑던 주희설의 몸에서 한기가 사라졌으니 말이다. 게다가,

"사매, 길을 내드려!"

조영이 머뭇거리자 주희설의 언성이 높아졌다.

"조 사매, 대협께 길을 내드리라고!"

주희설에 다그침에 비로소 조영이 아미 제자들에게 지시를 내렸다. 다친 아미 제자들은 한철빙면을 원망했지만 그녀의 지시대로 따를 수밖에 없었다.

삼룡이 아미 제자들을 지나쳐 멀찌감치 서서 주희설을 불렀다.

"어서 가시죠. 다른 사람은 몰라도 낭자는 약속대로 아미까지 태워 드릴게요."

삼룡이 주희설을 낭자라 부르자 얼어 있던 조영의 눈에 다시 불꽃이 튀었다.

'주 사저보고 낭자? 저 새끼가 주 사저에게 수작을 부렸

었군.'

조영이 미처 화를 내기도 전에 주희설이 다소곳이 대답했다.

"아닙니다, 대협. 저는 여기서 볼일이 있으니 먼저 가세요."

"그럼 먼저 가보겠습니다. 제가 좀 급해서."

주희설이 고개를 젓자 생각할 것도 없이 곧바로 떠나려는 삼룡이었다. 어차피 그의 목적은 마차가 갈 길을 비켜주는 것이었으니까. 하지만 삼룡은 곧바로 떠나지 못했다.

어느새 대뢰승 두 명이 의심스러운 눈빛으로 삼룡의 마차 앞을 가로막았기 때문이었다.

길을 막고 있는 두 승려를 보며 삼룡이 인상을 구기며 물었다.

"뭡니까?"

"확인할 것이 있다."

"나 바쁘거든요. 뒤에 중독된 사람이 둘이나 있습니다. 한시가 급하단 말이에요."

대뢰승은 삼룡의 말을 무시하기로 작정한 듯 대꾸도 안 하고, 한 명은 마차가 떠나지 못하도록 가로막고 또 다른 하나는 곧장 마차 뒤로 움직였다.

"어디서 오는 길이지?"

"저쪽에서 오는 길인데요."

삼룡의 말에 대뢰승은 조용히 눈을 감고 주먹을 쥐었다. 삼룡도 대뢰승이 주먹을 쥐자 별다른 말은 하지 않았다.

그사이 뒤쪽의 지평 쪽을 확인하던 대뢰승 하나가 코를 막고 소리쳤다.

"오 사형! 하나는 여자고 한 놈은 남자인데, 둘 다 춘약에 절었어! 남자 놈은 독에도 중독된 거 같은데, 사매가 변장한 것 같지는 않아! 그런데 이 여자는 어떡하지?"

"여자를 어떡하다니?"

"직접 와서 봐, 사형!"

그러자 길을 막고 있던 대뢰승까지 합세해서 마차 뒤로 향했다. 삼룡도 뒤를 보고 흠칫하더니 재빨리 마차 뒤로 이동했다.

뒤쪽에는 머리가 헝클어져 얼굴이 제대로 보이지 않는 백서연이 상체를 반쯤 노출한 채 누워 있었다.

삼룡이 지평을 돌보느라 대충 처리한 탓이었다.

하지만 이 두 대뢰승은 풀어진 옷이랑 산발한 머리 때문에 백서연이 사매라는 사실은 전혀 눈치 채지 못한 모양이었다.

백서연은 중원에서 항상 남장을 하고 다녔고, 설사 여장을 했다고 치더라도 가슴을 드러낸 상태로 널브러져 있을 것이라고는 전혀 생각지 못했던 것이다.

이때 삼룡이 대뢰승들을 나무랐다. 물론 좀 전의 상황과 전혀 무관한 것은 아니었다. 삼룡이 자신에게 주먹을 쥐어 보인 대뢰승에게 더 많은 삿대질을 하고 있으니 말이다.

"요즘 승려들은 여자도 밝힌답니까? 그새 여자 옷을 풀어

헤치다니!"

승려들은 여자 문제에 있어서는 아주 민감했다. 술을 먹는 승려는 있을 수 있고 고기를 먹는 승려도 있었지만, 유독 여자 문제는 그렇지 않았다.

여자를 가까이 하면 당연히 파계하는 것이라 생각했으니 삼룡의 말에 대뢰승은 당황할 수밖에 없었다.

"아니오. 내가 왔을 때도 분명 이 상태였소."

"그럼 이걸 왜 같이 보자고 사형을 부르는 겁니까? 조용히 혼자 보고 말 일이지!"

삼룡의 말이 어찌나 황당한지 멀리 있던 아미 제자들은 기겁했고, 바로 앞에 있던 대뢰승은 고개를 부르르 떨었다.

"아니, 난 그게 아니고……."

"아니긴 뭐가 아니란 말입니까? 남자 마음은 중이나 늙은이나 젊은 놈이나 다 똑같은데."

삼룡의 다그침에 두 대뢰승은 눈만 껌뻑거릴 뿐이었다. 사실 이런 일에는 세외고 중원이고 상관없었다. 자칫하면 불한당에 음적의 죄까지 뒤집어쓸 수 있었으니까.

그사이 삼룡은 백서연의 풀어진 옷을 마저 여몄다.

"저, 그게 뭔가 오해가 있는 것 같은데……."

"오해는 무슨 오해를 했다구 그래요? 중독된 사람이 있다고 내가 먼저 말했잖아요. 불법(佛法)을 수양한다는 승려라는 사람들이 중독된 사람을 도와주지는 못할망정 이렇게 훼방만 한답니까?"

삼룡의 추궁에 두 대뢰승은 죄를 지은 것처럼 쩔쩔맸다.

"그게… 우리는 비급을 가지고 도망친 사매를 찾아야 해놔서……"

"참내, 스님들도 태청검보를 얘기하는 겁니까? 그놈의 태청검보 얘기는 오늘 지겹게 듣고도 또 듣네."

삼룡의 말에 귀가 번쩍 뜨이는 두 대뢰승이었다.

"태청검보를 찾는 자가 또 있소?"

"있다마다요. 저기 보이는 남자들 전부 찾던데요."

삼룡은 말하면서 주가장 무사들과 주위에 이들을 따라온 사파 무사 모두를 가리켰다.

대뢰승들도 사파 무사들을 무시하고는 있었지만, 삼룡의 말로 상황이 조금 달라졌다. 이때 삼룡이 재빨리 한 인물을 가리켰다.

"가운데 있는 저 사람한테 물어보세요. 나는 저 사람이 가장 의심이 가던데. 저기 저 사람은 오늘도 나한테 이상한 말을 했거든요. 자기가 무슨 늙은 여우라고 하던데. 아무튼 그랬다니까요."

삼룡이 지목한 사람은 주가장 호위무사 정패였다. 당사자인 그는 어이없는 표정만 지었다.

'바보 삼류 자식, 나에게 복수를 하려는 생각은 가상하다. 하지만 그런 허접한 수가 통할 것 같으냐?'

정패는 삼룡의 말을 굳이 해명할 필요도 느끼지 않았다. 하지만 그도 마차 뒤에 가슴을 드러낸 이가 자신이 알고 있는 시산노호 백서연이라는 것은 전혀 눈치 채지 못했다.

만약 정패가 이 사실을 알았다면 지금의 상황도 벌어지지 않았을 것이고, 오히려 삼룡이 위기에 몰렸을 것이다. 하지만 칼자루는 이미 알게 모르게 삼룡이 쥐고 있었다.

그것도 정패가 쓰던 방식 그대로의 칼자루를 말이다.

"저거 봐요. 아무 말도 안 하고 비웃는 거 봐요. 덕창에서 저 사람이 인피면구를 뒤집어쓴 걸 봤다는 사람도 있어요."

지금 삼룡은 덕창 저잣거리에서 정패가 백서연에게 했던 말을 오히려 정패에게 뒤집어씌우고 있는 것이다.

문제는 삼룡이 말한 늙은 여우와 인피면구라는 말이었다. 그 두 마디 말에 대뢰승들의 눈빛이 모두 정패에게로 쏠렸다.

정패는 분위기가 이상하게 돌아가자 급히 변명했다.

"아닙니다, 스님! 저 거지 같은 자식 말을 믿으시는 건 아니시죠?"

하지만 이미 대뢰승들의 시선은 의심의 눈길로 바뀌어 있었다. 이때 정패의 귀에 얄미운 삼룡의 목소리가 들렸다.

"그럼 저는 갑니다."

라고 말하며 자신은 은근슬쩍 빠지는 삼룡이었다.

마차를 확인한 이상, 길을 막았던 대뢰승늘노 삼룡을 잡아 둘 이유는 없었다. 게다가 방금 전까지 대뢰승들과 일촉즉발의 상황까지 갔던 주희설까지도 지금 당장 싸울 생각은 없었다.

물론 주희설은 정패가 주가장 호위무사였다는 것을 몰랐

기 때문이기도 했고, 신호를 받고 달려온 아미 제자들을 지시
해서 다친 아미 제자들을 후송하느라 정신이 없었기 때문이
기도 했다.

　반면 정패의 상황은 급박해졌다.

　"왜들 이러십니까, 스님?"

　"시주님, 하나만 확인하면 됩니다."

　"대체 뭘 확인한다는 겁니까?"

　정패가 건장한 대뢰승들에게 둘러싸였지만, 능운비는 그
를 도울 생각을 하지 않았다. 대뢰승들과 한 번 부딪쳐 본 그
도 한꺼번에 대뢰승들을 상대할 마음이 없었던 것이다.

　오직 주가장 무사 몇몇만이 검을 빼 들고 정패 앞을 막았
다. 하지만 그들도 얼마 가지 않아 대뢰승들의 손바닥에 추풍
낙엽처럼 나가떨어지고 말았다.

　홀로 남게 된 정패는 다가오는 대뢰승들을 보고 진저리쳤
지만 이를 막아줄 사람은 아무도 없었다.

　"안 돼! 우아아악!"

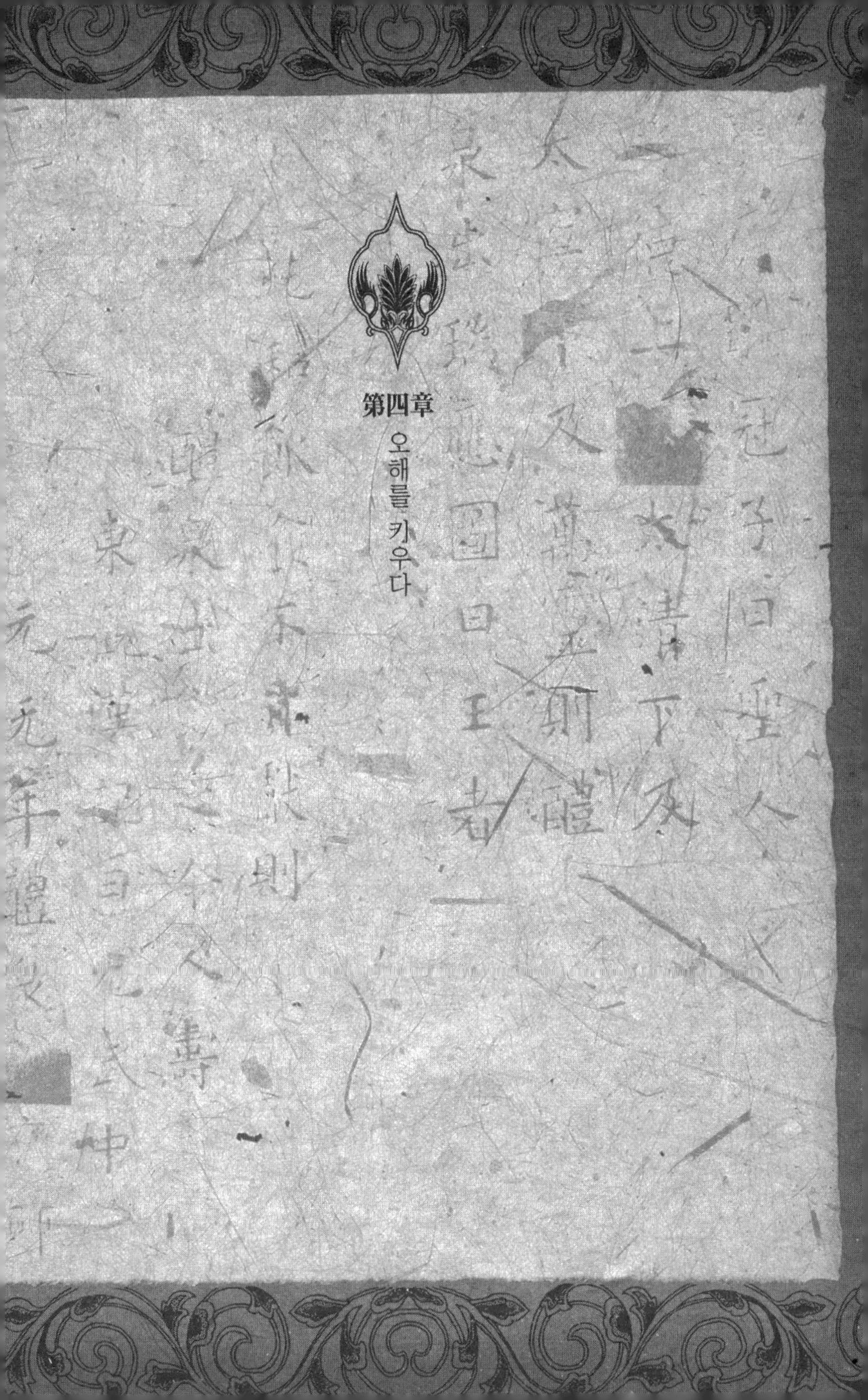

第四章

오해를 키우다

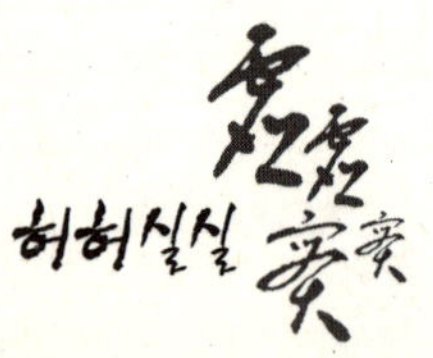

작은 산처럼 웅장한 건물이 병풍처럼 차례대로 늘어서 있는 산문(山門) 앞에 삼룡이 마차를 세웠다.

"휴, 다 왔다. 급하게 오느라 엉덩이에 불나는 줄 알았네."

이어 삼룡은 높은 계단 위에서 정문을 지키는 여인들을 보고 손을 들어 신호를 보냈다. 마차 뒤를 가리키며 도와달라고 말이다.

하지만 그녀들은 별 반응을 보이지 않았다. 그러자 삼룡은 바로 우렁차게 소리쳤다.

"이보쇼! 여기가 아미파(峨嵋派) 맞습니까?!"

반응을 보이지 않던 여인들도 고함 소리가 들리자 화들짝 놀라며 주위를 두리번거렸다. 서로 잘못 듣지 않았냐는 표정이었다.

아미파를 드나드는 사람들이라면 시키지 않아도 목소리를 낮추고 조심스럽게 행동했으니, 그녀들의 입장에서는 삼룡이 무례한 것이었다.

아무튼 그녀들은 삼룡이 외치는 소리에 황급히 계단을 뛰어내려 왔다. 이어 한 여인이 삼룡에게 작은 목소리로 물었다.

"여긴 무슨 일이시죠?"

삼룡은 마차 뒤의 지평과 백서연을 가리키며 말했다.

"보면 몰라요? 도움을 청하러 왔잖아요."

이를 확인한 아미 제자들의 아미가 자연스레 좁아졌다. 이들의 표정에서 무언가를 읽은 삼룡이 먼저 선수를 쳤다.

'뭐야? 도움을 주기 싫다는 표정들이잖아!'

"설마 여긴 의방이 아니니 돌아가라는 말을 하려는 것은 아니시죠? 명색이 명문정파를 자처하는 곳인데."

"하지만……."

"아미신녀님은 잘 계시나요?"

아미신녀를 언급하는 서툰 수작에 서로를 쳐다보고 당황하는 아미파의 제자들이었다.

보통 문지기는 실력이 뛰어나지 않은, 항렬이 낮은 제자들이 섰다. 더욱이 삼룡이 언급한 아미신녀라는 존재는 장문인과 동급인 인물이었으니 이들이 당황하는 것도 어느 정도 이해가 되는 일이었다.

“아미신녀님을 아세요?”

“그럼요. 잘 알죠.”

‘그 아미신녀 때문에 이 개고생을 하고 있잖소!’

삼룡의 이런 생각은 모른 채 두 아미 제자는 빠른 결정을 내려야 했다.

아미파에도 남(男)제자가 있었지만, 대부분 여인들이라 외부 남자를 들이는 일은 적어도 객당(客堂)의 부당주 이상의 허락을 얻어야만 가능한 일이었다.

하지만 마차 뒤의 사경을 헤매는 두 남녀가 문제였다.

얼핏 봐도 생명을 잃을 수 있을 만큼 위독해 보였으니 말이다. 게다가 삼룡이 스스로 아미신녀와 아는 자라고 하지 않던가!

이에 조금 어수룩해 보이는 아미 제자가 물었다.

“송현 사저, 어떡해요? 위급해 보이는데.”

“글쎄, 나도 잘…….”

아미 제자들이 머뭇거리자 삼룡이 혼내듯 다그쳤다.

“사람 죽고 들여보내실 겁니까? 얼른 치료할 수 있는 곳으로 안내하세요. 어서!”

“치료할 수 있는 곳으로요?”

“그럼 잠잘 곳이 없어서 여기 온 줄 아세요?”

적반하장도 유분수라고 했던가? 아무튼 삼룡은 마치 아미파의 대사저라도 된 것처럼 이것저것 지시를 내렸다.

“내가 둘 모두 데려갈 테니까 한 분은 마차 좀 한쪽으로 치우고 짐을 가져오세요. 한 분은 저를 안내하구요.”

재밌는 건 막무가내인 삼룡의 지시를 그대로 따르는 아미
제자들이었다.

*　　　*　　　*

온갖 약초 냄새가 물씬 풍기는 아미파 내부의 약재창(藥材
슮). 삼룡은 침소처럼 평평하게 생긴 상자 위에 지평과 백서
연을 반듯하게 뉘였다. 그리곤 의원처럼 지평과 백서연을 번
갈아 진맥했다.

삼룡을 안내한 아미 제자의 이름은 송현이었다.

새침하게 생긴 그녀는 땟국 묻은 모습과는 달리 의원 같은
삼룡의 행동에 약간 호감이 들었다.

‘보기는 그래도 의원인가 봐. 난 거지인 줄 알았는데.’

하지만 그 생각도 삼룡으로 인해 곧 바뀌었으니.

“저기요. 그렇게 보고만 있으면 어떡해요. 어서 의원 데려
오세요.”

그리고 송현에게 뭐 하고 있냐는 삼룡의 눈빛이 이어졌다.

“본인이 의원 아니셨어요?”

‘그럼 진짜 거지인가?’

“난 이들이 위급해서 죽었는지 살아 있는지만 살핀 거예
요. 빨리 의원이나 의술을 아는 사람을 데려오세요.”

삼룡의 말에 아미 제자 송현은 몹시 당황한 듯 머뭇거렸다.

"저, 그게……."

"뜸들이지 말고 빨리 사람을 데려오세요. 지금 사람들이 죽어가는 거 안 보여요?"

"그게… 지금 담당 장로님께서 출타 중이셔서. 게다가 조영 사고님도 안 계시고……."

안 된다고 해서 가만히 듣고만 있을 삼룡이 아니었다.

"그럼 춘약을 해독하는 약이라도 줘봐요. 그런 거는 급할 때 쓸려고 환약으로 만들어놨을 거 아니에요? 보니까 여긴 약재만 보관하는 곳 같은데……."

"죄송합니다. 환약이 있는 혜화각은 제가 모시고 갈 수가 없습니다."

"왜요?"

"거긴 귀중한 게 많이 있어서요. 그곳엔 절대 허락없인 들어갈 수 없습니다. 외부인은 더더욱 안 되고요."

삼룡이 다그칠 게 예상되었던지 일부러 시선을 피하는 아미 제자 송현이었다.

'내가 왜 죄를 지은 거 같은 기분이 들지? 뭔가 찜찜해, 이 기분.'

"젠장, 시간없는데."

잠시 생각하던 삼룡은 주위에 널린 약재를 보며 물었다.

"여기 있는 건 마음대로 써도 되나요?"

기다리던 질문이었는지 아미 제자는 재빨리 대답했다.

"그럼요. 여기 있는 건 마음대로 쓰셔도 됩니다."

"그건 정말 다행이네요. 알았어요. 이거라도 감지덕지해야
지 어쩌겠어요."

"그럼 저는 가보겠습니다."

송현이 슬쩍 빠지려고 하자 엉뚱한 부탁을 하는 삼룡이었
다.

"나가시는 김에 밥 좀 가져오세요."

"네? 바, 밥이요?"

뜬금없이 밥을 찾자 송현은 기가 차는 심정이었다. 하지만
삼룡의 얼굴은 많이 두꺼운 편이었다.

"밥을 먹어야 이 사람들을 고칠 거 아닙니까? 배고프니까
밥 좀 많이 가지고 와요. 반찬은 알아서 대충 가져오고요."

밥을 안 주면 당장이라도 불을 지를 것 같은 삼룡의 눈빛에
송현은 재빨리 고개를 끄덕였다. 어디까지나 삼룡을 들여놓
은 것은 그녀의 책임이었으니까.

"밥하고 반찬이면 되죠?"

"고기가 있으면 좋긴 하지만, 오다 보니 비구니들이 대부
분이던데 설마 고기반찬이 있겠어요?"

말은 그렇게 했지만 은근히 고기를 바라는 삼룡이었다.

"아미파에는 비구니만 있는 게 아니니까 고기반찬도 있습
니다. 그건 제가 알아서 가져올게요."

송현이 서둘러 약재창을 빠져나가자 삼룡은 그제야 주위
의 쌓인 약재를 살폈다.

"그나저나 무얼 먹이지?"

죽 훑어보는 삼룡은 손 가는 대로 약재를 집어 들었다.

"사부님이 말씀하시길, 약재는 먹어보면 효과를 알 수 있다고 하셨지. 그나저나 오랜만에 약재에 손을 대는군. 한 이십 년쯤 됐나? 이럴 게 아니지. 한시가 급하다, 급해!"

어느새 손에 든 약재를 하나둘 입으로 가져가는 삼룡이었다.

"음, 이건 열을 올리는 거니 안 되고, 이건 별거 아니고, 이건 효과가 약해서 안 되고……. 풰, 이건 못 쓰는 약재잖아! 누가 이런 걸 약재라고 가져다 놓은 거야?"

삼룡이 약재를 감별하는 데는 오래 걸리지 않았지만, 수많은 약재가 산더미처럼 쌓인 곳에서 필요한 약재를 찾는 건 시간이 걸리는 일이었다.

"에이, 하나씩 맛보니까 오래 걸리네. 안 되겠다. 두 개씩 먹어야지."

곧바로 두 가지의 약재를 입으로 가져가는 삼룡이었다.

이각 후 약재창 입구 출입문이 빠끔히 열렸다. 그 문 뒤로 여자의 것으로 보이는 커다란 눈망울이 이리저리 움직였다.

문을 열고 안을 살피는 사람은 삼룡을 이곳 약재창까지 안내한 아미 제자 송현이었다.

그녀의 손에는 삼룡이 부탁한 음식이 담긴 통이 들려 있었는데, 무슨 일인지 그녀는 바로 들어오지 않고 약재창 안을 신중하게 살피고 있었다.

지금 송현은 백서연과 지평이 죽었는지 살았는지를 살피는 중이었다.

왜냐하면 그녀가 그들을 봤을 때, 금방이라도 숨이 멎을 것 같이 위급해 보였기 때문이다. 하지만 그녀의 걱정과는 달리 백서연과 지평의 가슴은 규칙적으로 오르락내리락거리고 있었다.

"휴, 다행이다. 아직 살아 있네."

그때였다. 송현의 바로 앞에 시커멓고 꼬질꼬질한 얼굴을 들이대는 인물이 있었으니…….

"뭐가 다행이에요?"

"어맛!"

송현이 깜짝 놀라 뒤로 넘어가려 하자 삼룡의 거친 손이 재빨리 송현의 팔을 잡아챘다.

"아, 조심조심요. 그러다 음식 버려요."

사람이 넘어지는 것보다 음식이 더 소중한 삼룡이었다. 그래도 어찌 됐든 넘어지는 것을 막아주었으니 아미 제자 송현은 감사의 뜻을 표해야 했다.

"고, 고맙습니다, 소협."

"에이, 고마운 표정이 뭐 그래요? 어서 가져온 음식이나 내놔봐요."

아미 제자가 손에 든 통을 내밀자 강탈하듯 빼앗는 삼룡이었다.

그녀가 가져온 통 안에는 수북이 담긴 밥그릇 위에 몇 가지

소채와 큼지막한 닭다리 하나가 올려 있었다.

"어, 양이 좀 적네?"

두 사람은 충분히 먹겠건만 삼룡은 양이 적댄다. 이에 송현이 놀라며 고개를 숙였다.

"죄송해요. 식사 시간이 지나서 그것도 겨우 구한 거예요."

마음에도 없는 소리였지만 삼룡은 진심으로 받아들였다.

"뭐, 할 수 없죠."

삼룡은 투덜거리면서 닭다리에 재빨리 손을 뻗었다.

삼룡이 앉은 자리에서 식사하는 동안, 송현은 지평과 백서연이 있는 쪽으로 발걸음을 옮겼다.

그녀가 비록 의술은 몰랐지만, 처음 봤을 때와는 달리 두 사람의 안색이 몰라보게 좋아진 것을 알 수 있었다.

"어떻게 하신 거예요?"

그사이 뼈다귀 형체만 남긴 닭다리를 맛있게 핥고 있는 삼룡이었다. 그가 기름이 잔뜩 묻은 입으로 대답했다.

"어떡하긴요. 필요한 약재 쓰라면서요? 그거 써서 살렸어요."

별것 아니라는 삼룡의 대답에 송현의 고개가 갸우뚱했다.

"의원 아니라면서요. 어떻게 해독제를 만드셨어요?"

"해독한 거 아니에요. 반대로 중독시켜 버렸어요. 독한 놈으로 고르느라 많이 힘들었습니다."

"네? 주, 중독을 시켰다고요?"

놀라는 송현과 달리 삼룡은 무심하게 먹는 데만 열중했다. 하지만 자신을 빤히 쳐다보는 시선에 잠시 먹는 걸 멈추고 대답해야 했다.

"아참, 귀찮게. 이독제독(以毒制毒)이란 말 몰라요? 춘약을 춘약으로 제압했다는 말이에요."

점점 모를 말에 아미 제자 송현의 고개는 점점 기울어졌다. 그러자 삼룡은 귀찮은 듯이 한쪽을 가리켰다.

그녀의 시선이 머문 곳에는 씹다 버린 약재들이 버려지듯 수북하게 쌓여 있었다.

"아, 거기 말구요. 그 옆을 보세요."

삼룡의 손가락을 따라 송현이 시선을 옮긴 곳에는 시커먼 환약 다섯 알이 나뒹굴고 있었다.

한눈에 보기에도 삼룡이 입에 넣고 씹다가 대충 만들어놓은 모양새였다.

"저, 저거요?"

"그거 만들어서 먹인 거예요. 궁금하면 그거 먹어보세요. 어차피 남은 거예요."

이에 화들짝 놀라는 송현이었다.

"춘약이라면서요?"

"아이참, 밥 먹는데 귀찮게 자꾸 물어보시네. 춘약이란 게 기운을 끌어올려 흥분시키는 거거든요. 정신도 오락가락하게 하고."

"그, 그렇죠."

“내가 만든 건 기운을 다른 곳으로 돌리는 작용을 하는 춘약이에요. 이를테면……..”

“이를테면?”

“저기 남자는 독과 싸우고 있으니 독이랑 싸우는 데 그 힘을 쓰게 만드는 춘약인 거죠.”

“그럼 여자는요?”

심각하게 바로 되묻는 송현이었다. 왜냐하면 그녀도 같은 여자로서 춘약의 가장 손쉬운 해법을 익히 들어 알고 있었기 때문이다.

이 때문에 삼룡의 모든 것이 수상해지는 송현이었다.

'설마 춘약을 핑계 삼아 짐승 같은 짓을?'

자칫하면 또 오해를 받을 수 있는 순간, 삼룡은 먹는 데 열중하느라 대답하기가 귀찮아졌다.

“그건 알아서 생각하세요.”

이로써 스스로 오해를 받게 만드는 삼룡이었다.

송현은 삼룡에게 질문하는 것을 멈추고 입술을 굳게 깨물었다. 그리곤 조용히 백서연을 어깨에 짊어졌다.

“뭐 하는 거예요?”

“해독했으니 데려가야죠. 남녀가 유별한데……..”

'내가 너무 무심했어. 같은 여자인데.'

뒤늦게 후회하는 송현이었다. 그녀의 눈에 이제 삼룡은 의원도 거지도 아니었다. 단지 한 마리 짐승일 뿐.

짐승이 된 삼룡은 입가에 밥풀을 묻혀가며 배를 채우기에 급급하고 있었고, 그런 모습에 송현의 삼룡에 대한 혐오감은 더해갔다.

'더러운 놈!'

다친 사람을 업어가도 신경 쓰지 않는 삼룡의 태도에 송현은 의심을 벗어나 아예 확신하는 단계에 접어들었다.

'역시 사조님 말씀대로 남자를 믿어서는 안 되는 동물이었어. 아무리 춘약에 취한 여자라지만 책임을 지려 하지 않잖아. 이래서 여자만 불쌍한 거야.'

송현이 백서연을 데리고 사라지자 삼룡은 방금 전까지 백서연이 누워 있던 상자 위에서 잠을 청했다.

그로서는 오늘같이 많이 움직인 날이 없었으니 무척이나 피곤한 상태였다.

"이제 잠 좀 편하게 잘 수 있겠군."

삼룡은 드러눕자마자 코를 골며 깊은 잠에 빠졌다. 그가 오늘 만든 악연은 생각지도 않은 채.

*   *   *

아미산 골짜기 사이로 해가 떨어지는 시각, 개소문에도 햇살이 기울었다. 따뜻한 오후 햇살 속에서 잠들었던 개소문의 송림 문주는 저녁의 서늘한 한기를 느끼며 기지개를 켰다.

"으아함, 잘 잤다."

의자를 털고 일어선 송림 문주는 아무 소리도 나지 않는 주위를 둘러봤다.

"사룡아, 사부한테 혼나서 심술이 난 게냐? 이 시간까지 밥도 안 하고 뭐 하는 게야?"

이제야 낮에 벌어졌던 훈계를 조금 걱정하는 송림 문주였다.

발걸음을 이리저리 옮기던 송림 문주의 눈에 사룡이 보이지 않자 그의 표정이 천천히 굳어졌다.

삼룡이 때문에 이런 상황에 단련이 되어 있는 듯 얼마 안 가 사룡이 보이지 않는 이유를 짐작해 냈다.

"설마 이 녀석이 몇 대 맞았다고 가출을……?"

송림 문주가 사룡이 가출했다고 여긴 순간, 뜻밖에 뒷마당에서 사룡의 목소리가 작게 들렸다.

"어디 간 거지? 분명히 여기 뒀는데……."

사룡의 목소리를 확인한 송림 문주는 그제야 얼굴에 미소가 떠올랐다. 송림 문주는 사룡이 눈치 채지 못하도록 될수록 소리를 내지 않고 움직였다.

송림 문주가 뒷마당에 도착해 있을 때, 사룡은 봇짐을 멘 채 마보(馬步) 수련을 위해 가져다 놓은 돌덩이 밑을 이리저리 뒤적이고 있었다.

"아, 정말 미치겠네. 여기는 대사형이 절대 안 오는 곳인데 대체 어딜 간 거냐고!"

송림 문주는 아무것도 못 본 척하며 접근해서는 물었다.

"무얼 찾는 게냐?"

"허억, 사부님!"

"녀석 놀라긴. 누가 보면 가출하려다가 사부에게 들킨 제자인 줄 착각하겠구나."

사부의 말에 고개를 숙이는 사룡이었다.

"사부님!"

이때 송림 문주는 고개를 숙인 사룡의 어깨를 두드려 주었다.

"삼룡이를 따라 해보고 싶었던 게냐? 그래도 그렇지. 이 사부가 놀랄 뻔하지 않았느냐? 나갈 때 나가더라도 서찰 정도는 남겨놓고 나가야지."

사부의 이런 마음을 알았을까. 사룡은 훌쩍이기 시작했다.

"흑흑, 사부님!"

"그래, 그래. 네 마음 다 안다. 혼자 있으니 외롭고 힘들었을 테지. 빨래도 하고, 밥도 하고, 게다가 수련까지 해야 하니까."

여기까지는 문원 숫자가 많지 않은 작은 문파에 어울릴 법한 화목한 그림이었다.

"흑흑, 사부님이시죠?"

"…음! 음?"

사레 걸린 듯한 송림 문주의 반응이 있자 사룡은 고개를 들었다.

"사부님 맞죠? 제가 오 년 동안 악착같이 모은 거, 가져가신 게 사부님 맞죠?"

켕기는 것이 있는지 송림 문주는 말을 더듬거렸다. 마치 삼룡이 혼자서 고기를 먹다가 걸렸을 때처럼 말이다.

"뭐, 뭘 말이더냐?"

라고 말하며 슬금슬금 도망치는 사룡의 사부였다.

"사부님, 지금 도망치시는 거죠?"

"인석아, 내가 무슨 도망을 간다고 그래? 네가 아까 무송이네 잔치한다고 하지 않았더냐? 어서 가자꾸나. 지금쯤이면 먹을 게 많을 것이다."

뒤도 안 돌아보고 도망치는 송림 문주였다. 이어 송림 문주를 애타게 부르는 사룡이의 목소리가 무명촌에 울려 퍼졌다.

"사부니임!"

*　　　*　　　*

"아, 목말라! 사룡아, 물 먹고 싶지 않냐?"

마치 개소문에 있는 것처럼 잠꼬대를 하며 삼룡이 깨어났다. 하지만 뭐가 불편했다. 팔과 다리가 제대로 움직여지지 않았으니까. 순간 삼룡은 자신에게 무슨 일이 있음을 식삼했다.

"어떻게 된 거지?"

흐릿한 시야에 삼룡은 눈을 비비고 싶었지만 그게 안 되었다. 게다가 눈을 떠도 앞이 보이질 않았고 항상 요 근래 주위를 떠나지 않던 오룡이의 기운도 느껴지지 않았다.

"오룡이 이 자식은 어디로 도망친 거야! 누굴 닮았는
지……."

삼룡은 잠들기 전 아미파의 약재창에 있었던 것을 기억하
고는 코를 킁킁거렸다.

"어, 약재 냄새도 안 나네? 여긴 대체 어디야?"

삼룡이 애를 쓰며 자신이 있는 곳이 어디인지 알아보려 했
지만 도통 알 수가 없었다. 게다가 움직이려 해도 굵은 밧줄
이 그를 놓아주지 않았다.

"저기요! 아무도 없어요? 여보세요!"

애타게 목청을 높였지만 그 어디에도 삼룡의 말에 대답하
는 사람은 없었다.

"여기 아무도 없나요?"

그가 있는 곳은 약재창이 아니라 아미파의 허름한 창고였
다. 그것도 눈을 가리고 기둥에 묶여 있는 채로 말이다.

그 창고 앞을 아미파 여제자 둘이 지키고 있었다.

그들은 창고 안에서 삼룡이 찾는 소리를 처음부터 듣고 있
었다. 하지만 이들 아미 제자들은 어떤 이유에선지 대답하지
않았다. 오히려 삼룡의 목소리를 듣는 자체가 매우 기분 나쁜
것처럼 소리가 들릴 때마다 인상을 구기고 있었다.

삼룡이 애달프게 소리친 지 일다경이 지났을 무렵, 한 아미
제자가 말했다.

"사저, 안에 있는 놈이 너무 떠드는데요."

“흥, 저런 쓰레기 같은 자식, 떠들거나 말거나. 내버려
둬!”

사매라고는 해도 너무 신경질적인 반응이었다. 그 때문에
말을 붙였던 아미 제자가 오히려 무안해졌다. 그것이 미안했
던지 바로 사과하는 그녀의 사저였다.

“사매, 미안해. 저놈 때문에 주 사고님이 쓰러지셨다는데,
오히려 우린 이놈을 지키고 있잖아. 그래서 나도 모르게 화가
났어.”

사저의 해명에 사매가 고개를 가로저었다.

“아니에요, 사저. 저도 들었어요. 저 나쁜 자식이 약에 취
한 여자를 겁탈했다면서요? 그것도 우리 아미파에서 말이에
요.”

“어휴, 사매도 들었군. 근데 그것뿐이면 내가 말도 안 해.”

순간 눈이 반짝이는 사매였다.

“뭐가 또 있어요?”

그녀의 사저는 주위를 슬쩍 확인하더니 사매에게 물었다.

“다른 사람한테 말하지 않는다고 약속하면 말해줄게.”

“알았어요, 사저. 하늘에 대고 맹세할게요. 이를 어기면 전
천벌을 받아 죽을 거예요.”

사매가 맹세하자 사저는 바로 말을 이었다.

“한철빙면 사고님이……..”

단 몇 마디 말만 듣고도 발작적으로 반응하는 사매였다.

“설마 저 음적(淫賊)한테 당하셔서 그 충격으로 쓰러지신

거예요? 전 사고님께서 뇌음사 승려들과 싸우다 정신을 잃으셨다고 들었는데?"

"아니, 그게 아니고……."

"그럼 저놈 말고도 뇌음사 승려들한테도 당하신 거예요? 몇 명한테나요?"

점점 상상력을 키워가는 사매 때문인지 다음 말이 잘 나오지 않는 사저였다.

"흠흠, 사매, 나 말 좀 하자. 지금 사매 때문에 무슨 말을 못하겠어."

"죄송해요. 제가 원래 호기심이 많은 편이라……."

"알았으니 잘 들어. 오늘 조영 사고께서 보셨다는데, 글쎄 저놈이 한철빙면 사고님을 희롱했다지 뭐야?"

딴엔 심각한 말이었는데 받아들이는 사매는 영 싱거운 모양이었다.

"그냥 희롱이요?"

"더 있겠지. 근데 나도 아직 그것밖에 몰라. 아무튼 중요한 건 한철빙면 사고님이 저놈한테 아무 소리도 못하고 고분고분하더래. 사매도 알지? 그 사고님 근처에만 가도 한기가 뻗치는 거."

"알죠. 그것 때문에 겨울 동안 주 사고님 계신 데는 얼씬도 안 했는걸요."

"그런데 저놈이 무슨 말만 하면 그 한기가 없어졌다는 거야."

“에이, 설마요. 한여름에도 사고님 옆에만 가면 얼마나 춥게 느껴지는데요.”

“그러니까 이상하다는 거지. 주 사고님이 어떤 분이셔? 사고님 사부님이 돌아가신 이후로 문파 밖을 절대 나서지 않은 분이잖아. 그런데 오늘 그 금기를 깨고 출문하신 것도 모자라서 저놈 마차를 타고 나타나셨대.”

“저 음적 놈의 마차를요?”

“아무튼 그 후로 뇌음사 승려들과 싸움을 했다나 봐. 그런데 글쎄, 무슨 이유에서인지 사고님이 뇌음사 승려들과 싸울 때 힘을 제대로 못 쓰더래. 게다가 저놈 때문에 사고님을 돕던 주가장 사람들까지 수난을 당했다는 거야, 글쎄.”

“음적들은 체음보양(體陰補陽)을 해서 내공을 쌓는다더니 혹시 사고님이 기운을 뺏긴 거 아니에요?”

“쉿! 그런 소린 함부로 하는 게 아니야, 사매.”

철없는 사매의 목소리가 컸다고 느꼈는지 다시 한 번 주위를 살피는 아미 제자였다.

“죄송해요. 아무튼 저 나쁜 놈한테 당한 사람이 한둘이 아니군요.”

“그러니까 격분한 조영 사고님께서 저놈을 잡아두라고 명하신 거지.”

“그런데 사저, 저딴 음적 놈은 죽여 버리든가 죄인을 가두는 뇌옥에 가두지 왜 이런 창고에 가둬두는 거예요?”

“아직 죄가 확실하지 않은가 봐. 장문인께서는 음적 주제

에 의원 행세를 하고 다니는 게 이상하다고 확인할 게 있으시
다나 봐. 제 발로 음적이 아미파를 찾아온 경우는 지금까지
없었으니까. 그런데 말이야, 송현 사매 얘기를 들으면 확인하
고 말 것도 없는 것 같아."

　사저의 얘기에 고개를 열심히 끄덕이는 사매였다.

　"아, 그 얘기 저도 들었어요. 정문을 지키는 송현 사저에게
도 수작을 부렸다면서요?"

　"응, 그랬대. 내가 혹시나 해서 송현 사매에게 물어봤더니
저놈이 춘약을 먹어보라고 했다는 거야. 자기가 만든 건 효과
가 다른 춘약이라면서."

　원하는 내용이었는지 박수까지 쳐가며 되묻는 사매였다.

　"어머, 어머! 정말요?"

　"이 얘긴 내가 직접 들었으니까 틀림없어."

　"그럼 저놈이 음적인 건 확실하잖아요. 저런 놈은 당장 쳐
죽여야 해요. 그게 우리 아미파의 계율이잖아요. 살(殺)로써
살(殺)을 제압한다."

　격앙된 사매의 반응에 사저가 말리는 형국으로 변했다.

　"장문인께서 확인할 게 있으시다고 일단 잡아두라고 하셨
어. 저놈이 아미신녀님을 안다고 했다나 봐."

　"어머, 그럼 아미신녀님도 당하신 거예요? 아미신녀님은
나이도 엄청 많으신데. 하긴 음적들은 여자라면 가리지 않는
다면서요?"

　다시 상상력을 키워가는 사매 때문에 사저는 입술을 굳게

깨물었다.

"사매, 상상하는 건 좋은데 그러다 우리 둘 다 계율원에 끌려가 고초를 당하는 수가 있어. 거기가 얼마나 무서운 데인지 사매도 알지?"

사저의 협박에 그제야 입을 굳게 다무는 사매였다.

조용히 창고 안에서 아미 제자들의 대화를 듣고 있던 삼룡, 그의 얼굴 표정은 황당하기 이를 데 없었다.

"뭐야? 내가 음적이라구?"

이전과 달리 밖에 들리지 않을 만큼 조용히 혼자 되뇌는 삼룡이었다.

'젠장, 그냥 못 본 척할 걸 괜히 나서서. 이럴 게 아니라 이번엔 도망이라도 쳐야 하는 건가?'

조용히 눈을 감은 채 움직이던 삼룡은 입술을 굳게 깨물었다.

'쳇, 보통 밧줄도 아니네. 천잠사라도 쓴 건가? 왜 이리 튼튼한 거야? 에이, 더 귀찮아졌잖아.'

산룡의 생각대로 아미파가 음적으로 의심받는 사람에게 보통 밧줄을 쓸 리 만무했다. 음적들은 무공 수위가 높은 사들이 많았는데, 그 때문이라도 일반 밧줄은 쓰지 않았다.

게다가 아미파는 강호에 널린 음적 문제에 매우 민감한 문파로 통했다. 이는 문원 대부분이 여자로 구성되어서만은 아니었다.

강호에는 검각이라는 순전히 여자들로만 구성된 검문도 있었지만, 그들은 자신들의 수련 외에는 일체 다른 곳에 신경 쓰지 않았다.

유독 아미파만이 음적이라고 하면 정파나 사파를 가리지 않고 처단했다.

때때로 음적이라 오해받고 억울하게 죽는 강호 무인들도 부지기수였지만, 대의를 명분으로 한 명문 아미파의 행동이 었기에 다들 그냥 넘어가는 경우가 대부분이었다.

사천에 황룡문이라는 문파가 있었는데, 하루는 그 문파의 수제자 하나가 저잣거리에서 첫눈에 반한 아미 제자에게 치 근거렸다가 아미파와 다툼이 벌어진 일이 있었다.

그때 힘이 약한 황룡문에서 십 년간 봉문 결정을 내려 수제 자를 보호하려 했으나 아미파에서는 이를 무시하고 아미파 고수를 보내 죽여 버렸다.

이러니 진짜 음적은 어떻겠는가. 그래서 강호 음적들은 아 미파라고 하면 자다가도 일어나 욕을 하고 침을 뱉을 정도였 다.

아미파에서는 음적이라고 하면 대화나 타협없이 일단 처 단하고 봤으니 말이다.

다만 삼룡을 묶은 포승줄은 천잠사가 쓰인 것이 아니라 내 력을 써서 쉽게 끊어지지 않을 만큼 튼튼한 밧줄이었을 뿐이 다.

힘으로 줄을 끊으려 했던 삼룡은 조금 귀찮다는 듯 중얼거렸다.

"아, 이거 상당히 질기네. 아무튼 집 나오니 생고생이야. 사룡이는 좋겠다. 지금쯤 늘어지게 자고 있을 테니."

사부를 찾아 무명촌을 쫓아다니는 사룡이의 상황을 알 리 없는 삼룡은 투덜거리며 눈을 감았다.

그리곤 주문처럼 나지막이 외쳤다.

"나룡심법(懶龍心法) 오의(奧義) 검체현신(劍體現身)!"

짧은 외침과 동시에 삼룡은 미동도 하지 않았다.

순간 창고 문이 열리며 번을 서고 있는 아미 제자 하나가 안을 살폈다.

"왜 아무 소리도 없지?"

이어 문밖에 있는 아미 제자가 말했다.

"사매, 아무 일 없으면 문 닫아. 여길 마음대로 드나들었다 간 장로님한테 혼나."

"알았어요, 사저."

창고 문이 다시 닫히자마자 삼룡의 몸 주변으로 한줄기 바람이 불었다. 바람이 불 턱이 없는 꽉 막힌 창고 안이었지만 분명 서늘한 바람이 불었다. 순간,

스슷.

미세한 작은 바람이 검기라도 되는 것처럼 삼룡의 옷자락을 잘랐다. 비록 한 오라기 정도였지만 분명 바람 줄기가 칼처럼 삼룡의 옷깃을 잘랐다.

스슷, 스슷!

다시금 바람이 불더니 이전보다 크게 삼룡의 옷깃이 잘라졌다. 그것도 잠시, 바람이 연이어서 불기 시작하자 금세 삼룡의 옷 여기저기가 갈라지기 시작했다.

삼룡의 나이 이제 서른. 하지만 피부는 그 나이 또래의 피부가 아니었다. 아니, 나이를 추정할 수 없을 만큼 지저분했다. 이는 씻지 않아서 지저분한 것도 아니었다.

단지 수많은 칼로 일부러 그어놓은 것 같은 어지러운 칼자국이 빼곡했다.

옷깃도 자르는 예리한 바람이 삼룡의 피부에 닿자 삼룡의 입에서 신음 소리가 작게 새어 나왔다.

"으으!"

*   *   *

삼룡이 창고 안에서 첫 신음 소리를 낼 때, 아미파의 대회의실에는 아미파의 장문인 원영(圓瑩) 사태와 장로 여덟, 낮에 대뢰승들과 싸웠던 조영을 비롯한 일대제자 십수 명이 심각한 표정으로 앉아 있었다.

의자 옆 개인 차탁(차를 놓는 작은 탁자)에 놓인 등잔 불빛, 그 불빛 사이로 비친 아미파 수뇌부들의 얼굴 대부분은 침울하다 못해 검은 그늘이 져 있었다.

긴 침묵을 깨고 아미파 장문인이 호법장로 원추 사태에게 물었다. 원추 사태는 장문인의 사매였다.

“다른 제자들은 당분간 치료하면 완쾌된다지만, 희설이 그 아이는 언제쯤 깨어날 것 같습니까?”

장문인의 물음에 호법장로는 대답 대신 긴 한숨부터 내뱉었다. 그만큼 주희설의 상태가 심각하다는 뜻이었다.

“죄송합니다, 장문.”

“괜찮습니다. 그만큼 그 아이의 상태가 심각하다는 뜻이겠지요.”

이에 호법장로 원추 사태는 고개를 끄덕이며 대답했다.

“심지(心地)를 다친 것이라 언제 깨어날지 장담할 수가 없습니다, 장문.”

“하필이면 장문인이 될 그 아이가…….”

한 문파의 수장은 자신의 심정을 표현하지 않는 것이 보통이었다.

특히 아미파처럼 명문정파를 이끄는 장문인의 경우는 자신의 감정을 일체 드러내지 않는 것이 기본이었다. 하지만 지금의 아미파 장문인은 장로들뿐만 아니라 제자들이 있는 앞에서 망설임없이 머리를 짚고 한숨을 내뱉고 있었다.

이미파 장문인 원영 사태의 나이 팔십 세였다. 주름진 얼굴이었지만 꼿꼿한 자세가 마치 대나무를 보는 듯했다. 하지만 그 대나무가 지금 큰 바람에 휘청거리고 있었다.

많은 사람이 장문인의 근심을 덜어내고 싶었지만 그 누구도 쉽게 나서지 못했다.

원영 사태가 다시 입을 연 것은 일각이 지나서였다.

"음적에게 잡혀온 청성 도장과 여자는 회복이 되었다지요?"

오랜 침묵이 계속된 탓인지 누구든 쉽게 대답하려 하지 않았다. 이에 눈치를 보던 제자 하나가 공손히 대답했다.

"여기 오기 전 확인해 보니 다들 정신을 차리고 있었습니다. 특히 여자 쪽 회복이 더 빨랐습니다. 배가 고프다고 하여 죽을 끓여주라 명하고 왔습니다."

"다행이구나. 겁탈까지 당해서 정신적인 충격이 상당할 텐데, 혹여 자살하려고는 하지 않더냐?"

"그런 눈치는 없었습니다. 단지 깨어나 말없이 눈물만 흘렸다 들었습니다. 그리고 조영 사매가 어떻게 달랬는지 그 울음도 그쳤다고 합니다."

"쯧쯧, 그나마 다행이구나. 그래도 가련한 신세이니 당분간 이곳에 머무를 수 있도록 배려해 주거라. 원한다면 제자로 받아주고."

"예, 장문인!"

다시 아미 장문의 시선이 다른 일대제자에게로 향했다. 그녀는 낮에 삼룡과 부딪쳤던 조영이었다. 조영은 장문인의 제자이기도 했다.

"영아, 희설이 뇌음사 승려들과 대등하게 싸웠다 했느냐?"

"네, 사부님. 처음에는 대등하게 싸웠습니다. 적수공권(赤手空拳)만으로도 뇌음사 승려 셋에게 밀리지 않았습니다."

조영의 얘기를 처음 듣는 장로 몇몇과 제자들은 의아한 듯 고개를 갸웃거렸다. 아미파는 검과 창으로 유명했지 권이나 장으로 이름을 얻은 제자는 없었다.

이는 여인의 몸으로 권이나 장법을 구사해서 일정 경지에 오르는 것에 한계가 있었기 때문이다. 게다가 상대는 밀종대수인이라는 장법으로 유명한 뇌음사 승려들이 아닌가!

그런 주희설이 대등하게 싸우고도 쓰러진 이유가 궁금해지는 순간이었다.

"그런데 어찌 그리된 것이냐?"

"그게……."

조영은 대답하려다 말고 갑자기 고개를 푹 숙였다. 그러자 계율원을 담당하는 집법장로 원지 사태의 목소리가 울렸다. 집법장로 원지는 현 장문인 원영의 사저였다.

"장문인과 장로들 앞에서 뜸을 들이다니! 어서 아는 대로 고하지 못하겠느냐?"

아미파에서 원지 사태는 장문인도 감히 함부로 할 수 없는 존재였다. 그녀가 장문인의 사저여서가 아니라 강직한 그녀의 성정이 그랬다.

오죽하면 아미 제자들 사이에서는 그녀를 염라 사태라고 불리겠는가?

원지 사태의 호통에 조영은 서둘러 대답했다.

"주 사저는 뇌음사 승려 셋과 싸워 밀리지 않았으나 압도하지는 못했습니다. 오히려 주 사저가 밀리지 않은 것이 신기

했을 따름입니다."

본론을 얘기하지 않자 다시 집법장로의 목소리가 이어졌
다.

"그런데?"

"그때 제 생각이 사저가 적수공권으로 뇌음사 승려들과 대
등하게 싸우고 있으니 검을 들면 분명 이길 것이라 생각되었
습니다."

조영의 이런 생각에 다들 동의하는지 장로들을 비롯한 일
대제자들이 동시에 고개를 끄덕였다.

"그래서 저는 빈틈을 보아 사저에게 제 검을 건네주었습니
다."

"네 검은 장문인께서 직접 하사하신 보검이 아니더냐?"

관재장로의 말에 조영은 고개를 끄덕였다.

"네, 장로님. 화정검(火正劍)이라는 명검입니다. 그래서 더
욱 도움이 될 것이라 판단한 것이었습니다. 그런데 그때부터
일이 틀어졌습니다."

"어떻게 말이더냐?"

"처음에는 제 생각대로 주 사저가 대뢰승들을 압도했습니
다. 하지만 시간이 점차 지날수록 사저의 얼굴이 변하더니 끝
내는 정신을 잃고 쓰러져 버렸습니다."

가만히 듣던 전공장로가 고개를 갸웃거리며 물었다.

"혹 희설이 뇌음사 승려들의 밀종대수인(密宗大手印)에 격
중되었던 것이냐?"

"아닙니다. 주 사저가 쓰러질 때에는 뇌음사 승려들은 멀리 떨어져 있었습니다. 그리고 내력이 들어간 격공장(隔空掌)에 맞았더라면 내상이라도 입었을 텐데 내상의 흔적도 전혀 없었습니다."

다시 장문인 원영 사태가 조영에게 물었다.

"그럼 주가장 무사들은 어찌 된 것이냐? 뇌음사 승려들은 희설이 쓰러지자 공격하지 않았다고 들었다."

"그 당시 다친 제자들과 사매들을 먼저 후송하느라 사저를 데려올 사람은 저밖에 없었습니다. 하지만 혼자서는 무리였습니다. 알고 보니 주 사저의 조카들이 주가장 무사들 틈에 끼어 있었습니다. 그래서 그들에게 도움을 요청한 것입니다."

"그건 잘한 일이다. 더 늦었더라면 희설의 목숨까지 위험할 뻔했다."

장문인의 칭찬을 들었지만 조영의 표정은 조금도 나아지지 않았다.

이때, 지금까지 장문인 옆에서 가만히 듣고만 있던 전공장로의 눈빛이 천장으로 향했다. 심상치 않은 그녀의 기척을 눈치 챈 이는 오직 아미파 장문인뿐이었다.

"무슨 일 있습니까, 전공장로?"

"아닙니다, 장문인. 천장에 쥐새끼가 들었나 봅니다."

전공장로는 자신의 감각을 미심쩍어 하면서도 고개를 갸웃거렸다.

아미파 대회의실, 그것도 초절정을 넘는 고수들이 모인 이곳을 염탐할 정도의 실력을 가진 자가 있겠느냐는 것이 전공장로의 생각이었다.

이때 집법장로가 심각한 표정으로 나섰다.

"그나저나 백주에, 그것도 우리 아미파 안에서 여인을 겁탈한 그 삼룡이란 음적 놈은 대체 언제까지 두고 볼 겁니까, 장문?"

"글쎄요. 그 문제는 좀 더 두고 봐야 할 것 같습니다만."

"놈이 송현이라는 아이를 희롱했다지 않습니까? 그 이상 무슨 증거가 필요하겠습니까, 장문?"

장문인 앞에서도 굽힘 없는 집법장로가 염라대왕처럼 보이는 순간이었다.

"집법장로는 음적이 사람의 목숨을 구해줬다는 말을 들어본 적이 있나요. 더 확인해 봐도 늦지 않을 겁니다."

"춘약을 해독한다는 핑계였을 뿐입니다, 장문. 언제 우리 아미파가 그런 걸 따지고 음적을 처단했습니까? 장문께서 정 나서시기 그렇다면 제가 나서겠습니다."

원지 사태의 목소리가 커지자 아미 장문 원영 사태는 골치가 아픈지 머리를 짚었다.

이어 귀찮은 듯 말했다.

"정 그러시다면 직접 아미신녀님께 허락을 맡아오십시오."

"아미신녀님께서! 그럼 그 음적 놈이 아미신녀를 안다는 얘기가 허풍이 아니라 사실이었습니까, 장문?"

"아미신녀께서는 그자가 음적 짓을 할 리가 없으니 다시 확인하라 부탁하셨답니다."

"허, 아미신녀님께서 부탁을요?"

"네, 사저."

답답한 마음에 아미 장문인은 원지 사태를 사저라 불렀다. 그 때문인지 집법장로는 더 이상 음적 삼룡의 얘기를 꺼내지 않았다.

그제야 아미 장문인은 정작 회의를 주재한 이유를 꺼내 들었다.

"오늘 아침 아미신녀께서 희설이란 아이를 장문인으로 내정했습니다. 모두 알겠지만 아미파의 장문인은 오직 아미신녀님만이 결정할 수 있습니다. 지금까지 이를 어긴 적은 단 한 번도 없었습니다. 하지만 그 아이가 깨어나지 못한다면 본의 아니게 아미신녀님의 뜻에 반하게 되는 것입니다."

힘들게 꺼낸 장문인의 얘기에 장로들은 심각한 표정을 지었다.

아미파는 불가(佛家)보다 도가(道家)의 역사가 깊은 문파였다. 하지만 도가 선인들이 불가의 비구니보다 속세에 물들 경우가 많다는 이유로 불가 쪽에 대내외적인 것을 모두 믿거두고, 단지 장문인을 결정하는 것에 권한만 행사했던 것이다.

즉, 아미파의 실세는 아미파 장문인이 아니라 아미신녀였다.

아미신녀가 마음만 먹는다면 지금도 도가 쪽에서 아미파

전체를 장악할 수 있는 권한이 있었다. 그런데 하필이면 아미신녀가 차기 장문인을 내정한 오늘 이 같은 일이 벌어졌으니 이들의 근심이 클 수밖에 없었다.

관재장로가 말했다.

"오해 받을 것이 뻔한 일입니다, 장문."

"적어도 삼 일 안에 희설이 깨어나지 않으면 큰일이 생길 겁니다. 그래서 호법장로에게 언제 깨어날지를 물은 것이지요."

이에 호법장로를 모두 쳐다보자 그녀는 자신의 능력 밖이라는 뜻으로 고개를 가로저었다. 그러자 아미 장문인이 그랬던 것처럼 모두 깊은 한숨을 뱉어내며 깊은 상념에 빠져들었다.

아미파 대회의실이 있는 전각 위, 거의 벌거벗은 듯한 한 사내가 서 있었다.

그의 몸은 갈가리 찢긴 옷으로 대충 중요한 부분만 가린 상태였는데, 워낙 천이 작은 탓에 벌거벗은 것처럼 느껴졌다.

달빛에 비친 사내의 몸은 온통 미세한 칼자국이 가득했는데, 그는 바로 삼룡이었다.

'낮에 내 마차에 탄 그 낭자가 주희설이었어. 게다가 차기 장문인, 거기에 일면식도 없는 아미신녀가 나를 안다고?'

아미파 수뇌부의 대화를 모든 들은 듯 삼룡의 생각은 복잡했다. 우선 그가 음적으로 몰린 것은 확실하고, 여차하면 집법장로가 자신을 죽이려 한다는 것 때문에 말이다.

자신이 목숨을 구해준 백서연도 자신이 겁탈당했다고 생각하고 있으니 그녀가 도움을 줄 것이라고는 생각되지 않았다. 게다가 청성의 지평은 아무것도 보지 못했으니 영락없이 죄를 뒤집어쓰게 생겼다.

거기에 아미신녀는 삼룡을 안다고 하지 않는가!

'에이, 뭐가 이리 복잡한 거야!'

머리를 쥐어뜯는 삼룡이었다.

사실 삼룡은 사문의 보물(?)인 균검만 찾고 도망치려 했다. 그걸 버리고 갔다간 사부에게 몇 날 며칠을 맞을지 모르니 말이다.

지붕을 통해 아미 제자들의 움직임을 파악하다가 삼룡은 대회의실로 가는 아미 제자들을 따라온 것이다.

왜냐하면 그들의 손에 삼룡의 봇짐이 들려 있었기 때문이다. 하지만 절정을 넘나드는 고수들이 수두룩한 아미파 내에서 들고 있는 봇짐을 빼앗는 것은 힘든 일이었다.

물론 힘으로 하면 가능하겠지만, 대신 소동이 벌어질 게 뻔했다. 그 때문에 삼룡은 전각 위에서 동태를 살핀 것이다.

그때였다. 소란한 소리와 함께 회의실을 빠져나가는 아미 제자들이 삼룡의 눈에 들어왔다.

아미파의 장로들은 아직 장문인과 대화를 하는지 밖으로 나오지 않았다.

삼룡은 먼저 자신의 봇짐을 들고 있는 아미 제자부터 찾았다. 그런데 공교롭게도 조영의 손에 삼룡의 봇짐이 들려 있었다.

'어, 그년이잖아?'

삼룡은 조영을 알아보고 조용이 뒤따랐다. 물론 지붕 위로 말이다.

삼룡은 마치 바람처럼 소리없이 지붕 위를 넘나들었고, 아래에 있는 아미 제자들은 전혀 눈치 채지 못했다.

조영이 향한 곳은 백서연이 요양하고 있는 한 별채였다.

백서연은 더럽혀진 자신의 옷 대신 아미파에서 준 백의를 입고 있었다. 하지만 머리를 앞으로 늘어뜨려 자신의 얼굴을 감추고 있었다.

조영을 본 백서연이 먼저 말했다.

"언니, 가지고 오셨나요?"

백서연이 친근하게 호칭하자 사납기만 하던 조영의 얼굴이 부드럽게 변했다.

"응. 근데 이게 맞는지 모르겠다."

라고 말하며 주섬주섬 무언가를 꺼내놓는 조영이었다. 조영이 가져온 물건은 삼룡의 봇짐뿐만이 아니었다. 삼룡이 갈무리했던 작은 합까지 들고 있었다.

이를 본 백서연은 깜짝 놀라며 재빨리 합을 손에 들었다.

"어, 내 합!"

"역시 동생 거였네. 여기 그놈 짐에는 인피면구밖에 없더라고. 그래서 이상한 그놈이 수중에 가지고 있었던 게 있는지 찾아보라고 시켰었어. 아무튼 다행이다. 동생 걸 찾았으니.”

“혹시 이 합을 열어본 건 아니죠?”

백서연의 질문에 싱긋이 웃으며 대답하는 조영이었다.

“응, 그럴 시간도 없었어. 그리고 우리 아미파는 남의 물건을 함부로 확인하지 않아.”

조영의 말에 백서연은 비로소 안심했다는 표정이었다. 반면 지붕 위에서 듣고 있던 삼룡의 얼굴은 정반대였다.

“얼굴을 보니 이제 괜찮은 거 같네. 여긴 내 처소이니 편하게 쉬어. 당분간은 아무 생각 하지 말고.”

“예, 언니.”

“난 이 사실을 집법장로님께 얘기하고 다시 올게. 아마 이 얘기를 들으시면 그 자식을 당장에 쳐 죽이실 거야.”

조영이 기분 좋은 얼굴로 돌아선 순간, 돌연 백서연의 손길이 조영의 등 뒤로 향했다.

타닥!

순식간에 혼혈 세 곳을 점혈하자 조영은 정신을 잃고 쓰러져 버렸다. 워낙 방심하고 있었던 탓도 컸지만 백서연의 점혈 수법이 쾌속했기 때문에 혼절하듯 아무것도 느끼지 못하고 그냥 쓰러져 버린 것이다.

“언니, 미안해.”

순간 귀가 의심스러운 삼룡이었다.

‘뭐가 미안하다는 거지?

그사이 백서연은 삼룡의 봇짐에서 목검을 꺼내 들었다.

'대신 언니 검은 쓰지 않을게. 나한테 잘해준 언니 검에 피를 묻힐 수는 없어.'

이어 백서연은 조영이 가지고 온 인피면구를 집어 들었다. 그리곤 인피면구를 이리저리 만지작거리더니 다시 뒤집어쓰는 것이었다.

그런데 인피면구를 뒤집어쓴 그녀의 얼굴이 어딘지 조영과 닮아 있었다. 게다가 백서연이 내기를 운용하자 점점 조영의 얼굴과 닮아갔다.

이어 백서연은 조영의 머리 모양을 따라 꾸미기 시작했고, 채 일다경이 안 돼서 조영의 모습과 얼추 비슷하게 변했다.

백서연은 조영의 모습으로 처소를 빠져나와 어딘 가로 향했다. 조영으로 변한 그녀였기에 그녀를 막는 아미파 제자는 아무도 없었다.

다만 목검 때문에 삼룡이 그녀를 쫓고 있었다. 하지만 삼룡도 눈앞에 있는 여인이 아미파의 조영이라고 생각했지 백서연이라는 것은 전혀 모로는 상태였다.

백서연은 아미파 내부의 길을 알고 있는 듯 움직임에 망설임이 없었다. 게다가 인적까지 드물어지자 경공까지 전개하는 그녀였다.

'아, 그년, 되게 빠르네.'
내심 중얼거리며 열심히 쫓는 삼룡이었다.

第五章

등선(登仙)

허허실실

아미산의 정상. 그곳엔 도가 쪽 아미파 사람들이 모여 사는 금정선원(金頂仙院)이라는 곳이 있었다.

이곳은 항시 구름이나 안개가 끼어 있는 신비로운 곳이었는데, 이곳에 서면 잡생각이 없어지고 정신이 맑아졌다. 그 때문인지 이곳에서 수련을 하면 무공 성취도 빨랐다.

때문에 이곳에 터를 잡은 도인들은 이곳을 황금처럼 귀하다 하여 금정(金頂)이라 불렀다.

이런 소문을 듣고 찾아온 도인들이 늘어가자 담을 치고 건물을 세운 것이 현재의 금정선원의 시초가 된 것이다.

금정선원에는 대부분 고령의 선인이나 승려들이 머물렀고, 간혹 이들의 직접 가르치는 제자 한두 명만이 이곳에 머물렀다. 그 이외에는 일정 수준이 될 때까지 산 아래의 아미파에 머무르는 것이 원칙이었다.

물론 본인이 간절히 원하면 이곳으로 올 수도 있었다. 이는 불법을 수행하는 비구니들도 마찬가지였다.

이 금정선원에서 북쪽으로 조그만 소로가 하나 뚫려 있었는데, 이 길은 웬만하면 대낮에도 사람들이 다니지 않았다. 왜냐하면 대낮에도 황소만 한 호랑이들이 어슬렁거렸기 때문이다.

구태여 호랑이와 싸우고 싶다면 모를까 일부러 그곳을 찾아올 사람은 없었다. 하지만 어디에나 예외는 있는 법.

사사삭!

한 인영이 소로를 따라 겁없이 내달리고 있었다. 몸 전체에 피처럼 붉은 천을 두른 혈의사내였다.

근처에 호랑이들이 시퍼런 불빛을 내뿜으며 어슬렁거렸지만 그는 상관하지 않았다. 오히려 그의 눈빛은 무엇이든 단번에 베어버릴 듯한 예리한 기운이 담겨 있었다.

그런 그의 마음을 알아차리기라도 한 것인지 산속에서 지켜보는 호랑이들은 그를 건드리지 않았다.

*   *   *

한눈에 보기에도 누추한 초옥. 쓰러질 듯 기울어진 기둥이며 낡은 세간은 이곳이 흉가인지 폐가인지 구분이 되지 않을 정도였다. 초옥 둘레에 쳐진 야트막한 대나무 담장도 군데군데 구멍이 뚫려 있었다.

그럼에도 초옥 안쪽에서는 희미하게나마 불빛이 새어 나오고 있었다. 사람이 살고 있다는 얘기였다. 순간 초옥 안에서 기침 소리가 들렸다.

"콜록콜록!"

기침 소리가 끝나자마자 앳된 여자 아이의 목소리가 들렸다.

"사부님, 괜찮으셔요?"

"괜찮다니까 그러는구나. 콜록콜록!"

"말씀하지 마세요, 사부님. 제가 의원을 불러올게요."

"이곳에 너보다 의술이 뛰어난 자도 있더냐?"

"사부님……."

초옥 안에는 깊은 주름살 때문에 나이 추정이 힘든 늙은 여인이 침소에 누워 있었고, 열두 살 정도 되었을 법한 소녀가 여인의 손을 잡고 눈물을 글썽이고 있었다.

도관을 갖춘 여인의 차림새는 금정선원의 선인 차림이었고, 소녀는 여염집 아이 같은 평범한 차림이었다.

하지만 벽에 걸린 쌍검이라든지 흔히 보이는 무공 서적과 아이가 여인을 사부로 호칭하는 것으로 보아 스승과 제자의 관계로 짐작되었다.

자신의 운명을 미리 아는 듯한 여인은 소녀의 머리를 부드럽게 쓰다듬으며 말했다.

"너를 두고 어이 갈꼬. 아직 천지를 모르는 제자를 두고 어이 갈꼬."

"그런 소리 마세요. 사부님은 죽지 않아요."

"사람이나 신선이나 늙으면 죽게 마련이지. 순리를 어기면 그것이 어찌 도(道)이겠느냐? 콜록콜록!"

힘든 순간에도 가르침을 주려는 사부의 애틋한 마음에 어린 제자는 말없이 눈물만 흘렸다. 순간 초옥 근처에서 호랑이 울음소리가 들렸다.

어흐웅!

밖에서 호랑이 소리를 들은 늙은 여인이 힘들게 몸을 일으키며 말했다.

"초홍아, 때가 되었다. 이제 아껴두었던 기운을 써야겠다."

소녀의 이름은 담초홍이었다. 담초홍은 사부의 말이 유언처럼 들리는지 눈물을 글썽이며 말렸다.

"그건 안 됩니다, 사부님. 안 돼요. 흑흑!"

어린 제자의 만류에도 여인은 내기를 끌어올렸다. 그러자 기침이 끊이지 않던 그녀의 숨소리가 금세 안정을 되찾았고 얼굴에 조금이나마 핏기가 돌았다.

하지만 담초홍은 이런 사부의 나아진 모습이 더 안타까운지 눈물을 멈추지 않았다.

숨소리가 편안해진 여인이 말했다.

"며칠 전 하늘을 보니 오늘 손님이 세 분 찾아온다고 하더구나. 두 사람은 내가 빚진 사람들이고, 한 사람은 내게 빚을

진 사람이다."

마치 임종 직전에 유언을 남기는 듯한 사부의 말에 담초홍은 듣지 않으려는 듯 고개를 좌우로 흔들었다.

"초홍아, 내가 첫 번째 사람에게 죽는 것을 슬퍼 말아라. 그는 오히려 나를 편안하게 해주는 것이다."

"사부니임!"

마침내 자신이 죽을 것임을 예견하자 담초홍은 사부를 덮치듯 끌어안았다. 하지만 그녀의 사부는 토닥이며 꿋꿋이 말을 이었다.

"그리고 두 번째 사람은 내게 맡긴 것을 찾으러 오는 것이다. 그 사람이 죽은 내 몸을 뒤지거든 여기 있는 이걸 건네주거라."

사부는 미리 준비한 듯 머리맡에 준비한 보자기를 내밀었지만 담초홍은 그것을 받으려 하지 않았다.

"초홍아, 네가 이걸 건네주지 않으면 모든 것이 악연으로 변해갈 것이다. 그렇게 돼도 좋으냐?"

사부의 말이 통한 것인지 어린 제자는 공손히 보자기를 받아 들었다. 그러자 사부는 힘겹게 다시 말을 이어갔다.

"마지막으로 오는 사람은 내게 빚진 사람인데, 넌 무소선 그 사람을 따라가야 한다. 그래야만 네가 살 수 있다."

"싫어요, 사부님. 전 사부님이 돌아가셔도 곁에 있을 거예요."

"아니 된다."

제자에게 한없이 부드럽기만 했던 사부는 이 순간만큼은 단호했다. 순간 뼈와 가죽만 남은 여인의 얼굴에 노기(怒氣)까지 어렸다.

엄한 사부의 얼굴을 처음 대하는 듯 담초홍은 어찌할 바를 몰랐다.

"그럼 장례라도 치르게 해주세요."

"그것도 아니 된다."

좀처럼 물러섬이 없는 사부의 모습에 담초홍은 쉽게 결정을 내리지 못했다. 하지만 사부가 고집을 꺾지 않을 것임을 담초홍은 알고 있었다.

제자 담초홍의 고집이 어느 정도 수그러든 듯이 느껴지자 다시 늙은 사부가 타이르듯 말했다.

"세 번째 사람은 널 떼어놓으려고 별수를 다 쓸 것이다. 하지만 넌 무조건 그 사람이 시키는 대로 해라. 그렇게 하면 그 사람은 널 버리지 못할 거다. 할 수 있겠느냐?"

"네, 사부님."

"그래, 그래야지. 그럼 어디 한번 안아보자꾸나."

사부가 팔을 벌리자 담초홍은 작은 새처럼 늙은 사부의 품에 안겼다. 마지막 체취를 맡고자 담초홍은 더욱 꼭 끌어안으려 했다. 순간,

타닥!

제자가 품속으로 파고드는 그 순간 늙은 사부는 어린 제자의 아혈(啞穴)을 점혈했다. 놀라 쳐다보는 담초홍에게 사부는

온화한 미소를 지으며 말했다.

"당분간 말을 하면 안 된다. 일부러 혈도를 풀어서도 절대 안 된다. 스스로 풀릴 때까지 인내해야 한다. 알겠느냐?"

사부의 당부에 제자는 고개를 끄덕일 수밖에 없었다. 순간 사부에게 말조차 못하는 것이 서글펐던지 담초홍의 눈망울이 반짝였다.

"이런, 너는 스무 살이 되어서도 아이처럼 계속 우는구나."

고작 열두서너 살이 되었을 법한 아이를 보고 스무 살이라고 말하는 담초홍의 사부였다. 그렇다고 그녀의 정신이 이상한 것은 아니었다.

제자인 담초홍이란 소녀도 부정하는 눈빛이 아니었으니까.

"그리고 기쁜 소식을 전해주마. 그 사람과 함께 있으면 네 정체(停滯)도 자연스레 풀릴 것이다."

사부의 말에 울기만 하던 담초홍의 눈빛이 잠시나마 밝게 빛났다. 그때였다. 다시 호랑이 울음소리가 들렸다.

어흐웅!

"이제 정말 작별할 때가 되었구나. 초홍아, 가자."

늙은 여인은 근처에 놓인 불신을 들고 남은 한 손으로는 제자의 손을 잡고 일어섰다. 담초홍의 작은 손을 잡은 여인은 자신의 손때 묻은 누추한 초옥을 한 번 둘러보더니 미련없이 초옥 밖을 나섰다.

초옥 밖에는 언제부터인지 수십 마리의 호랑이가 진을 치고 있었다. 심지어 마당 한가운데에는 눈처럼 흰 백호(白虎) 한 마리와 온몸이 불타는 듯이 붉은 적호(赤虎) 한 마리가 배를 깔고 누워 있었다.

하지만 이 호랑이들은 초옥을 나서는 늙은 여인과 소녀를 보고서도 덤벼들지 않았다.

오히려 이 호랑이들을 본 여인이 친근하게 이들을 불렀다.

"이리 오너라."

그녀의 말에 누워 있던 호랑이 두 마리가 재빨리 몸을 일으켜 세워 다가왔다.

호랑이들이 다가오자 그녀는 조용히 이들의 머리를 쓰다듬었다.

"그동안 수고했다. 내가 없어도 초홍이를 잘 부탁한다."

이에 호랑이들은 말을 알아듣기라도 한 것처럼 고개를 연신 끄덕였다. 그때였다. 하늘에서 뚝 떨어지듯 붉은 물체가 출입문 쪽으로 떨어졌다.

호랑이들은 이 물체가 마당에 내려서자마자 이빨을 드러내며 경계했으나 달려들지는 않았다.

"너희들이 상대할 실력이 아니다! 물러서라!"

여인의 외침에 백호와 적호는 더 이상 소리 내지 않고 조용히 지켜보기만 했다.

그러자 붉은 물체가 웅크렸던 몸을 일으키며 웃음을 터뜨렸다.

"크하하하! 역시 아미신녀님은 제가 언제 올 것인지 알고 계셨군요."

그는 조금 전 금정선원 앞을 지난 혈의무사였다. 그가 이 담초홍의 사부를 보고 금정선원의 주인 아미신녀라 칭하고 있었다.

반면 담초홍의 사부는 이를 담담히 받아들이고 있었다.

"아닐세. 빚진 걸 갚으러 올 때라는 생각이 들어 잠시 나와 봤을 뿐이네. 자네도 나처럼 나이가 들면 불현듯 떠오르는 생각이 이루어질 때가 있을 게야."

"하하, 저도 먹을 만큼은 먹었지만 아미신녀님만큼은 아니군요."

"칭찬으로 듣겠네."

"그렇게 하시든가요. 하하하!"

허세를 부리는 혈의무사에 반해 아미신녀의 얼굴은 여유가 있었다.

"난 준비할 것도 없다네. 시작하고 싶으면 언제든지 시작하시게. 자네는 오랫동안 이 시간을 기다렸지 않은가?"

이에 혈의무사는 담초홍을 가리키며 말했다.

"죽는 게 뭐가 그리 급하십니까, 옆에 제사도 있는데."

"아닐세."

"뭐가 아니라는 말씀이십니까?"

"내 제자가 아니라는 말이지. 말 못하는 아이라 불쌍해서 거둔 것이네."

뻔한 아미신녀의 거짓말을 믿을 혈의무사가 아니었다.

"그럴 리가 있습니까? 천하의 아미신녀께서 지금껏 제자를 거두지 않다니요."

"믿기 싫으면 믿지 말게나. 난 사실을 말한 것이네."

아미신녀가 구차한 변명조차 하지 않자 혈의무사의 비웃음 소리가 높아졌다.

"하하하, 제자를 살리기 위한 노력이 가상합니다, 아미신녀님! 하지만 그래도 소용없음을 잘 아실 테죠."

혈의무사는 아미신녀의 말을 무시하는 한편 그녀의 표정을 살폈다. 하지만 아미신녀의 표정은 조금도 변함없었다.

'이 늙은이, 대체 무슨 수작이지?

"어차피 이 아이는 몇 년 안에 죽을 몸, 상관하지 않네."

"그건 또 무슨 소립니까?"

"특별히 말해줄 것도 없네. 이 아이는 천음절맥에 벙어리라네. 얼마 살지 못할 것 같아 내가 잠시 거둔 것일 뿐, 그동안 먹고 싶은 것을 실컷 먹게 해줬으니 이 아이는 지금 죽어도 억울해하지 않을 걸세."

아미신녀의 설명에도 혈의무사는 오히려 더 의심의 눈길을 보냈다. 그때, 아미신녀가 담초홍을 보며 물었다.

"초홍아, 그동안 내가 잘해줬으니 나와 함께 죽어도 억울해하지 않을 거지?"

아미신녀의 말에 담초홍은 당차게 고개를 끄덕였다. 그것이 그녀의 진심이었으니 혈의무사는 다른 이상한 점을 발견하지 못했다.

'저 표정은 거짓이 아닌데. 흥, 그렇다고 내가 살려둘 이유
는 없지.'

"천음절맥은 죽기 전에 지독한 고통을 느낀다고 하는데,
오히려 잘됐습니다. 불가의 승려들처럼 덕을 쌓는 일이라 생
각해도 되겠군요."

"그렇지. 고통스럽게 죽는 것보다는 나을 걸세."

떠보는 혈의무사의 말에 아미신녀가 너무 가볍게 대꾸하
자 혈의무사의 의구심은 더 커졌다.

'저 아이는 미끼인 건가? 진짜 제자가 있었다면 어디든 숨
겨놨을 가능성이 커. 분명 제자를 살리려 했다면 여기 이 자
리에 데리고 나올 이유가 없을 테지. 어차피 남김없이 죽일
걸 알고 있을 텐데. 하지만 상관없어. 모두 죽여 버릴 테니.'

생각을 마친 혈의무사는 천천히 검을 뽑아 들었다. 이를 보
고 아미신녀도 불진(拂塵)을 치켜들었다.

"나도 그냥 당하지는 않을 걸세."

"그럼요. 싱겁게 끝내서야 되나요. 이십 년이나 기다린 보
람도 없이."

"자, 선공하시게. 세 수만 받고 그 후로는 나도 공격하겠
네."

불진을 간신히 움켜쥔, 뼈와 가죽만 남은 아미신녀의 모습
은 한마디로 위태위태했다. 그런데도 아미신녀는 오히려 세
수를 양보하겠다 말했다.

하지만 혈의무사는 이를 당연하게 받아들였다.

"정 그러시다면! 먼저 근처의 호랑이들을 물리시지요. 거치적거리면 모두 베는 습관이 있어서."

그의 말에 아미신녀는 마당에 있는 호랑이들에게 신호를 보냈고, 마당에 있던 백호와 적호가 조용히 뒤로 물러섰다. 하지만 아미신녀 옆에 찰싹 달라붙어 있는 담초홍은 물러나지 않았다.

이 소녀의 눈빛은 사부와 같이 싸울 태세였다.

"무공도 모르는 네가 있으면 싸우는 데 방해가 된다. 잠시 물러서거라."

이에 다시 속으로 놀라는 혈의무사였다.

'무공을 몰라? 정말 저 아이는 제자가 아니란 말인가! 아미신녀가 뻔히 드러날 거짓말을 할 리는 없는데.'

아미신녀는 곁을 떠나지 않는 담초홍을 뒤로 물리고는 불진을 다시 고쳐 쥐었다.

"자, 어서 오시게. 세 수만 양보하겠네."

"그럼!"

짧은 대답과 함께 무사는 아미신녀를 향해 거침없이 달려들었다.

보법도 밟지 않고 직선으로 달려드는 무사의 검이 초승달같이 휘어져 들어왔다. 어차피 아미신녀는 공격하지 않고 방어에만 치중할 것이니 마음껏 검을 휘두른 것이었다.

아미신녀의 무기라고 해봐야 실처럼 잘려질 연약한 불진

이니 그의 검은 조금도 망설임이 없었다.

정말 방어만 할 참인지 아미신녀는 그 자리에서 미동도 하지 않았다.

짓쳐들던 무사의 검은 처음부터 아미신녀의 목을 노렸다. 이대로라면 분명 아미신녀의 목이 당장 떨어질 것이 분명했다.

하지만 아미신녀의 목 근처에 도착한 무사의 검은 더 이상 앞으로 나아가지 못했다.

어느새 부드러운 불진이 검을 감싸며 방해했기 때문이다. 게다가 불진은 조금도 손상이 가지 않은 상태였다.

"쳇, 천잠사가 들어간 불진이로군."

무사는 손목을 돌려 검을 빼내려 했다. 하지만 불진에 사로잡힌 검은 그렇게 해서도 자유를 찾지 못했다. 오히려 빼려고 하면 할수록 더 빠지지 않았다. 순간,

"검을 놔주시죠, 아미신녀님."

자신의 힘으로 검을 빼지 못한 무사는 당당하게 아미신녀를 보고 검을 빼달라고 요청했다.

"부탁 하나를 들어준다면."

"저 아이를 살려 달라는 부탁이라면 들이드릴 수 없습니다."

"정 들어주기 싫으면 안 들어줘도 되는 부탁이네."

"일단 먼저 풀어주시죠."

말이 끝나기가 무섭게 아미신녀는 불진을 흐트러뜨려 검

을 놓아주었다. 그러자 혈의무사는 재빨리 거리를 벌리고 나서 조소했다.

"크하하하, 날 죽일 수 있는 기회를 걷어차시는군요. 대체 그 부탁이란 게 뭡니까?"

"그랬나? 난 최선을 다해 막았을 뿐이네. 아무튼 내 부탁은 저 아이를 고통없이 죽여 달라는 것일세."

아미신녀의 말에 무사는 곧바로 고개를 끄덕였다.

"하하, 못 들어드릴 부탁이 아니군요. 양보를 해주셨으니 그 정도는 기꺼이 들어드려야죠. 자, 갑니다."

무사는 비아냥거리면서 다시 아미신녀에게 달려들었다. 이번에는 무사의 검에서 진동 소리까지 들렸다. 이는 검에 내기를 불어넣고 있음을 뜻했다.

아니나 다를까, 검이 휘둘러지자마자 공기가 찢어질 듯이 울렸다.

슈가각!

반면 아미신녀는 빙글 원을 돌며 불진을 부드럽게 휘둘렀다. 그러자 공기를 가르던 검이 놀랍게도 낚시에 걸린 물고기처럼 불진 끝에 대롱대롱 매달렸다.

싸움 중에 무기를 뺏기는 것은 무림인들에게 큰 치욕 중 하나였다. 이런 치욕을 당한 무사는 몸을 부들부들 떨며 자신의 손을 원망하듯 쳐다보고 있었다.

"마음이 급하면 그런 실수를 하게 마련이지."

혈의무사는 아미신녀의 위로에 버럭 소리쳤다.

“닥쳐! 당신이 그런 말을 한다고 내가 살려둘 것 같아?”

무사는 안하무인격으로 아미신녀를 몰아세웠지만, 오히려 아미신녀는 불진에 매달려 있는 검을 빼내어 다시 던져 주었다.

쨍그렁!

“아직 한 수가 남았네.”

검을 주워 든 무사는 치욕감을 씻기 위해 자신의 뺨을 때리며 고개를 흔들었다. 하지만 이를 보고 아미신녀는 또 참견을 했으니,

“자기를 매질한다고 모든 것이 고쳐지는 것은 없을 것이네. 중요한 것은 마음인데, 마음은 매질로 고쳐지지 않는다네.”

“그 잘난 입, 다시는 못 떠들게 해주지!”

어찌 보면 자신의 깨달음을 전해주는 아미신녀의 말이었지만 이를 받아들일 그가 아니었다.

진기를 끌어올리던 혈의무사는 이어 주술처럼 중얼거렸다.

“혈교무적(血敎無敵), 혈존천하(血尊天下), 혈마강림(血魔降臨)…….”

이를 보고 아미신녀는 혀를 차며 안타까워했다.

“쯧쯧, 혈마강신술이 다시 세상에 나왔군. 또 얼마나 사람들이 죽어야 완전히 없어질꼬. 이게 다 끝없는 악연 때문인 것을. 무량수불.”

"…수라파천(修羅破天), 사령멸지(死靈滅地), 혈검참인(血劍斬人)!"

무사의 진언이 완성된 순간, 그의 몸에서 핏빛 안개가 피어났다. 뿐만 아니라 그의 눈도 화난 맹수처럼 흉광을 내뿜었다. 몸에서 기괴한 분위기가 물씬 풍기는 무사는 이전과 달리 급하게 달려들지 않고 천천히 발걸음을 떼었다.

저벅!

발끝에 닿는 감촉에서 이전과 다른 강대한 힘이 느껴지자 혈의무사의 입에서는 기괴한 웃음소리가 끊임없이 흘러나왔다.

"크흐흐, 흐흐흐, 흐흐흐!"

반실성한 것처럼 보이는 혈의무사는 그렇게 아미신녀를 향해 한발한발 다가갔다.

저벅저벅!

*　　　*　　　*

삼룡은 열심히 백서연의 뒤를 쫓고 있었다. 하지만 그는 자신이 쫓고 있는 여자가 아미파 조영인 줄로만 알고 있었다.

'대체 저년은 이 야심한 밤에 어디를 가는 거야? 숨겨놓은 서방이라도 만나러 가는 건가?

백서연의 뒤를 밟는 삼룡은 지금 당장 검을 뺏을 수 있는 거리에 있었다. 하지만 왠지 모르게 망설여졌다.

‘아, 내가 왜 망설이는 거지? 왜 내가 저 여자 뒤만 졸졸 따라가는 거냐고? 그냥 내 목검만 찾으면 되는데.’

하지만 그런 생각만 들 뿐, 실행에 옮기지는 못했다.

한 시진을 꼬박 달린 그들이 지나고 있는 곳은 아미산 정상 부근이었다. 오는 내내 한 번도 쉬지 않은 백서연은 정상이 눈에 보이고서야 비로소 걸음을 멈췄다.

갑자기 백서연이 달리는 것을 멈추자 뒤를 쫓던 삼룡은 자신이 따라오는 것을 눈치 챈 줄 알고 급히 몸을 숨겼다.

하지만 백서연은 뒤를 돌아보기는커녕 다른 곳을 살피고 있었다.

백서연의 눈에 아미산 정상 부근에 있는 금정선원이 들어왔다. 하지만 그곳도 그녀가 찾는 곳은 아니었는지 다시 두리번거렸다.

그런 백서연의 눈에 북쪽으로 난 소로가 눈에 들어왔다.

“어, 저기다.”

짧은 말과 함께 백서연이 다시 뛰기 시작했다. 그 순간 삼룡은 백서연을 쫓지 않고 고개를 갸웃거렸다.

“이 목소리는 아미파 싸가지가 아닌데?”

삼룡은 조영과 두 번 마주친 적이 있었다. 한 번은 오늘 낮한철빙면과 함께, 그리고 두 번째는 아미파 대회의실이 있는 전각에서 말이다.

더욱이 삼룡이 시산노호 백서연의 목소리를 잊을 리가 없었다.

잠시 고개를 갸웃거리던 삼룡의 눈동자가 커졌다. 비로소 자신이 쫓고 있는 여인이 누구인지를 안 것이다.

삼룡이 다시 백서연을 봤을 때 그녀는 이미 멀찌감치 앞서 달리고 있었다.

"야, 내 목검 내놔!"

라고 크게 소리치며 달려가는 삼룡이었다.

삼룡의 목소리를 들은 백서연은 귀를 의심하면서 뒤를 힐끔 쳐다봤다.

"이 목소리는 그 걸신 자식!"

백서연 또한 삼룡의 목소리를 듣자마자 누구인지 바로 짐작할 수 있었다. 그녀가 목소리만 들어도 자연스레 살의가 일어나는 사람은 몇 되지 않았으니 말이다.

하지만 벌거벗은 채 흉물스럽게 쫓아오는 삼룡을 보고는 백서연은 잠시 살의를 지워야 했다.

"저 새끼가 드디어 미쳤네!"

이란 말과 함께 더 빨리 달리는 백서연이었다.

"야, 거기 안 서!"

"너 같으면 서겠냐, 이 미친 새끼야!"

"언제는 오라버니라며?"

"내가 언제?"

"네가 그랬잖아! 너 혹시 창피해서 모르는 척하는 거냐?"

삼룡의 목소리가 가깝게 들리자 백서연은 뒤를 힐끔 쳐다 봤다. 아니나 다를까, 삼룡과 불과 삼십 장 정도 차이로 줄어 있었다.

"저 자식은 뭘 처먹었기에 저렇게 빠른 거야?"

말과 함께 뇌섬보를 극성으로 끌어올리는 백서연이었다. 하지만 곧 다른 생각이 들었다.

'이 자식이 거기까지 쫓아오면 어떡하지?'

순간 백서연의 눈에 궁궐같이 큰 금정선원이 들어왔다.

'그래, 저기다. 저곳 사람들이라면 저 미친 망아지 같은 자식을 잡아둘 수 있을 거야.'

순간 재빨리 방향을 바꾸는 백서연이었다.

"야, 너 또 어디 가. 네가 내 앞에서 옷 벗으며 오라버니라고 했잖아?"

삼룡이 애타게 불러봤지만 백서연은 대답할 필요성을 느끼지 못했다.

"차라리 내가 겁탈을 했다고 해라, 겁탈을!"

백서연은 금정선원의 높은 담을 차 오르기 시작했다.

백서연이 금정선원의 담장을 넘어가자 삼룡도 주저없이 담을 박찼다.

삼룡이 담을 넘자 금정선원 한가운데에서 기다리는 백서연의 모습이 눈에 들어왔다.

"야, 잔말 말고 내 목검……."

삼룡이 채 말하기도 전이었다. 백서연이 갑자기 까무러치듯 비명을 질렀다.

"끼아아악!"

비명에 놀란 삼룡이 말을 더듬거렸다. 하지만 당황이 아니라 걱정스런 표정이었다.

"야, 갑자기 너 왜 그래? 어디 아프냐?"

삼룡은 혹시나 춘약의 후유증으로 백서연이 아픈 것으로 생각했다. 하지만 백서연의 뜻은 다른 데 있었으니.

후다닥!

신속한 발걸음 소리와 함께 불진과 검을 빼 든 금정선원 선인들이 앞 다투어 튀어나왔다. 그러자 백서연은 실성한 듯 담장 위에 있는 삼룡을 손가락으로 가리키며 눈을 까뒤집고 쓰러졌다.

금정선원 사람들의 눈이 일시에 삼룡에게로 향하는 것은 당연했다.

"아참, 아니거든요. 전 제 물건 찾으러 온 거예요."

삼룡이 두 손을 들어 아니라고 말해봤지만 벌거벗은 그의 말을 믿어줄 사람은 없었다. 특히 물건이라는 말은 음적들이 납치할 여자를 지칭할 때 쓰는 은어였다.

게다가 이를 눈치 못 챌 삼룡이 아니었다.

"아참, 아니라니까 그러네."

말과 함께 담을 뛰어 내려가는 삼룡이었다. 눈치 하나만큼은 남부럽지 않은 그가 아닌가!

"음적이다! 잡아라!"

한 명의 외침을 시작으로 수백의 선인들이 삼룡을 쫓아 담을 뛰어넘었다. 몇몇 선인은 쓰러진 백서연에게 다가와 그녀의 상태를 살폈다.

그 순간, 백서연이 부스스 자리를 털고 일어서자 중년의 도고(여자 선인)가 일어서는 백서연을 부축하며 물었다.

"누군가 했더니 장문인 제자였군. 그래, 다친 곳은 없는가?"

백서연은 조영을 아는 듯한 말에 흠칫 놀라며 고개를 비스듬히 돌렸다. 혹시라도 조영의 얼굴과 다른 부분을 찾아내거나 자신이 당황하는 눈빛을 들킬까 봐서 말이다.

"네, 다친 곳은 없습니다."

"정말 다행이로군. 그런데 감히 이곳까지 와서 음적 짓을 하다니!"

어두운 밤이라서 그런지 금정선원의 도고는 백서연에게서 별다른 눈치를 채지 못한 모양이었다.

"괜찮다면 내 처소에서 쉬었다 가게. 누추하지만 잠시 안정을 취하는 데는 도움이 될 거야."

"아닙니다. 저 음적도 도망쳤으니 사부님 심부름을 하러 가겠습니다."

"그렇다면 내가 따라가 주겠네. 혹시 또 음적이 쫓아올지도 모르니까."

친절한 도고의 말에 백서연은 고개를 가로저었다.

"아닙니다. 사부님께서 혼자 다녀오라고 하셨습니다."

이에 의아하게 쳐다보는 금정선원의 도고였다.

"대체 어딜 가기에?"

"그건 사부님의 명이라 말씀드릴 수 없습니다. 이해해 주세요."

백서연이 정중하게 말하자 중년의 도고는 어쩔 수 없이 고개를 끄덕였다.

"알았다. 조심해서 가거라."

이로써 삼룡을 떼어낸 백서연은 금정선원의 정문을 나서 북쪽 소로를 향해 뛰었다.

*　　　*　　　*

한편 초옥 앞에서 혈투 중인 아미신녀와 혈의무사는 백여 초를 겨루고도 승패가 나지 않았다. 하지만 아미신녀는 몹시 지친 듯 보였다.

반면 혈의무사는 조금도 지친 기색이 없었다. 오히려 그의 눈빛에서 뿜어지는 흉광은 이전보다 더 강렬해진 상태였다.

다시 그와 수십여 초를 주고받던 아미신녀는 끝내 뒤로 물러나며 불진을 팔 아래로 늘어뜨렸다. 그러자 혈의무사는 기다렸다는 듯이 소리쳤다.

"지독한 늙은이, 내 혈천검(血天劍)을 백여 초나 받아내다니! 하지만 당신도 여기까지야! 복마력이 없어진 이상 당신은 날 막을 수 없어! 흐흐, 이제 진정한 혈마의 모습을 보여줄 때가 된 건가? 크하하하! 자, 봐라. 진정한 혈마의 모습을!”

　외침과 동시에 혈의무사는 잠력(潛力)을 폭발시켰다. 그 때문에 잠깐의 빈틈이 생겼지만 지친 아미신녀가 공격할 것이라고는 생각하지 않았다.

　어차피 잠력을 폭발시키는 데 많은 시간을 필요로 하는 것이 아니었기 때문에 잠시 무리수를 둔 것이었다.

　그 순간, 손가락 하나 들 힘도 없어 보이던 아미신녀가 별안간 손가락을 찌르며 혈의무사에게 달려들었다.

　게다가 그녀의 손가락에서는 선명하리만큼 푸른 기운이 넘실대고 있었다.

　“일지복마(一指伏魔)!”

　잠력을 폭발시키던 혈의무사는 심상치 않은 아미신녀의 지법(指法)에 화들짝 놀라며 뒤로 물러서려 했다. 하지만 반대편에 쥐어진 아미신녀의 불진이 살아 있는 것처럼 그의 발목을 잡아챘다.

　차라락!

　천잠사로 만들어진 불진은 쇠사슬보다 더 강하게 혈의무사의 다리를 옥죄었다. 하지만 혈마의 힘이 대부분 발현된 지금 천잠사도 만들어진 불신도 소용없었다.

　아무리 도검에 잘라지지 않는 천잠사라 할지라도 혈의무사가 마음먹기에 따라 일검에 자를 수 있으니 말이다.

　하지만 문제는 다른 곳에 있었다. 바로 아미신녀가 펼친 지법 말이다. 왜냐하면 그녀의 지법이 혈의무사가 펼친 혈마강

신술과 상극이었기 때문이다.

"이 늙은이, 끝까지!"

그러자 혈의무사는 망설임없이 발목을 잡고 있는 불진을 향해 검을 휘둘렀다. 그와 동시에 아미신녀의 손가락이 혈의무사 이마 한가운데에 있는 인당혈(印堂穴)을 찔렀다.

순식간에 인당혈을 허용한 혈의무사의 눈빛에서 흉광이 사라져 버렸다. 하지만 그다음이 문제였다.

아미신녀의 복마지법(伏魔指法)은 마성을 잠재우는 효과만 있을 뿐, 일양지나 금강지처럼 타격을 주는 지법이 아니었으니 말이다.

아니나 다를까, 불진을 자른 혈의무사의 검이 아미신녀의 팔을 갈랐다.

푸악!

아미신녀의 팔에서 핏줄기가 뿜어져 나오자 그녀는 더 이상 혈의무사를 공격하지 못하고 뒤로 물러섰다.

이어 아미신녀는 급히 혈도 몇 군데를 눌러 지혈하려 했지만, 그녀의 팔에서는 피가 멈추지 않았다. 다만 그 노력이 모두 헛된 것은 아니었는지 나오는 피의 양이 조금 줄어들었다.

아미신녀가 힘들게 지혈하는 모습에 흉광이 사라진 혈의무사가 웃으며 말했다.

"하하하, 그동안 잊었나 보군. 혈마의 검은 지혈이 되지 않는다, 아미신녀!"

이에 아미신녀는 허탈한 미소를 지었다.

"아니, 알고 있었네. 다만 내가 할 말은 하고 가야 했기에 잠시 시간을 늦춘 것이네."

"그렇게 얘기하고도 또 할 말이 남았다는 건가?"

"클클, 자네도 죽기 전에 할 말이 많이 있을 걸세."

"흥, 내게 혈마의 힘만 있는 줄 알았다면 오산이야, 늙은이."

말이 끝남과 동시에 혈의무사의 검이 화살처럼 아미신녀의 가슴으로 쏘아졌다. 지금까지 모든 힘을 쥐어짠 아미신녀는 뻔히 검을 보면서도 막지 못했다.

순식간에 가슴을 찔린 아미신녀는 태연히 심장 부근을 다시 점혈했다. 하지만 목구멍을 타고 넘어오는 피까지는 막지 못했다.

"쿨럭! 사일검법을 익혔군. 설마 점창까지 혈마의 손에 놀아날 줄이야."

"다 죽은 몸을 하고서도 입을 놀리다니. 아무튼 대단한 늙은이야. 그건 내가 인정해 주지."

"클클, 이승에서의 마지막이라서 그런지 더 보고 싶어졌다네. 자네도 죽기 전에 이런 내 마음을 알 수 있을 걸세."

"이 늙은이기 끝끼지 악담을!"

혈의무사는 아미신녀의 가슴에 틀어박힌 검을 빼서 눈에 보이는 아미신녀의 사혈(死穴)을 찔렀다.

그것도 최대한 고통을 느끼도록 사혈을 교묘히 비껴서 말이다.

"자, 어때? 이래도 웃음이 나오시나, 아미신녀?"

하지만 아미신녀는 찔리면서도 웃음을 멈추지 않았다.

"클클, 시원하네, 시원해."

아미신녀의 웃음소리에 화가 난 혈의무사는 다시 검을 빼서 미친 듯이 찌르기를 반복했다.

하지만 아미신녀의 입에서는 웃음이 끊이지 않았다.

"클클클!"

이미 아미신녀의 웃음은 정상적인 것이 아니었다. 그녀의 의식이 없었으니 말이다.

반면 혈의무사는 이를 전혀 눈치 채지 못했다. 그만큼 그는 흥분한 상태였다.

풀썩!

수많은 혈의무사의 검을 이기지 못하고 아미신녀가 쓰러지자 혈의무사는 비로소 뒤로 물러섰다.

그러자 뒤에서 지켜만 보던 그녀의 제자 담초홍이 달려들어 피범벅이 된 사부를 부둥켜안았다.

담초홍은 아혈을 제압당한 것 때문에 소리도 내지 못하고 사부의 시신을 끌어안은 채 굵은 눈물만 뚝뚝 흘렸다.

혈의무사는 이 모습을 보고 비로소 아미신녀가 죽었음을 깨달았다.

"크하하하! 죽였다, 죽였어! 내 손으로 아미신녀를 죽였단 말이다!"

무엇이 그리 기쁜지 혈의무사는 두 손을 하늘로 치켜든 채

웃음을 멈추지 않았다.

한참을 웃던 그는 돌연 아미신녀를 부둥켜안고 있는 담초홍의 머리채를 움켜쥐고 번쩍 들어 올렸다.

"으, 으으……."

담초홍이 혈의무사의 손에 대롱대롱 매달려 버둥거렸지만 아무 소용 없었다.

"이 상황에 울음소리도 못 내는 걸 보니 벙어리란 말은 사실이겠군. 어디 보자. 천음절맥이라고 했던가?"

이전에 아미신녀가 했던 말을 확인이라도 하려는지 혈의무사는 나머지 손으로 담초홍의 몸을 이리저리 매만졌다.

담초홍은 사부를 죽인 혈의무사의 손길이 다가오자 자지러질듯 거부했다. 하지만 자신보다 덩치도 크고 힘이 센 사내의 손길을 막지는 못했다.

"흠, 혈맥이 끊어질 것 같이 약하긴 한데, 너무 어려서 모르겠어."

확인하기도 귀찮은 듯 혈의무사는 담초홍을 마당 한편에 내동댕이치듯 던져 버렸다.

무사의 억센 힘 때문에 담초홍은 바닥에 나동그라져서 데굴데굴 굴러야 했다. 그럼에도 그녀는 아프다 소리도 지르지 못했다.

물론 그녀의 사부가 아혈을 짚은 탓이었지만 혈의무사는 담초홍이 벙어리라 생각하기에 충분했다.

순간 옆에서 지켜보며 잠자코 물러나 있던 백호와 적호가 이빨을 드러내며 포효했다.

크하앙! 크아앙!

황소만 한 두 마리 호랑이의 포효를 들은 혈의무사는 무덤 덤했다. 오히려 그는 검을 치켜들며 호랑이들을 협박했다.

"니들이 덤비면 저 아이도 함께 죽인다!"

혈의무사의 말에 백호와 적호는 이빨을 감추고 담초홍의 곁으로 다가갔다. 그리곤 보호하듯 감쌌다.

"홍, 꼴에 영물이라고! 그나저나 천하의 아미신녀가 제자를 거두지 않았다? 어차피 내가 죽일 것이니 제자를 거두지 않았다는 말을 믿으라고? 게다가 저 아이를 죽여 달라고 친히 부탁까지 했단 말이지."

혈의무사는 식어가는 아미신녀의 사체를 보고 투정하듯 말했다.

"아미신녀님, 너무합니다. 죽어서도 나에게 이런 고민을 안겨주다니요. 자, 어떡할까요? 이 아이를 고통스럽게 죽여줄까요, 아님 약속대로 단칼에 죽여줄까요?"

혈의무사는 마치 물건을 두고 흥정하는 상인처럼 굴었다. 마치 죽어서 혼백이 된 아미신녀를 약 올리기라도 하려는 듯이 말이다.

"그도 아니면 저 아이를 살려줄까요? 그것이 아미신녀님이 원하는 것이겠죠? 이거 알면서 속아드려야 하나 아니면 속지 말아야 하나 고민입니다. 크하하하!"

혈의무사는 금방 웃음을 터뜨리고 또다시 웃음을 멈추는

기이한 행동을 계속했다. 이어 담초홍을 노려보며 말했다.

"당신은 내가 이런 생각을 하리라고 충분히 예상했을 테지? 그렇다면 당신이 노리는 게 무엇일까? 설마 내가 죽여서는 안 되는 아이를 죽이게 하려는 것인가? 하지만 나에게는 혈육도 없으니 그런 아이가 있을 턱이 없지."

순간 혈의무사는 아미신녀의 사체를 돌아보며 소리쳤다.

"대체 뭐야? 뭘 숨기고 죽은 거야?"

이미 죽은 사람이 대답하지 못할 것을 뻔히 알고 있는 그였지만 묻지 않고는 견딜 수 없는 그의 심정이었다.

하지만 그 누구도 그에게 해답을 줄 수 있는 사람은 없었다.

"호호호, 맞아. 확실한 게 하나 있어. 내가 저 아이를 죽이든 죽이지 않든 당신은 저 세상에서 나를 비웃고 있겠단 말이지!"

이어 혈의무사는 담초홍 쪽을 쳐다보며 소리쳤다.

"좋았어! 당신이 원하는 대로 당분간 저 아이를 지켜보겠어! 조금이라도 의심스러우면 당장에 저 아이를 죽이겠어! 아주 고통스럽게 말이야! 내가 약속 따윈 지키지 않을 것을 당신은 잘 알고 있을 테니 그 점은 억울하시 않겠지?"

스르룽!

어느새 혈의무사는 자신이 떨어뜨린 검집을 집어 들어 검을 갈무리하고 있었다. 이어 호랑이 사이에 있는 담초홍을 가리키며 말했다.

"혹여라도 자살할 생각이라면 집어 치우는 게 좋을 거야. 내 허락없이 절대 죽어서는 안 돼. 만약 내 말을 듣지 않고 자살한다면 이 할머니 무덤을 파내서 살과 가죽은 돼지에게 던져 주고 뼈는 개에게 던져 줄 거야."

혈의무사의 말에 담초홍이 화들짝 놀라자 그제야 그는 다시 미소를 지었다.

"크크크, 역시 약발이 통하니까 재미있군. 명심해라!"

마지막 협박을 끝으로 혈의무사는 몸을 돌려 숲 속으로 사라졌다.

혈의무사가 사라지자 담초홍은 다시 사부의 곁으로 뛰어갔다. 하지만 바닥에 나동그라질 때 다쳤는지 걸음걸이가 불편해 보였다.

보통 사람이라면 시체를 보면 두려워하는 것이 당연할 것이다. 아무리 사부라고 할지라도 말이다. 하지만 담초홍의 눈빛 어디에도 그런 기색은 보이지 않았다.

오히려 담초홍은 흉물스럽게 잘려진 사부의 손을 주워 들었다. 그리곤 조심스레 받쳐 들고 원래 있던 자리에 가지런히 놓았다.

그때부터였다. 담초홍이 다시 눈물을 보인 것이 말이다.

분명 그녀는 혈의무사의 손에 머리채를 잡힌 채 목숨을 위협받을 때도 울지 않았다. 하지만 이제 다시 사부의 시신을 마주한 담초홍은 하염없이 눈물을 떨어뜨렸다.

그리고 그냥 눈물만 흘리는 것이 아니었다. 품속에서 손수

건을 꺼내 사부의 시신을 정성들여 닦았으니 말이다.

그렇게 일각이 지났을 무렵, 누군가 초옥으로 뛰어내리는 소리가 들렸다.

*　　　*　　　*

초옥에 들어선 이는 조영의 모습을 하고 있는 백서연이었다. 그녀는 멀리서부터 심상치 않은 분위기를 눈치 채고는 멀찌감치 떨어져서 조심스럽게 살폈다.

하지만 그녀도 근처에 있는 호랑이들을 보고 놀라지 않는 건 혈의무사와 매한가지였다. 사실 이곳에 호랑이가 많긴 했지만 아미신녀를 따르는 호랑이들이라 사람들을 함부로 공격하지 않았다.

이 근방 호랑이들의 어머니이자 할머니가 바로 아미신녀였으니까 말이다. 다만 그 사실을 혈의무사와 백서연만 알고 다른 사람들은 모를 뿐이었다.

사부의 시신을 닦던 담초홍은 나타난 사람이 사부와 같은 아미파의 복장이라 처음에는 반가운 기색이었다. 하지만 곧 그녀가 사부가 말한 두 번째 사람이란 것을 깨닫고는 말없이 고개를 떨어뜨렸다.

이때 백서연이 담초홍에게 말했다.

"꼬마야, 미안하지만 찾을 것이 있으니 비켜줘야겠다."

그러자 담초홍은 조용히 일어서 물러섰다. 마음 같아서는

등선(登仙) 165

그러고 싶지 않았으나 사부의 유지 때문에 일어선 것이었다.

아니나 다를까, 백서연은 난자당한 아미신녀의 몸을 뒤지기 시작했다.

사부가 말한 두 번째 사람이 눈앞의 여인인 것을 확인한 초홍은 지체없이 사부가 건네준 보자기를 가지러 뛰었다.

그녀의 마음은 조금이라도 빨리 보자기를 건네주고 사부의 시신을 건들지 못하게 하려는 생각뿐이었다.

그런 담초홍의 마음을 모른 채 백서연은 망설임없이 아미신녀의 몸을 뒤졌다. 그녀 역시 절박하기는 마찬가지였으니까.

"헉헉헉!"

담초홍이 가쁜 숨을 몰아쉬며 손에 보자기를 들고 나왔다. 아마 그녀가 낼 수 있는 가장 빠른 걸음으로 갔다 온 모양이었다.

백서연은 말도 없이 보자기를 건네는 담초홍을 멀뚱히 쳐다보았다.

"으, 으!"

'이 아이, 벙어리인가?'

말 못하는 담초홍이 눈물을 떨어뜨리는 모습만으로도 백서연은 그녀가 무슨 말을 하는지 알 것 같았다.

"미안해. 나도 이러고 싶진 않았어."

백서연은 사부의 시신을 뒤진 것을 사과하는 한편, 보자기를 받아 들자마자 바로 풀어헤쳤다.

자신이 찾는 것이 맞는지 확인하기 위해서 말이다.

보자기 안에는 작은 합이 놓여 있었는데, 그것은 금선혈와를 보관하는 상자와 어딘가 닮아 있었다. 다만 크기가 좀 더 작아 보였다.

작은 합을 확인한 순간 백서연의 눈빛이 붉게 물들었다.

'어머니!'

백서연은 합을 보고 돌아가신 어머니 생각을 했다. 하지만 그런 백서연의 생각은 그리 오래가지 않았다. 왜냐하면 바로 뒤에서 익숙한 목소리가 들렸기 때문이다.

"어라, 저 할머니, 누가 죽인 거냐?"

백서연은 뒤를 보지 않고도 그가 누구인지 알아챘다. 눈을 질끈 감은 백서연은 뒤에 있는 사람에게 경고했다.

"어떻게 쫓아왔는지 모르겠지만 지금은 싸우고 싶지 않아. 그러니까 건들지 마."

"누가 할 소리!"

백서연에게 언성을 높이는 건 삼룡이었다. 그는 온몸이 땀범벅인 채로 숨을 몰아쉬고 있었다.

둘의 소란에 아비신녀의 시신을 묶던 남초홍노 삼룡을 널뚱히 쳐다봤다. 하지만 세 번째 사람을 따라가라는 사부의 유지 때문에 그녀의 시선은 이전보다 조심스러웠다.

'세 번째 사람이 벌거벗은 저 남자!'

삼룡을 본 담초홍의 첫인상은 한마디로 충격이었다. 이는 삼룡이 벌거숭이인 이유도 있었지만 순전히 그 때문만은 아니었다.

그녀가 충격을 받은 건 온몸에 미세하게 틀어박힌, 셀 수조차 없는 수많은 흉터 때문이었다. 하지만 담초홍의 눈빛은 어딘가 달랐다. 마치 삼룡의 상처를 알아보는 듯했으니 말이다.

'설마! 검체(劍體)의 경지에 올라선 사람!'

그 짧은 순간 초홍은 왜 사부가 그녀를 지킬 수 있는 유일한 사람으로 삼룡을 지목했는지, 왜 그를 무조건 따라가라고 했는지 대략 짐작할 수 있었다.

순간 공명이 이는 것처럼 담초홍의 목 뒤로 소름이 돋았다. 이는 삼룡이 무섭거나 싫어서가 아니었다.

오히려 담초홍은 혼령이 된 사부가 자신의 어깨를 떠밀며 삼룡에게 가라는 듯한 신호처럼 느껴졌으니 말이다.

삼룡은 자신을 보고 몸을 떠는 담초홍이 이상했지만 그녀의 관심 사항이 아니었기에 무시했다.

"애들한테 별꼴 다 보이는군. 이게 다 독한 네년 때문이야. 아, 아니지. 내 안사람 될 사람한테 이제 독한 년이라고 해선 안 되지."

자신을 오라버니라 몇 번 불렀다고 대번에 아내로 삼으려는 삼룡이었다. 사실 백서연이 그를 오라버니라 부를 때 삼룡의 눈빛이 이상하긴 했다. 마치 감전된 것처럼 눈동자가 흔들렸으니까.

물론 그전 상황을 생각하면 오해할 법하긴 했지만, 아무튼 삼룡의 생각은 혼자만의 것이었다.

삼룡의 말에 당사자인 백서연이 발끈해야겠지만 어쩐 일인지 조용했다.

이상한 기분에 삼룡이 백서연이 있던 곳으로 고개를 돌리자, 아니나 다를까, 백서연이 저만치서 달아나고 있었다. 그것도 개소문 사조의 목검을 들고서 말이다.

"야, 내 목검은 주고 가야지!"

뒤늦게 삼룡이 소리쳐 봤지만 이를 듣고 돌아올 백서연이 아니었다.

"에이씨, 또 뛰어야 돼? 뭐, 할 수 없지!"

삼룡은 주저없이 다시 백서연을 쫓으려 했다. 하지만 그런 삼룡을 가로막는 게 있었다.

크아앙!

삼룡을 막고 있는 건 아미신녀를 따르는 백호였다.

"야, 나 맛 없거든! 그냥 가게 둬라!"

오룡이를 거둔 이후 웬만한 동물은 모두 사람 말을 알아듣는다고 생각하는 삼룡이었다. 물론 그의 생각처럼 백호와 적호도 사람 말을 알아듣긴 했지만.

아무튼 삼룡의 말을 알아들었음에도 백호는 길을 비켜주지 않았다.

"안 비켜주면 돌아가면 된다. 하지만 내가 니들이 무서워서 피한다고는 생각하지 마라. 나 화나면 니들보다 무섭다."

호랑이에게 협박하는 놈이 있겠냐마는 삼룡이는 그랬다. 하지만 돌아서서 가려는 삼룡을 막는 존재가 또 하나 있었다.

크하앙!

이번엔 온몸이 불타는 듯한 붉은색의 적호였다.

"야, 니들, 쌍으로 왜들 그래? 니들끼리 교미를 하든 뭘 하든 내 알 바 없는데 내 앞은 가로막지 마. 안 그래도 나 바쁘거든."

하지만 호랑이들은 도통 비켜줄 생각을 하지 않았다.

"쳇, 니들이 그런다고 내가 도망 못 칠 줄 알면 오산이다!"

앞뒤를 막은 호랑이들을 삼룡은 뛰어넘으려 했다. 하지만 분위기가 심상치 않았다.

삼룡이 주위를 두리번거리자 초옥 밖에 물러서 있던 수십 마리의 호랑이들이 삼룡 주위를 둘러싸고 있는 것이었다.

"아, 이거 참 난처하네. 야, 니들 전부가 나 하나를 먹겠다고 이러는 거야, 지금? 니들은 백수의 왕이라면서 자존심도 없냐? 배고프면 사냥을 해, 사냥을!"

삼룡의 말에 호랑이들이 이빨을 보이며 금방이라도 달려들 듯이 몸을 잔뜩 움츠렸다.

"이것들이 말로 안 되겠구먼!"

순간 주먹을 쥐는 삼룡이었다. 하지만 그 순간 사부의 시신을 잡고만 있던 담초홍이 삼룡의 앞을 막아섰다. 마치 호랑이들로부터 삼룡을 지켜주려는 듯이 말이다.

담초홍 딴엔 자신이 나서면 호랑이들이 공격하지 않을 것
이라 생각한 것이었다.

그녀가 아는 한 이 호랑이들은 사람을 공격하지 않았으니
까 말이다. 하지만 이 호랑이들의 기세가 이전과 달랐다.

특히 콧잔등을 찡그리는 모습은 이들이 담초홍에게도 적
의를 드러내고 있는 것이 확실했다.

"꼬마야, 네가 나서면 재들이 더 덤벼들 것 같은데?"

삼룡의 말에도 담초홍은 물러서지 않았다. 그녀는 호랑이
들이 공격하지 않을 것이라 믿고 있었으니까. 순간 백호가 앞
발을 치켜들며 포효했다.

크하하하앙!

순간 백호의 앞발이 담초홍을 향해 내려쳐졌다. 이에 담초
홍은 피할 생각을 접고 눈을 굳게 감았다.

"젠장, 피곤하게시리!"

투정 부리는 소리와 함께 담초홍의 몸이 허공으로 둥실 떠
올랐다.

"사람들 있는 데까지만이다."

삼룡은 담초홍을 옆구리에 낀 채 달리고 있었다. 정확히 설
명하면 자신을 향해 뛰어 오르는 호랑이들의 머리를 밟으면
서 말이다.

그것도 잠시, 삼룡의 신형이 백서연이 사라졌던 길을 따라
달리고 있었다. 그만큼 그는 빨랐다.

삼룡은 호랑이가 쫓아올세라 부지런히 뛰고 있었지만, 호

랑이들은 더 이상 삼룡을 쫓지 않았다. 오히려 그들은 자신의
일을 다 했다는 듯 뿔뿔이 흩어져 보이지 않았다.
　다만 아미신녀 곁을 지키는 백호와 적호만이 초옥 마당을
지키고 있었다.

第六章

진드기

허허실실

어느새 금정선원 전각 지붕 위에 도착한 삼룡. 그는 적당한 곳에 아미신녀의 제자 담초홍을 내려놓으려 했다.

하지만 그의 표정은 왠지 짜증이 섞여 있었다.

"야, 놔. 여기 사람들도 많으니까 됐잖아."

금정선원 사람들을 의식했는지 삼룡의 목소리는 그리 크지 않았다. 하지만 그의 표정은 심각했다. 왜냐하면 그의 다리를 잡고 놓아주지 않는 담초홍이란 소녀 때문이었나.

"일단 놓고 얘기하자. 응?"

삼룡이 달래도 담초홍은 다리를 놓아주지 않았다. 마치 그녀는 이 순간 거머리가 된 듯이 떨어지지 않으려 했다.

"그럼 말이라도 해봐. 원하는 게 뭐야?"

사부에 의해 아혈이 짚인 그녀가 말할 수 있는 방법은 없었다. 물론 그녀 스스로 혈도를 풀면 됐지만, 사부의 유지 때문에 그럴 수도 없었다.

대신 애타게 삼룡을 쳐다보며 고개를 부르르 떠는 것으로 의사 표현을 하는 담초홍이었다.

"야, 도대체 나한테 왜 이러는 거야? 말을 해야 알 것 아니야?"

삼룡의 짜증에 담초홍도 답답했는지 닭똥 같은 눈물을 흘렸다.

"앤 또 왜 울어? 알았어. 화 안 내면 되잖아. 울지 마."

하지만 쉽게 그칠 담초홍의 울음이 아니었다. 그녀의 눈물 대부분은 사부 아미신녀의 죽음으로 기인한 것이었으니, 삼룡이 어른다고 멈춰질 눈물이 아니었다.

"여기 있기 싫다는 거냐?"

삼룡의 질문에 담초홍은 울먹이며 고개를 끄덕였다.

"그럼 어디까지 갈 건데? 아참, 앤 말을 못하지? 아, 답답하다, 답답해!"

가슴을 치며 자신의 답답한 심정을 달랬지만, 뾰족한 해결 방법이 없었다. 그렇다고 어린아이를 때릴 수도 없었으니 말이다.

"차라리 창고에 묶여 있을 걸 그랬어! 괜히 도망쳐 가지고 이 생고생을 하냐고!"

삼룡은 하늘을 쳐다보며 한숨을 쉬었지만, 담초홍의 손길은 그를 놓아주지 않았다.

"너 정말 안 놓을 거냐?"

이에 재빨리 고개를 끄덕이는 담초홍이었다.

"그럼 나하고 살 거란 말이야?"

다시 담초홍이 고개를 끄덕이자 삼룡은 눈을 껌벅였다. 이제야 비로소 자신의 다리를 붙잡고 있는 이유를 알았으니까.

'이 꼬마, 사룡이보다 더 질기다. 그래도 질 순 없지. 암, 내가 누군데.'

이때 삼룡은 억지로 떼어내는 것보다 자신에게 실망해서 스스로 떨어지게끔 작전을 세웠다.

"할머니가 돌아가셨다고 나한테 빈대 붙어서 살 생각인데, 그런 생각이면 애당초 집어 치워. 나, 귀찮은 거 무지 싫어해. 게다가 가진 것도 없어. 능력도 없고 말이야."

담초홍은 고개를 가로저었다.

"잘 생각해 봐. 애한테 할 말은 아니지만 여자들이 나보고 음적이라고 하거든. 아무튼 그 음적이란 놈들은 여자들한테 못된 짓 하는 나쁜 놈들이야. 그리고 말이야, 또 어떤 놈들은 나를 산적이라고도 한다. 이따만 한 큰 칼 들고, 사림 죽이고 물건 뺏는 산적 말이야. 한마디로 무지 나쁜 놈에다가 무서운 놈이야."

삼룡의 갖은 노력에도 담초홍은 미동도 하지 않았다.

"자, 봐. 내 몸의 이 많은 칼자국, 이거 다 싸워서 생긴 거야. 나랑 같이 다니면 몸에 이런 상처가 끝도 없이 생길 거야. 그럼 너 아프잖아. 그치?"

담초홍은 아예 삼룡을 쳐다보지도 않고 고개를 숙인 채 다리를 더 세게 움켜쥐었다.

"아, 진짜! 나랑 같이 다니면 무지 피곤하다니까 그러네!"

화가 난 삼룡은 자신도 모르게 버럭 소리를 질렀다. 하지만 담초홍의 집념 어린 손길은 삼룡의 다리를 놓아주지 않았다.

그때, 전각 아래에서 소리가 들렸다.

"전각 위에서 소리를 지르는 것이 누구냐?"

이전의 소란 때문인지 한 사람의 고함으로 금정선원 곳곳에서 사람들이 몰려오는 소리가 들렸다. 그러자 삼룡은 골치가 아픈지 머리를 짚었다.

"아, 이 진드기를 어쩌지?"

그사이 멀리서 전각 위를 확인한 한 선인의 목소리가 울렸다.

"음적이다! 음적 놈이 여자 아이를 납치했다!"

이에 더욱 인상이 구겨지는 삼룡이었다.

"점쟁이가 올해 삼재가 있다고 그러더니 정말인가 보네. 젠장, 일단 도망치자. 잘못했다간 내일 해도 못 보고 죽게 생겼다."

체념한 듯한 삼룡이 발아래를 보며 말했다.

"야, 놔야 가지!"

삼룡의 말에 담초홍이 다시 고개를 가로젓자 삼룡이 다시 말했다.

"지금 손 안 놓으면 안 데려갈 테니 그리 알아."

그러자 절대 놓지 않을 것 같은 손이 풀렸다.

"쳇, 아예 나한테 들러붙어 살기로 작정했구나. 그래도 난 절대 제자는 안 받으니 그리 알아."

말과 함께 담초홍을 옆구리에 끼고 다시 지붕 위를 달리는 삼룡이었다.

*   *   *

아미신녀의 초옥을 벗어난 백서연은 곧장 산 아래 아미파로 내려왔다. 하지만 그녀는 이전처럼 아미파 내부를 대놓고 활보하지는 못했다.

그녀의 옷 여기저기에 묻은 아미신녀의 혈흔이 문제였다.

손에 묻은 피 정도는 계곡이나 냇가에서 씻을 수 있었지만, 옷에 묻은 핏자국은 대충 빨아서는 지울 수 없었다. 하지만 뇌음사의 비전 신법 뇌섬보를 익힌 그녀이기에 피 묻은 옷을 입고서도 무사히 조영의 처소로 돌아올 수 있었다.

처소로 돌아온 백서연은 아직까지 혼절한 상태로 누워 있는 조영을 보고는 비로소 안심했다.

"다행이다. 찾아온 사람이 없었나 봐."

백서연은 재빨리 인피면구를 벗고 처소를 뒤져 새 옷으로 갈아입었다.

　모든 준비를 마친 백서연은 태연히 자신이 짚은 혼혈을 풀었다. 그러자, 조영이 머리를 매만지며 몸을 일으켰다.
　"아, 머리야! 어떻게 된 거지?"
　잠에서 깨듯 일어나는 조영을 보고 근심 어린 표정을 지으며 백서연이 말했다.
　"언니, 이제 괜찮으세요?"
　"음, 괜찮아. 근데 내가 왜 이러고 있는 거지?"
　"아까 방을 나서면서 갑자기 쓰러지셨어요. 혹시 오늘 무리하신 일이라도 있으셨어요?"
　백서연의 말에 조영은 고개를 끄덕이며 대답했다.
　"있긴 했어. 근데 이상하다. 지금까지 혼절한 적은 단 한 번도 없었는데 말이야. 낮에 진기를 너무 써서 그랬나?"
　"진기를 갑자기 쓰면 혼절할 수 있다고 들었어요, 언니."
　백서연의 참견에 조영이 고개를 끄덕였다.
　"하긴, 그럴 수도 있긴 하지. 아, 맞다. 아까 집법장로님을 찾아가려고 했었지?"
　혼절하기 전의 상황이 기억난 듯 조영이 몸을 일으켰다. 하지만 아직도 어지러운 듯 비틀거렸다. 백서연이 혼혈을 너무 오래 짚은 탓이었다.
　"언니, 너무 늦었어요. 내일 말씀드려도 늦지 않아요."
　"음, 그럴까?"
　조영은 친동생처럼 살갑게 구는 백서연 때문에 잠시 망설였다.

아미파라는 명문정파, 그것도 장문인의 제자라는 위치 때문에 이처럼 살갑게 자신을 대하는 아미 제자는 없었다.

특히 항렬이 낮은 아미 제자들의 경우에도 그녀와 나이가 엇비슷하거나 많은 제자들이 있었기 때문에 그녀를 편하게 대하는 사람은 극히 드물었다.

오히려 그녀를 경계하고 조심하는 아미 제자들이 대부분이었으니, 그녀 역시 외로웠던 것이다.

조영이 집법장로에게 갈 생각을 잠시 접어두고 쉬려 할 때였다. 처소 밖에서 그녀를 찾는 목소리가 들렸다.

"조영 사고님, 사고님, 주무십니까?"

부르는 소리로 보아 조영보다 항렬이 낮은 아미 제자인 듯했다. 이에 조영은 헛기침을 했다.

"흠흠, 그래 무슨 일이더냐? 급하지 않은 일이라면 내일 얘기하거라!"

기척이 났음에도 아미 제자는 처소 안으로 들어오지 못하고 문밖에서 말했다.

"낮에 잡았던 음적이 도망쳤다는 전갈을 받았습니다, 사고님."

아미 제자의 보고에 조영은 바람처럼 움직였다.

어느새 검까지 집어 든 조영은 문을 벌컥 열어젖히며 물었다. 삼룡이란 놈만 생각하면 눈에 불꽃이 튀는 조영이었다.

삼룡은 기억하지 못하겠지만 그녀에게 처음으로 욕한 사람이 바로 그였으니까 말이다.

“삼룡이란 그놈 말이냐?”

“네, 사고님.”

“지키고 있던 제자들은? 혹 그놈한테 당한 것이냐?”

음적이라면 눈앞의 여자들을 그냥 지나칠 리 없다는 것이 조영의 생각이었다.

“아닙니다. 그런 일은 없었다고 합니다. 다만 그가 입고 있던 옷이 조각조각 나서 바닥에 떨어져 있다고 들었습니다.”

“옷만 남았다고? 안 되겠다. 내가 직접 가서 확인해야지.”

앞장서서 가려던 조영은 뒤에 남겨진 백서연이 생각났는지 다시 뒤돌아왔다.

“동생, 아무래도 내가 가봐야겠어. 그러니 나오지 말고 여기 있어. 아무리 음적이라도 내 처소에까지는 오지 못할 거야.”

“네, 언니.”

백서연이 다소곳하게 고개를 숙이자 조영은 자신을 찾아온 아미 제자와 함께 삼룡이 갇혀 있던 창고 쪽으로 향했다.

비로소 혼자 남게 된 백서연은 주위를 살피며 조용히 처소 안으로 들어와 숨겨뒀던 합을 탁자에 올려놓았다.

큰 합은 원래부터 가지고 있던 금선혈와를 보관하던 합이었고, 작은 합은 이번에 아미신녀의 처소에서 가져온 것이었다.

백서연은 잔뜩 기대를 하며 작은 합의 뚜껑을 열었다. 하지만 합 안에는 아무것도 없었다. 빈 공간뿐이었다. 그것도 보석 몇 개와 가락지를 보관하면 꼭 찰 법한 작은 합이었다.

반면 백서연의 눈은 실망하는 눈빛이 아니었다.

"이것이 소청비급(小淸秘笈)!"

그녀가 보고 있는 것은 합 안이 아니라 뚜껑의 뒷면이었다.

그곳에는 깨알처럼 작은 글자가 장식처럼 새겨져 있었는데, 거꾸로 새겨져 있어 곧바로 읽을 수 없었다.

백서연은 당황하지 않고 먹을 묻혀 도장을 찍듯이 종이에 찍었다.

뚜껑을 쥔 백서연이 손을 치우자 제일 상단에 소청비급이라는 글자가 찍혀 있었다.

비급이라는 글자 때문인지 백서연의 검은 눈동자가 미세하게 떨렸다.

"소청지완해(小淸之完解), 태청지극치(太淸之極致)."

'소청을 풀어야만 태청의 끝에 다다를 수 있다. 역시 어머니 말씀대로 소청비급을 익혀야만 태청검법을 익힐 수 있는 거였어.'

백서연은 떨리는 손으로 다음 글자를 읽어 내려가려 했다. 하지만 그다음은 이전처럼 쉽지 않았다. 왜냐하면 암호처럼 그 뜻을 알 수 없는 글자였기 때문이다.

"소시청속(小始淸速), 완단속전(緩丹速田), 진임쾌기(眞任快氣), 독회운맥(督回運脈)!"

비록 이해할 수 없는 글자였지만, 백서연은 그 이유도 알고 있는 듯했다.

'어머니가 이걸 푸는 방법은 이 안에 있다고 했어. 그래, 지금부터 시작이야. 이제 소청비급과 태청검보가 내 수중에 있는 이상, 복수에 한 발짝 더 다가선 거야.'

그렇게 백서연은 한 시진 동안 소청비급의 실마리를 찾기 위해 노력했으나 그녀가 얻은 건 아무것도 없었다.

단순히 글자를 이리저리 조합해서는 실마리를 얻을 수 없는 문제였으니, 지금은 다른 해법을 찾아야 했다. 그 순간 슬그머니 다른 문제가 떠올랐다.

"내가 그 걸신 자식한테 오라버니라고 했다고? 혹시 지평 도장님이 아니라 그 자식이……!"

자신이 생각하고 금세 부정하는 백서연이었다.

"아니야. 그럴 리 없어. 내 첫 남자는 분명 지평 도장이야. 그 걸신 자식은 분명 여기 아미파에서 날 겁탈했다고 했어. 어차피 춘약 때문에 버려진 몸이었으니 두 번째는 상관없어."

자신을 채찍질하듯 백서연은 입술을 지그시 깨물었다. 피가 배어 나올 정도로 말이다.

사실 그녀에게는 아무 일도 없었지만, 춘약의 효과가 문제였다. 춘약은 환청과 환각 증상까지 있어서 그녀가 약에 취해 있을 동안 온갖 환영을 만들어냈던 것이다.

환영은 가짜였지만 느껴지는 것은 실제와 다름없었다.

그리고 그녀가 오해하는 이유 중 하나가 바로 그녀의 강한 내력과 정신력 때문이었다.

삼안통이 말한 춘약의 효과대로라면 그녀는 분명 아무것
도 기억하지 못해야 했다. 하지만 그녀는 분명 단편적이나마
기억을 하고 있었다.

이는 그녀가 극양뇌음단으로 쌓은 방대한 내력 때문이었
는데, 어찌 됐든 그것으로 인해 그녀는 자신의 첫 남자를 선
택했고, 그러한 갈망 때문에 눈앞에 나타난 삼룡을 지평의 얼
굴로 보았던 것이다.

이런 사실을 모른 채 백서연은 삼룡을 오해하고 있었다.

＊　　　＊　　　＊

그 시각 삼룡은 다시 아미파의 한 전각 지붕에 숨어 있었
다.

그가 다시 이곳으로 온 이유는 산 아래로 내려가는 길을 금
정선원에서 추격해 온 선인들이 길을 막고 있는 이유도 있었
지만 그보다 먼저 찾아야 할 것이 있었다.

바로 사조의 목검 말이다.

"사부님도 참, 귀찮다니까 괜히 가져가라고 해 가지고 사
람 귀찮게 만들고 있어. 그런데 그것이 내 목검은 대체 왜 들
고 다니는 거야?"

삼룡은 아직도 벌거벗은 채로 투덜거리고 있었다. 물론 아
미신녀의 제자 담초홍을 데리고서 말이다.

담초홍이란 소녀는 혹시라도 삼룡이 혼자 도망칠까 봐 삼

룡의 다리를 꼭 붙잡고 있었다.

"아, 이 진드기. 정말 독하다, 독해."

그동안 삼룡에게 구박당해서 그런지 들은 체도 안 하는 담초홍이었다.

그때였다. 한 무리의 아미 제자들이 횃불을 들고 삼룡이 숨어 있는 전각 쪽으로 다가왔다. 곧 항렬이 높아 보이는 아미 제자가 함께 온 이들에게 명했다.

"너흰 뒤쪽을 살피고 너흰 안으로 들어가서 사고님들께서 놀라시지 않게끔 조용히 이 사실을 알려드려라."

"예, 사고님."

일사불란하게 움직이는 아미 제자들을 보고 다시 골치가 아파오는 삼룡이었다.

'내가 도망친 걸 눈치 챘나 보네. 그나저나 목검은 어디서 찾아야 하나. 분명 시산노호 그것이 산 아래로는 안 갔는데.'

삼룡은 백서연이 아직 아미파를 떠나지 않았을 것이라 생각했다.

특히 용안술로 얼굴을 자주 바꾸는 그녀가 계속 아미파 제자의 모습으로 하고 다니는 것이 수상했다. 단지 그 점뿐이었지만 삼룡은 그녀가 아미파에 있음을 확신했다.

지난번에 뇌음사 승려들이 마차를 막을 때도 삼룡은 그들이 백서연을 쫓고 있는 것을 어느 정도 눈치 챘었다.

그걸 몰랐다면 분명 삼룡은 시산노호니 인피면구니 들먹이지도 않았을 것이다.

물론 삼룡이 그렇게 생각한 것은 단순히 그들도 다른 사람들처럼 태청검보를 쫓는 것이라 생각한 것뿐이었다.

그런데 그런 추측을 했던 삼룡이 정작 시산노호 백서연이 원래 있던 곳으로 되돌아왔을 것이라고는 생각하지 못했다. 그 때문에 이곳저곳을 마구잡이로 뒤지고 다니고 있었던 것이다.

"아, 여기도 오래 있을 곳이 못 되네. 야, 가자!"

삼룡의 말에 의아하게 쳐다보는 담초홍이었다. 삼룡이 그냥 도망칠 것 같으면 절대 놓아줄 그녀가 아니었다.

"아, 이 진드기! 알았어. 이번에도 데려간다, 데려가!"

다시 삼룡의 확답을 듣고서야 비로소 다리를 놓아주는 진드기 담초홍이었다.

*　　　*　　　*

절정고수들이 수두룩한 아미파. 그 아미파가 한밤중에 떨어진 난데없는 추살령(追殺令) 때문에 뒤집어질 정도로 혼란스러워졌다.

바로 삼룡이란 놈 때문에 말이다.

보통 산적이나 비급을 훔치러 온 무림 도적이라면 이렇게까지 시끄럽진 않았을 것이다. 오직 아미파를 이 정도까지 뒤집을 수 있는 건 음적에 관한 일이었는데, 바로 삼룡이 음적으로 오해받고 있지 않은가.

아무튼 아미산 정상의 금정선원에까지 벌거벗은 삼룡이 나타났다는 소식까지 전해지자 아미파에는 더욱 삼엄한 비상령이 내려졌다.

장문인과 함께 이 소식을 들은 집법장로는 삼룡이 음적이 확실하다며 추살령을 강력하게 주장했고, 적당한 선에서 넘어가려던 아미파의 장문인은 집법장로가 워낙 강력하게 밀어붙인 탓에 추살령을 허락할 수밖에 없었다.

그래서 아미파에 있는 횃불이란 횃불은 모조리 동원됐고, 인력이란 인력은 총동원된 상태가 지금의 상황이었다.

소림사에 계율을 지키고 장경각을 지키는 백팔나한이 있다면 아미파에는 백팔모선이 있었다.

이들 모두 계율원에 소속된 상승 고수였는데, 이들이 모조리 동원된 것도 모자라 장로들만을 제외한 초절정고수들 전부가 아미파 곳곳을 뒤지고 다닐 정도였다.

이 정도 되면 뒤에서 원인 제공자를 욕하는 사람들이 생기게 마련인데, 아미 제자들도 마찬가지였다.

"사저, 그 얘기 들었어요? 그 자식이 아예 홀딱 벗고 다닌다고 하던데요."

"발정난 수캐 자식, 감히 우릴 고생시켜! 나타나기만 해봐. 내 그 자식 거기를 친히 잘라주겠어!"

때론 어수룩하고 호기심 많은 아미 제자는 이렇게 묻기도 했다.

"사저, 어디를 자르는데요?"

물론 그럴 때는 이런 식의 핀잔을 듣곤 했다.

"너, 밥은 먹고 다니냐?"

이 정도는 그나마 양호한 아미 제자들의 대화였다. 삼룡이라고 하면 진저리치는 아미 제자도 있었다.

"감히 아미파에서 홀딱 벗고 다녀? 내 이 자식 가죽을 벗겨 소금을 뿌린 다음, 바늘로 죽을 때까지 콕콕 찔러 죽이겠어!"

"사매, 너까지 왜 이래?"

"사저, 제가 지금 흥분 안 하게 생겼어요? 낮에 그 자식이 날 훔쳐봤단 말이에요. 분명 나를 보고서도 이상한 생각을 했을 거예요."

아무튼 삼룡이 때문에 지금 아미파는 대낮처럼 환해진 상태였다.

반면 삼룡은 아주 한적한 곳에서 느긋하게 쉬고 있었다. 바로 음적 삼룡의 추살령을 내린 집법장로가 있는 계율원에서 말이다.

등잔 밑이 어둡다고 했던가! 집법장로가 진두지휘하고 있는 계율원만은 아미 제자들도 뒤지고 다니지 않았다. 설마 그곳은 아닐 거라는 것이 아미 제자들의 공통된 생각이었다.

게다가 아미파 제자들이 총동원되고서도 삼룡이 발각되지 않자 계율원을 지키는 제자들까지도 모두 내보낸 집법장로였다.

그러니 계율원 이곳이 삼룡이 숨어 있기에 가장 적합한 곳이 아니겠는가?

문제는 생리작용이었다. 원래 뒷간 가는 것도 귀찮아 생리현상까지 조절하는 삼룡은 문제가 없었다.

하지만 진드기 담초홍이 문제였다.

그녀는 벌써 오래전부터 생리현상을 꾹 참고 있는 중이었다. 눈치 백단보다 조금 높은 삼룡이 이를 눈치 못 챌 위인도 아니었다. 다만 이유가 있어서 그것을 무시하고 있는 중이었다.

'잘됐어. 조금 있으면 알아서 떨어질 거야.'

하지만 담초홍은 식은땀을 흘리면서도 삼룡의 다리를 놓아주지 않았다. 그것이 삼룡의 마음을 조금씩 압박하고 있었다.

그만큼 그녀가 절박했다는 얘기였으니까.

벌써 담초홍이 식은땀을 흘린 지 한 시진이 넘어서고 있었고, 또 한 시진만 더 있으면 먼동이 터오는 시각이었다.

'이 독한 것이 밤새도록 참네. 어째 요즘 만나는 여자들은 애나 어른이나 다들 독한 거냐? 요즘 세상이 각박해져서 그런가!'

마침내 외면했던 삼룡이 힐끗 돌아보자 담초홍이 입술을 깨물고 몸을 바들바들 떨고 있었다.

삼룡의 생각보다 초홍의 상태가 심각했다.

삼룡의 다리를 붙잡고 있는 손에서 느껴지는 체온도 심상치 않았으니 말이다. 스무 살인 담초홍이 어린아이처럼 삼룡의 앞에서 실수하고 싶지 않아 억지로 참은 결과였다.

물론 삼룡의 눈에는 아직 꼬마였지만 말이다.

‘애 봐라. 소변 참다가 잘못하면 죽겠네.’

아니나 다를까, 담초홍의 눈동자에 경련이 심하게 일었다.

“에잇, 졌다, 졌어.”

말과 함께 삼룡은 담초홍을 안아 들고 계율원 전각을 뛰어내렸다.

집법장로는 계율원 밖에서 누군가 뛰어내리는 소리를 들었지만 그것이 삼룡이라고는 전혀 생각하지 못했다. 왜냐하면 도망치는 것이 아니라 계율원 전각을 당당하게 들어왔으니 말이다.

자신에게 보고하러 온 아미 제자라고 생각한 집법장로는 삼룡을 잡을 궁리를 하느라 눈을 감고 상념에 빠져들었다.

‘그 음적 자식을 꼭 잡아서 본보기를 보여야 하는데. 그래야 다시는 그 어떤 음적 놈도 아미 제자에게 함부로 못하지.’

집법장로가 이런저런 고민을 하고 있을 때, 삼룡의 목소리가 들렸다.

“뭐야, 뒷간도 안 보이더니 요강은 왜 안 보여! 이것들은 신선, 부처 흉내 낸다고 오줌도 안 누고 사나!”

순간 자신의 귀를 의심한 집법장로였다.

“참내, 그놈 잡을 생각만 했더니 이제 환청이 다 들리는군. 너무 신경을 쓴 탓이야.”

고개를 도리도리 흔드는 집법장로에게 다시 삼룡의 목소리가 들렸다.

“거참, 고개만 흔들지 말고 요강이 어디 있는지 말 좀 해줘요, 할머니."

할머니란 말에 번쩍 눈이 뜨인 집법장로였다. 그러자 바로 눈앞에 벌거벗은 삼룡이 떡하니 서 있는 것이 아닌가!

당황하면 말이 잘 나오지 않는다고 하던가! 지금의 원지 사태가 그랬다.

"니, 니, 니가 어떻게……?"

"참내, 우리 사부처럼 노망이 드셨나. 왜 말을 더듬고 그래요? 남자가 벗은 거 처음 봐요? 아, 출가하셨으니 그럴 수도 있겠다. 아무튼 이건 사정이 있어서 그런 거니까 오해하지 말고 요강이나 내놔요. 이 애가 오줌 참다가 죽게 생겼단 말입니다."

워낙 당당하게 말하는 삼룡의 말에 집법장로는 자신도 모르게 요강이 있는 쪽을 가리켰다.

"아, 저기 있군."

그것도 잠시 삼룡은 집법장로에게 버럭 소리쳤다.

"할머니, 가만히 지켜보고만 있지 말고 이리로 좀 와봐요. 애가 지금 볼일을 못 봐서 정신이 없잖아요. 남자인 내가 여자 애 옷을 벗겨야겠어요?"

"아, 알았네."

삼룡이 다그침에 집법장로는 저도 모르게 달려올 수밖에 없다. 그녀의 눈앞에 여자 아이가 눈을 까뒤집고 거의 다 죽어가고 있었다.

원지 사태가 아미신녀의 제자를 넘겨받자 삼룡은 재빨리

멀찌감치 떨어져서 일부러 큰 소리로 말했다.

"여기서는 안 들리거든! 그리고 너 놔두고 도망 안 가니까 걱정 말고 볼일 봐!"

원지 사태는 삼룡의 행동이 의심스러웠지만, 자신의 품에서 바르르 떨고 있는 소녀 때문에 다른 생각은 일절 못했다. 하지만 집법장로도 초홍이 아미신녀의 제자라는 것을 알지 못하는 눈치였다.

"아가야, 힘들지? 내가 도와줄 테니 저항하지 말거라."

집법장로는 힘들어하는 아미신녀 제자의 단전 부근에 손바닥을 대고는 부드럽게 문질렀다.

이어 집법장로가 내기를 운용해 단전 부근을 풀어주자 비로소 막힌 오줌 줄기가 뚫렸다.

쏴아아!

한번 뚫린 오줌 줄기는 민망할 정도로 큰 소리를 내며 요강을 때렸다. 그 순간 때맞춰 휘파람 소리가 크게 울렸다.

"휘이이이이이!"

혹시라도 담초홍이 창피해할까 봐 삼룡이 일부러 휘파람을 분 것이다. 하지만 그 휘파람은 공교롭게도 다른 곳을 수색하고 있는 아미 제자들을 불러 모으고 있었다.

그럼에도 삼룡은 도망칠 생각을 하지 않고 휘파람을 불기를 멈추지 않았다.

얼마나 지났을까. 삼룡의 등 뒤로 집법장로의 목소리가 들렸다.

“그만 됐네. 이제 죽을 염려는 없어.”

왠지 모르게 말소리가 부드러워진 집법장로였다. 그 순간 전각 밖에서 아미 제자들의 목소리가 들렸다.

“집법장로님, 휘파람 소리를 듣고 왔습니다. 무슨 일이 있으신 겁니까?”

제일 먼저 쫓아온 이들은 아미파에서 신법이 제일 빠른 초절정고수들이었다. 그녀들은 만일의 경우를 대비해 검을 빼 들고 온 상태였다.

“내가 음적을 제압했다. 그러니 너희들은 제자들에게 이제 그만 찾아도 된다고 전해라. 장문인께는 내가 따로 얘기하겠다.”

집법장로의 말은 계율원에 한해서 아미파 장문인보다 더 무게가 있었다. 이에 아미 제자들은 곧바로 고개를 숙였다.

“예, 장로님!”

아미 제자들이 다녀간 후, 삼룡과 집법장로는 둥그런 탁자를 사이에 두고 마주했다. 그동안 무슨 얘기를 나눴는지 둘 모두 입을 굳게 다물고 있는 상태였다.

물론 사경을 헤맸던 담초홍은 자리에 앉지도 않고 삼룡의 다리 한쪽을 꼭 붙들고 있었다. 단 몇 시진이었지만, 삼룡이란 인물이 어떤 인물인지 깨달은 바가 많은 그녀였다.

계율원 밖에는 음적을 잡았다는 소식을 듣고 백팔모선을 비롯한 아미파 고수들이 몇 겹으로 둘러싸서 만일의 사태를 대비하고 있었다.

　다만 집법장로가 누구도 들어오지 말라는 엄명을 내려 그 누구도 계율원 전각 안으로 들어오지는 않았다.

　집법장로 원지 사태의 입은 멈춰 있었지만 그녀의 예리한 눈은 삼룡의 이곳저곳을 훑어보고 있었다.

　특히 그의 몸에 난 상처를 유심히 관찰하고 있었다.

　'저 많은 상처는 뭘까? 모두 깊은 검상은 아니지만 한꺼번에 저런 상처를 입었다면 필시 생명도 위험했을 터인데.'

　반면 자신을 쳐다보는 집법장로의 시선을 담담히 받아들이는 삼룡이었다.

　'내가 오늘 여러 사람 좋은 구경시키는군. 할머니, 그만 좀 쳐다보세요. 몸이 닳겠어요, 닳아.'

　먼저 침묵을 깬 건 집법장로였다.

　"그래서, 네 녀석이 음적이 아니라는 건 알겠는데, 왜 도망친 거냐? 죄가 없으면 의당 도망치지 말았어야지?"

　이에 할 말이 많은 삼룡이었다.

　"아까 다 들었거든요. 할머니가 장문인한테 당장에 절 죽이자고 한 집법장로 맞죠?"

　삼룡에 추궁에 재빨리 말을 돌리는 집법장로였다.

　"으흠, 그건 그렇고, 저 아이 할머니는 누가 죽였는지 봤는가?"

　집법장로는 삼룡이 말하는 할머니가 아미신녀일 것이라고는 생각하지 않았다. 아미 장문인보다 더 높은 존재였으니,

애초에 그런 생각이 들지 않았던 것이다.

"그건 저도 모르죠. 제가 갔을 때는 이미 피투성이였는데."

이에 바로 허를 차는 집법장로였다.

"쯧쯧, 대체 어떤 놈이 그런 나쁜 짓을……!"

"혹시나 해서 하는 말인데요, 음적이니 뭐니 하면서 저한테 살인 누명까지 씌울 생각이라면 애당초 집어 치우세요. 전제 목검을 찾으러 거기 간 거니까."

"목검?"

"아, 그런 게 있어요. 이건 제 사문에 관한 거니까 묻지 마세요."

"그럼 하나만 다시 물어보겠네. 자네가 만든 춘약, 그건 어찌 된 건가? 자네 말대로 청성 도장이야 이독제독으로 독과 싸울 힘으로 돌렸다고 하지만 여자의 경우는 다르지 않은가?"

집법장로의 질문에 삼룡은 그녀의 얼굴을 뚫어지게 쳐다봤다.

"왜 보는 겐가?"

"사실 말하기 껄끄러운 게 있거든요. 대신 비밀을 지켜준다고 약속하시면 말씀드릴게요."

'역시 살살 달랬더니 실토를 하는군. 하지만 난 음적은 어떠한 경우라도 용서치 않아.'

"비밀을 지킬 테니 말해보게."

이런 집법장로의 본심도 모른 채 삼룡이 숨겨놨던 얘기를
풀어놨다.

"사실 그 여자가 제 안사람이 될 여자거든요. 뭐, 이미 볼
거 안 볼 거 다 본 사이이기도 하고, 절 오라버니라 부르는 사
이입니다. 그러니 제가 책임지지 않으면 누가 데려가겠어
요?"

"으음, 그래서 했다는 건가, 안 했다는 건가?"

집법장로는 집요하게 묻는 한편 손바닥에 내기를 모았다.
삼룡의 대답 여하에 따라 바로 처단할 참이었으니까.

"에이, 할머니도 짓궂게. 옆에 애도 듣는데 못하는 소리가
없습니다."

삼룡이 담초홍이 보고 있다고 눈치를 주자 집법장로는 헛
기침을 하며 말을 돌렸다.

"흠흠, 그러니까 내 말은 해독을 했는지 안 했는지를 묻는
거란다, 애야."

집법장로의 해명을 듣고서, 삼룡을 다음 말을 이었다.

"아무튼 제 안사람 될 여자가 독공을 익혔거든요. 독공이
라고 무조건 나쁜 건 아니니까 뭐, 어쩌겠어요. 그런가 보다
하고 데리고 살아야지."

아직 집법장로가 원하는 대답이 아니기에 재빨리 되묻는
집법장로였다.

"그래서?"

"독공에 춘약의 기운을 더해줬으니 이제 춘공(春功)을 익

힌 거죠."

순간 삼룡의 말에 고개를 부르르 떠는 집법장로였다. 이어 말까지 더듬는 그녀였다.

"추, 춘공! 아니, 그건 불가능해! 익히자마자 기운이 폭발해서 죽을 텐데……."

"에이 참, 할머니도 평상시는 당연히 불가능하죠. 하지만 항상 불가능한 건 아니에요. 사람의 몸이란 게 항상 똑같은 상태가 아니거든요."

뭔가 깨닫는 게 있는지 집법장로의 눈이 반짝였다.

"춘약은 사람을 흥분시켜 일시에 폭발하는 성질의 기운이거든요. 하지만 독공에 기생한다면 춘공도 통제가 가능해요. 단, 그 독공이 문제겠지만."

삼룡에 말에 다시 놀라는 집법장로였다.

"그럼 그 독공이 어떻게 된단 말인가?"

"어떻게 되긴요. 춘공이 깨질 때까지 못 쓰는 거지."

"그러니까 자네 말은 일 테면 독장(毒掌)을 날리면 춘장(春掌)이 되고, 독공이 주가 아니라 보조 역할을 하기 때문에 춘공이 깨질 때까지는 독장을 쓸 수 없다는 말인 건가?"

"뭐, 대충 비슷해요."

삼룡의 말에 집법장로는 고개를 가로저었다.

"허, 세상에 이런 일이!"

"그러게요. 근데 그거, 말해주지 마세요. 아마 독공을 못 쓴다고 하면 절 죽이려 들지도 모르니까."

“아, 알았네.”

무공이 얕은 사람이 들었다면 삼룡의 말이 얼토당토않다고 무시했겠지만 집법장로는 달랐다. 그녀가 가진 무학 지식으로는 충분히 이해가 됐으니 말이다.

'아무리 뛰어난 의원도 무인의 몸은 다루기 힘든 법인데, 태양혈도 솟아 있지 않은 놈이 혈도를 꿰고 있어. 게다가 독공을 자유자재로 춘공으로 바꿔놓질 않나. 이놈이라면 어쩌면 혹시 그 아이도 가능할지도.'

“오해도 풀렸으니 이제 그만 놓아주실 거죠?”

“그건 안 되네.”

삼룡은 더 이상 아미파에서 자신을 잡아둘 이유가 없다고 생각해 당당하게 풀어달라 요구한 것이다. 그러나 되돌아온 대답은 뜻밖에도 거절이었다.

“왜요? 제가 무슨 잘못이라도 했단 말이에요? 설마 옷 벗고 설친 것 때문에?”

아니나 다를까, 고개를 끄덕이는 집법장로였다.

“자네도 알다시피 우리 아미파는 음적 문제만큼은 관용을 베풀지 않네. 사실 대를 위해서 소를 희생해야 한다는 게 아미 사조님들의 생각이셨지. 자네도 알지 않은가? 상호에 수많은 음적들이 날뛰는 것을.”

“저는 죄가 없잖아요?”

“억울하게 겁탈당하는 수많은 여인들에 비하면 새 발의 피인 게야. 아, 물론 자네가 무고하다는 것은 나도 인정하네. 하지만 밖에 있는 저 많은 아미 제자들을 설득시킬 능력이 나에 게는 없네. 정황이 확실하지 않은가, 정황이! 아마 이 일은 장 문인이라고 해도 어쩔 수 없는 일일 것이네.”

입에 침도 안 바르고 거짓말을 하는 집법장로였다.

사실 그녀의 말이면 이 상황은 끝을 맺을 수 있었다. 하지 만 집법장로는 무슨 이유에서인지 천연덕스럽게 거짓말을 하 고 있었다.

“그래서 제가 자결이라도 해야 이 상황이 끝난다는 말씀이 신 건가요?”

황당한 삼룡의 표정을 보며 천연덕스럽게 고개를 끄덕이 는 집법장로였다.

“뭐, 그렇게 해도 되겠지. 하지만 그렇게 하면 자네가 너무 억울하지 않겠나? 그래서 말인데…….”

집법장로가 미끼를 던지자 바로 무는 삼룡이었다.

“그래서 뭐요?”

“내가 자네에게 기회를 만들어주겠네.”

“아참, 뜸들이지 말고 빨리 말해요. 이미 눈치 채고 있으니 까. 제가 뭘 하면 되는데요?”

그러자 기다렸다는 듯이 집법장로가 말했다.

“심지에 타격을 입고 쓰러진 희설이를 깨워주게. 그 아이 만 깨워준다면 내 장문인들과 장로들을 책임지고 설득시켜 보겠네.”

“확실한 것도 아니고 설득시켜 본다고요?”

‘흐흐, 의심 많은 네 녀석이 안 그럼 넘어가겠냐?’

생각과 달리 집법장로의 표정은 심각했다.

이때부터 삼룡은 심각하게 고민해야 했다. 이대로 계율원 전각을 나가 아미파의 백팔모선과 싸우며 도망치느냐, 아니면 집법장로의 말대로 따를 것이냐를 말이다.

물론 평상시 같으면 도망치는 것을 선택했을 삼룡이었으나 지금 그에게는 거머리처럼 붙어 있는 담초홍이 문제였다.

‘아, 이 진드기! 좀 놔줘라. 응?’

반면 이를 철저히 외면하는 담초홍의 눈빛에는 이전과 다른 기운이 어려 있었다. 사람들이 말하는 이른바 독기 같은 것 말이다.

第七章

차라리 배를 째시오

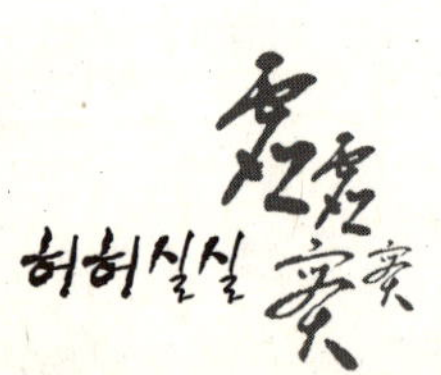

아미파는 다른 문파와 달리 폐쇄적인 경향이 강했다. 바로 외부와 통로 역할을 하는 객당(客堂)이 그랬다.

특히 남자의 경우 아미파와 연관이 없으면 아예 객당에 머물 수조차 없었다. 게다가 연관이 있는 사람들의 경우에도 아미 제자들과의 교류가 극히 제한적이었다.

일단 보이는 곳에서 외부 손님을 맞아야 했으며, 만나는 시간도 정해야 했다.

그뿐만 아니라 객당을 관리하는 아미 제자들 외에도 항시 계율원에서 파견된 아미 제자들이 감시를 하고 다니기 때문에 심한 행동의 제약을 받게 된다.

이 때문인지 아미파 제자들은 타 문파 사람들과 잘 어울리지 못했고, 강호에서도 괴팍하고 고집불통이라고 손가락질 받는 경향이 있었다.

그래서 강호에는 아미파가 태산북두 소림사를 뛰어넘기 위해서는 객당을 개방해야 한다는 말이 있었다. 하지만 그건 아미 제자들을 마음에 둔 무림인들의 말이었다.

또한 그것을 신경 쓸 아미파의 수뇌부가 아니었다. 게다가 아미파 수뇌부들은 스스로 소림사에 뒤진다고 생각지도 않았다.

세상에 드러나지 않은 금정선원이라는 선가 쪽 세력이 훨씬 크고 강했으니 말이다.

*　　　*　　　*

삼룡이 데려온 청성파의 지평 도장이 묵는 곳도 객당이었다. 이는 그가 남자였기 때문이다.

여자들의 경우, 특히 백서연의 경우처럼 억울한 일을 당했다고 여긴 여인들은 남자들과는 정반대로 보호하고 보살폈다.

그것이 아미파 내부의 전통이었다. 지금의 불가 쪽 아미파가 생긴 것도 바로 그런 여인들을 보살피면서 커진 것이었다.

어쨌거나 지평은 어제 삼룡의 도움으로 완전히 해독될 수 있었다. 하지만 그는 독과 싸우느라 체력이 고갈된 상태였기 때문에 다시 깊은 잠에 빠져들어 아침이 되어서야 일어날 수 있었다.

그가 깨어나자 기다리고 있던 아미 제자—아미파의 객당에서 외부 사람을 관리하는 사람은 대부분 남자 제자였다—에 의해 자신이 이곳까지 오게 된 경위를 들을 수 있었다.

하지만 그 아미 제자로부터 전해 들은 지난 얘기는 지평의 고개를 갸웃거리게 만들었다.

얘기를 들어보면 분명 삼룡이 자신을 이곳까지 데리고 와서 목숨을 살려줬다는 얘기인데, 그것을 그는 도무지 믿을 수가 없었다.

자신은 분명 삼룡에게 해를 입히려 하지 않았던가.

하지만 삼룡이 함께 데려온 여자를 겁탈하고 잡혔다는 소식을 접하곤 안도의 한숨을 내쉬었다.

생각해 보면 삼룡이 생명의 은인이었고, 그간 그를 겪은 경험으로 비추어봐서는 결코 그냥 넘어갈 위인이 아니었으니까 말이다.

'차라리 잘된 거야. 그 자식이 어떤 놈인데.'

지평이 늦은 아침 식사를 하고 한 정자에서 쉬고 있을 때였다. 점창의 능운비가 그에게 아는 척을 하며 섭근했나.

"선배님, 여기 계셨군요. 한참 찾았습니다."

능운비가 일부러 웃으며 접근했지만 그와 한 번의 다툼이 있었던 것 때문에 고개만 끄덕이는 것으로 인사를 대신하는 지평이었다.

“지난번 일을 마음속에 담아두신 건 아니시죠, 선배님?”

친사제처럼 살갑게 대하는 그를 무시한 게 미안했던지 지평은 예의상 대답했다.

“아니네. 내가 지금 몸이 좋지 않네. 그런데 자네가 날 찾았다니?”

“하하, 이거 혼자 지내려니 적적해서요. 여기 오는 것도 간신히 허락받고 왔답니다, 선배님. 여기 아미파는 감시가 엄청나네요.”

“문파마다 규율이 다른 탓이지.”

다시 혼자 생각에 잠기려던 지평은 문뜩 혼자 있는 능운비를 보고 궁금해지는 것이 있었다.

“참, 자네는 정패와 두천이라는 무사와 함께 오지 않았나? 그들은 어떡하고 자네 혼자란 말인가?”

“둘 다 다쳐서 치료를 받고 있습니다. 두천 형님은 한 며칠 있어야 거동이 가능하다고 들었습니다. 정패라는 분은 조금 더 걸릴 것 같습니다.”

“어쩌다가 말인가? 혹 오독문과 백운산장의 무사들에게 당한 것인가?”

다쳤다는 소리에 마치 자신이 당한 것처럼 흥분하는 지평이었다. 안 그래도 지평은 지난번 사파 무사들과 부딪쳤을 때 그냥 외면했던 것을 뒤늦게 후회하고 있는 중이었다.

“아닙니다. 저희들과 부딪친 건 뇌음사 승려들이었습니다.”

"세외 승려들과 중원무림은 부딪칠 일이 극히 드물지. 그래도 그들은 악행을 일삼지 않는다고 들었는데, 이상하군."

"다행히 사상자는 없었습니다. 하지만 한 가지 이상한 것이 있었습니다. 뇌음사 승려들도 청성 도장님들처럼 태청검보를 찾고 있던데, 대체 어떻게 된 겁니까?"

이에 지평이 간단히 대답했다.

"뇌음사의 보물이니 당연히 그들이 강호에 출두한 것이겠지."

능운비가 조금 성가셨는지 지평은 자신이 쉬고 있던 처소로 발걸음을 돌리려 했다. 이 정도면 더 이상 묻지 말라는 뜻이다.

하지만 그를 쉽게 놓아줄 능운비가 아니었다.

"참, 선배님, 궁금한 것이 또 하나 있는데 여쭤봐도 되겠습니까?"

당기는 힘에 지평이 능운비와 눈을 마주치자 순간 현기증을 느끼고 비틀거렸다.

"이런, 선배님, 몸도 안 좋으신데 제가 무리한 부탁을 했군요."

능운비가 부축하자 지평은 금세 정신을 차렸다.

"잡아줘서 고맙네. 긴 시간은 얘기하지 못하지만 내 처소로 돌아가는 동안 정도는 짬을 내겠네."

"하하, 그 정도면 됐습니다. 가시죠, 선배님."

능운비가 손을 앞으로 향하자 이번엔 지평이 아까와 달리

흔쾌히 앞장섰다.

"아까 물어본다는 게 뭔가?"

"네, 선배님. 다름이 아니라 태청검보는 청성에도 있지 않습니까? 그런데 뇌음사에도 태청검보가 있다는 게 당최 이해가 되지 않아서요."

진지하게 물어보는 능운비의 표정을 살피던 지평은 피식 웃으며 대답했다.

"자네 말이 내 귀에는 어디 것이 진짜인지 묻는 것처럼 들리는데……."

"하하, 그렇게 들리셨나요? 이거 죄송합니다, 선배님."

"아닐세. 무림인들 모두가 그것을 궁금해하니 자네만 탓할 수는 없지. 하지만 이것도 인연이니 내 자네에게만은 말해주겠네."

"감사합니다, 선배님."

능운비가 답례로 가볍게 포권하자 지평 또한 예를 갖춰 말했다.

"뇌음사 태청검보도 진짜고, 우리 청성의 태청검보도 진짜일세. 하지만 우리 청성의 것은 뇌음사 것을 변형, 발전시킨 것이라 할 수 있지."

"하지만 어떻게……."

"사조님들 중에 뇌음사에 몸을 담다가 강호에 출도해서 우리 청성 선가로 들어오신 분이 계셨네."

능운비가 고개를 갸웃거리며 되물었다.

"혹 청성의 삼양(三陽) 진인께서 그 뇌음사의 승려셨습니까?"

"그렇다네. 아무튼 그 조사님께서는 청성의 검술이 너무 틀에 얽매여 있다며 뇌음사의 태청검보를 접목시켜 우리 청성 제자들에게 전수하셨네. 하지만 제대로 배운 제자는 얼마 되지 않는다네. 태청검보는 방대한 내력이 필수라서 장로쯤 되어서야 간신히 배울 수 있으니까 말일세."

"그럼 뇌음사 승려들은 어떻게 젊은 나이에 익히는 겁니까?"

"방법이 있지만 우리 같은 명문정파에서 따라 할 수 없는 방법이라는 것이 문제일세."

"대체 무슨 방법이기에……?"

능운비의 궁금해하는 표정을 보고 지평은 아예 가던 길을 멈추고 본격적으로 말했다. 지금의 지평은 완전히 능운비에게 마음을 연 모습이었다.

"자네 극양뇌음단이라고 들어봤나?"

"소림사의 대환단 같은 내력을 증진시키는 영약 아닙니까!"

"그렇지. 하지만 그 극양뇌음단이 어떻게 만들어지는 노를 테지?"

"뇌음사 비전이니 모를 수밖에요."

능운비의 뻔한 대답에 지평이 웃으며 말했다.

"뇌음사 근처에는 뇌후라는 작은 원숭이들이 살고 있네.

그런데 이 뇌후들은 사람처럼 영명하기가 이를 데 없는데, 이들 앞에서 좌공을 하고 있으면 이 원숭이들도 따라 한다는군."

"그래봐야 미약한 수준일 텐데……."

"그게 시발점이라네. 그 단계가 끝나면 독을 먹이지. 극양의 성질이 든 독 말일세. 처음에는 독의 양이 적기 때문에 내력이 어느 정도 모인 뇌후들은 자신이 쌓은 내력으로 충분히 독을 몰아낼 수 있지."

"독 기운을 이겨내고 살아난 원숭이들에게 다시 더 많은 독을 먹이는 건가요?"

능운비의 추측이 맞는지 지평이 고개를 끄덕였다.

"그렇지. 그때부터 그 뇌후라는 원숭이들은 독만 먹으면 독을 몰아낸 기억으로 좌공을 한다는 거야."

"그러면 매일 음식에 독을 섞어서 주면 원숭이들은 밤낮없이 좌공만 하겠군요?"

"그렇다네. 게다가 이 원숭이들은 평생 수련한 좌공 덕분에 보통 원숭이보다 두 배는 더 살게 되지. 그리고 때가 되면 그 원숭이들을 죽여서 환약을 만드는데, 그게 바로 극양뇌음단이라네."

비로소 지평의 애기가 끝나자 능운비의 표정이 순식간에 바뀌었다. 지평은 그런 능운비의 표정을 보고 의아하게 생각했다.

"왜, 무슨 일 있는 건가?"

"아닙니다, 선배님. 그런 비밀 얘기를 저한테 숨기지 않고 말씀해 주셔서 감사합니다."

"하하, 뭐 이거 가지고. 내 자네에게는 더 중요한 얘기도 해줄 수 있네."

"그럼 언제든 궁금한 것이 있으면 묻겠습니다, 선배님."

"그럼, 그럼! 언제든지 물어보게. 하하!"

분명 지금의 지평은 능운비와 정자에서 마주칠 때보다 친근하게 대하고 있었다. 하지만 그의 과장된 행동과 말이 어딘가 이상했다. 능운비의 말처럼 문파의 비밀 얘기를 이처럼 숨기지 않고 다 말하는 것은 규율에 크게 어긋나는 것이었으니 말이다.

그때였다. 능운비가 지평의 눈을 마주치며 이렇게 말했다.

"지금 저에게 말한 태청검보에 관한 일은 모두 잊도록 하십시오, 선배님."

순간 화통하게 웃던 지평이 고분고분 고개를 끄덕였다.

"알겠네."

때마침 객당을 관리하는 아미 제자들이 눈여겨보자 능운비는 지평에게 재빨리 작별 인사를 건넸다.

"그럼 저는 제 처소로 가보겠습니다, 선배님."

"그러시게."

대답을 하는 지평은 아직도 멍한 기분이었다. 그가 온전히 정신을 차린 것은 처소로 돌아오고 난 후 이각이 지나서였다.

체력을 어느 정도 회복한 지평은 처소 밖을 나와 한가로이 정원을 거닐고 있었다. 그런 그의 눈에 한 처소가 유독 신경 쓰였다.

그 처소에는 음식 접시를 든 아미 제자들이 쉴 새 없이 들락날락거려서 신경이 쓰이지 않을 수가 없었다. 게다가 아미 제자들은 무엇에 쫓기는지 하나같이 다급한 표정들이었다.

'무슨 잘못을 했기에 저리 안절부절못하는 거지?'

지평이 호기심에 못 이겨 소란한 처소 방향으로 발걸음을 옮겼다. 얼마를 가까이 갔을까? 그의 귀에 아주 익숙한 목소리가 들렸다.

"아직 죽순탕 멀었나요?"

그러자 음식 접시를 든 아미 제자 하나가 재빨리 대답했다.

"아닙니다, 대협! 지금 갑니다!"

"빨리 가져와요. 먹다가 끊기면 맛 떨어집니다."

이들의 대화를 듣던 지평은 어느 순간 피식 웃으며 혼잣말을 했다.

"아냐. 그럴 리 없어. 그 자식한테 아미 제자들이 굽실거릴 이유가 없잖아. 게다가 어제저녁에 도망쳤다가 잡혔다고 들었으니 분명 어딘가에 갇혀 있을 텐데."

잘못 들었다고 생각한 지평은 자신의 처소로 돌아가려 했

다. 하지만 그의 발길을 멈추게 하는 목소리가 바로 뒤에서
들렸다.

"어, 지평 도장! 거기서 뭐 해요?"

지평이 혹시나 해서 뒤돌아보자 아미파 제자들의 옷을 입
은 삼룡이 닭다리를 입에 물고 창문 밖으로 고개를 내밀고 있
지 않은가!

"그, 그, 그 자식이다!"

당황한 지평이 말을 더듬자 삼룡이 입 안에 들어 있던 음식
을 사방으로 튀기며 소리쳤다.

"생명을 구해준 사람한테 그 자식이라니! 지평 도장, 그렇
게 안 봤는데 너무한 거 아닙니까?"

언제부터인지 지평은 삼룡의 앞에 서면 기가 눌리는 증상
이 있었다. 게다가 아미 제자가 해준 말을 종합해 보면 어쨌
거나 자신의 목숨을 구해준 사람은 바로 삼룡이 아닌가!

"그, 그게… 미안하오."

어색하게 사과하는 지평에게 자기 집인 것처럼 구는 삼룡
이었다.

"아직 점심 안 했으면 여기 와서 식사나 같이합시다."

"여기서 식사를 하면 안 된다고 들었는데……?"

완쾌되지 않은 몸인 데도 불구하고 아침나절에 객당 식당
까지 다녀온 지평이었다. 그런데 멀쩡한 삼룡은 여기서 먹고
있지 않는가.

"에이, 나는 되거든요. 봐요. 벌써 먹고 있잖아요."

“그, 그래도……”

지평이 머뭇거리자 삼룡이 한 아미 제자에게 눈짓했다. 그녀는 어제 삼룡을 약재창에 데리고 갔던 송현이란 아미 제자였다.

“저 도장 알죠? 가서 모시고 와요.”

그러자 송현이란 아미 제자는 삼룡의 시녀라도 되는 것처럼 다소곳이 행동했다.

송현에게 엉겁결에 끌려온 지평은 처소에 들어서면서 또다시 놀랐다. 일단 탁자만 해도 세 개나 되었다.

각 탁자에는 갖은 요리 접시들이 꽉 들어차 있는 상태였고, 그것도 모자라 다른 음식 접시를 든 아미 제자들이 줄을 서고 있었다.

게다가 객당에서 금기시하는 술이 동이째 놓여 있는 게 아닌가!

반면 아미 제자들은 하나같이 삼룡에게 쩔쩔매고 있었다. 마치 지평이 예전에 삼룡에게 쩔쩔맸던 것처럼 말이다.

이 모든 상황이 놀랍고 당황스런 지평에게 삼룡이 말했다.

“인사는 나중에 하고 일단 먹고 얘기합시다. 여기 음식이 식으면 기다리는 분들이 귀찮아지거든요.”

삼룡의 말에 기다리는 아미 제자들의 얼굴에 경련이 살짝 일었다. 이들 모두 억지로 분기를 참고 있는 것이 분명했다.

하지만 이를 눈치 채지 못한 삼룡이 아니었다.

“어라, 다들 불만인 모양이네? 이거 집법장로님이 나에게 한 얘기와 다르잖아. 에이, 안 먹어!"

삼룡은 말끝에 젓가락을 탁자 위에 올리곤 고개를 천장으로 향했다. 기분 상했으니 안 먹겠다는 시위였다.

그러자 아미 제자들은 곧 안색이 바뀌어서는 허리를 숙였다.

그래도 삼룡이 다시 젓가락을 들지 않자 아미 제자들은 삼룡의 옆에서 시중을 들고 있는 송현에게 눈짓했다. 어떻게든 삼룡의 기분을 풀어주라는 뜻이었다.

사저들의 눈치를 받은 송현은 침통한 표정으로 삼룡의 어깨를 두들기며 아양을 떨었다.

"아잉, 대협님. 한 번만 봐주세요. 네?"

그러자 여간해서 화가 풀린 것 같지 않았던 삼룡이 사양 한 번 않고 바로 젓가락을 들었다. 방금 전 송현의 애교가 허망해지는 순간이었다. 하지만 그녀는 눈을 흘길 여유도 없었다. 바로 삼룡의 다음 요구가 이어졌으니까.

"어, 술잔이 비었네?"

이에 송현은 재빨리 술병을 집어 들어 술을 따랐다. 그렇게 식사가 계속되는 동안 삼룡은 부어라 마셔라 하고 있었고, 아미 제자들은 곧 죽을상을 하면서도 그의 비위를 맞추고 있었다.

아미 제자 대부분은 삼룡이 식사 시간이 끝나고서야 돌아갈 수 있었다. 물론 송현이란 아미 제자는 집법장로에게 따로 지시받은 임무가 있어 삼룡의 처소를 지키는 신세라 자리를 떠나지 못하고 있었다.

아미 제자들이 돌아가거나 말거나 삼룡은 둥그렇게 솟아오른 배를 내밀고 침소에 드러누웠다.

아예 대낮부터 한잠 늘어지게 잘 기세였다.

그런데 지평은 삼룡에게서 한 가지 이상한 점을 발견했다. 그의 곁에는 항상 조그만 소녀가 옷깃을 잡고 떠나지 않고 있지 않은가.

처음에는 잘 몰랐으나 그 소녀는 탁자에도 앉지 않고 선 채로 삼룡을 붙잡고 있는 것이었다. 하지만 삼룡은 마치 소녀가 없는 것처럼 행동했다.

지평이 삼룡에게 물었다.

"삼룡 대협, 이 아이는 누구인데 다리에서 안 떨어지는 거죠?"

"진드기요."

배부른 삼룡이 대답하기도 귀찮은지 건성으로 대답했다. 그래도 조금 미안했는지 다시 덧붙여 말하는 삼룡이었다.

"한번 붙으면 안 떨어지는 진드기랍니다. 지평 도장도 밤에는 절대 돌아다니지 마세요. 이런 진드기는 밤에 달라붙거든요."

보통 이런 말을 들으면 당사자인 사람이 눈을 흘기게 마련이다. 하지만 삼룡에게 붙어 있는 소녀는 전혀 신경 쓰지 않았다.

물론 진드기 소녀는 아미신녀의 제자 담초홍이었다.

"혹시 이 아이, 말을 못하나요?"

"어? 지평 도장, 어떻게 알았어요?"

"아까부터 쭉 말이 없기에 그런가 보다 생각했죠."

"그랬구나. 아무튼 이 아인 벙어리에 바보예요. 나 같은 별 볼일 없는 놈한테 빈대를 붙을 생각을 다 하다니 안 그래요?"

'그걸 몰라서 묻냐, 이 자식아?'

자신의 표정을 들킬까 지평이 재빨리 화제를 돌렸다.

"그나저나, 대체 어떻게 된 겁니까? 듣기로는 어제 대협에게 안 좋은 일이 있었다는데."

"있었죠. 그것 때문에 죽게 생겼습니다. 그리고 이건 죽이기 전에 잘해주는 거예요. 왜, 사형당하는 죄인들에게는 잘해 준다고 하잖아요?"

자신의 얘기를 남 얘기하는 듯한 삼룡의 말에 지평은 눈만 껌벅였다.

'이 자식, 대체 뭔 수작을 부렸기에. 하긴 충분히 그런 수작을 하고도 남을 놈이지.'

"누굴 삼 일 안에 치료하지 않으면 날 죽인답니다. 뭐, 겁탈도 안 했는데 음적이라고 하질 않나, 준약 한번 먹어보라고 했는데 자길 겁탈하려 했다고 고자질하지 않나. 아무튼 저를 죽일 이유는 무지 많대요."

삼룡은 말 도중에 시중을 드는 송현에게 눈을 흘겼다. 이에 송현은 먼 산을 보며 삼룡의 시선을 피했다.

하지만 그녀의 생각은 이랬다.

'치사한 자식, 그 얘기를 얼마나 우려먹을 참이야!'

"아무튼 죽이기 전에 소원이나 들어달라고 했어요. 이 사람들, 내가 아니면 큰일 날 일이 있거든요. 그걸 들어주는 대신 이 호강을 하고 있지요. 그러니 지평 도장도 편히 즐겨요."

삼룡의 얘기를 종합해 보면, 그의 목숨을 담보로 최후의 만찬을 즐긴 얘기가 된 것이다. 머쓱해진 지평도 송현을 따라 아미산을 감상해야 했다.

"에이, 뭘 그리 놀라고 그래요. 내가 죽으면 더 속 시원할 분이."

"난 그저……."

"아무튼 난 이제 한잠 잘 테니 먹고 싶은 거 있으면 저기 있는 분한테 말해요. 그러면 가져다줄 겁니다."

삼룡은 시녀처럼 대기하고 있는 아미 제자 송현을 가리키고는 아예 눈을 감았다. 그런데 문제는 지평이었다.

자신의 처소로 돌아가지도 못하고 삼룡을 지키게 되었으니 말이다. 게다가 삼룡이 생명의 은인이니 그냥 갈 수도 없는 지평의 처지였다.

밤새도록 잠을 못 잔 삼룡은 금세 깊은 잠에 빠져들었고, 그가 잠들자 담초홍도 한쪽에 기대어 잠이 들었다.

지평은 어린 소녀가 불편하게 자는 게 안타까워 다른 곳에 눕혀주려 했다. 하지만 그것을 막는 사람이 있었다.

아미 제자 송현이었다.

"도장, 저 아이는 내버려 두세요. 저 사람과 떨어지면 더 불안해해요."

"아, 그런가요?"

송현이 비록 나이가 한참 어렸으나 문파가 다르고 여자인 점 때문에 지평은 존칭을 써야 했다.

"아까 보니 다들 아미파 분들이 이 사람한테 잘못한 게 있는 거 같던데……."

지평의 말에 정곡을 찔렀는지 송현은 깊은 한숨을 내쉬었다. 마치 말 못할 사연이 많은 모양이었다.

이윽고 조용히 따라오라는 듯이 고갯짓을 하는 송현이었다.

하지만 송현은 멀리 가지도 못하고 삼룡의 처소 앞에서 멈춰야 했다. 언제 삼룡이 자신을 부를지 모르니 말이다.

송현은 첫눈에 지평과 자신이 같은 처지로 보였는지 편하게 말했다.

"부아하니 청성 도장님도 저와 같은 처지 같네요."

지평이 차마 그렇다고 대답은 못하고 고개를 끄덕이자 송현이 푸념하듯이 말했다.

"어제 도장이 중독된 상태로 왔을 때 한 여자가 같이 있었거든요."

순간 지평의 귀가 기울여졌다.

"두 분 다 곧 죽을 것처럼 상태가 나빴습니다. 잠깐 나갔다

온 사이에 두 분 모두 괜찮아졌더군요. 그래서 그 이유를 물어보니 춘약을 춘약으로 제압했다고 하더군요.”

“그건 있을 수 없는데…….”

“저도 그렇게 생각해서 그 여자를 겁탈했다고 생각했습니다. 여자의 옷매무새가 흐트러져 있었으니 오해 안 할 수가 없잖아요. 누가 춘약을 춘약으로 제압했는지 알았겠냐구요?”

“그렇죠. 근데 그게 문제이던가요? 누구나 오해할 수 있는 점인데.”

지평의 질문에 머리를 짚어가며 열변을 토하는 송현이었다.

“맞습니다, 도장. 근데 저 치사한 자식이 집법장로한테 그걸 따진 겁니다.”

송현이 치를 떠는 모습에 묘하게 동질감을 느끼는 지평이었다. 하지만 아직까지 마음을 열지 않은 그였다.

“저한테만 그러면 말도 안 해요. 저 치사한 자식은 어제 사저들이 자기 욕한 걸 들었던 모양이에요. 그걸 기억해서는 집법장로에게 모조리 고자질한 놈입니다.”

“그래도 집법장로님은 아미 제자들 편을 들었겠죠.”

“어휴, 저희도 그럴 줄 알았죠. 하지만 집법장로님은 오히려 저 자식이 시키는 대로 하라고 엄명을 내렸어요. 그래서 우리가 저놈 비위를 맞추고 있는 거예요.”

송현의 말이 끝나자 지평이 장담하듯 말했다.

"아마 집법장로님과 저놈하고 뭔가 얘기가 있었을 겁니다.
저놈이 제 사부님한테도 그랬던 적이 있으니까요."

"그럴 거라고 생각했어요. 안 그랬다면 집법장로님께서 먼
저 저 자식을 죽였을 테니까."

둘이 얼마 대화하진 않았지만 송현과 지평은 왠지 가깝게
느껴지는 순간이었다.

그때였다. 객당 한쪽에서 엄한 목소리가 들려왔다.

"송현이 너, 지금 무엇 하는 것이냐?"

갑작스런 노성(怒聲)에 송현이 화들짝 놀라 돌아보자 조영
과 백서연이 함께 삼룡의 처소 쪽으로 오고 있는 것이 아닌
가! 그런데 조영의 얼굴이 심상치 않았다.

"조영 사고님!"

"객당인 여기서 무엇 하고 있는 게야?"

조영의 언성이 높아지자 송현은 고개를 숙이고 어쩔 줄 몰
라 했다. 마치 도망이라도 가고 싶은 표정이었다.

객당이 의미하는 바를 송현 그녀 자신이 너무 잘 아니 말이
다. 다만 계율원 제자들도 같은 처지이기에 지금껏 송현에게
눈치를 주지 않은 것이었다.

쩔쩔매는 송현의 모습에 보다 못한 지평이 나섰다.

"저는 청성의 지평이라고 합니다. 제가 물어볼 것이 있어
서 그런 것이니 너무 뭐라 하지 말아주십시오."

지평이 송현을 감싸주자 그녀는 자기도 모르게 얼굴이 붉
어졌다. 사실 송현은 지평을 오늘 다시 봤을 때부터 마음에

들었었다.

　지평은 비록 삼룡이의 누더기를 입고 있었지만 생김새가 원래부터 지저분한 삼룡과는 달랐고, 고귀한 도사의 분위기가 물씬 풍겼다. 그 때문에 송현은 지금 그가 입고 있는 누더기조차 비단처럼 느껴질 정도였다.

　"감히 객당의 계율을 어기고도 반성하는 기색이 없다니, 네가 정녕 고초를 당하고 싶은 것이냐?"

　조영의 목소리가 한층 더 높아지자 송현은 울상으로 변해서는 무릎을 꿇었다. 아무리 호감이 있는 사람 앞이라고 해도 아미파 계율은 그만큼 엄했다.

　그녀로서는 사고인 조영의 처분을 기다리는 수밖에 없었다.

　"네 잘못을 알았으면 계율원에 가 있거라!"

　조영은 이쯤에서 끝내려 했다. 일단 외부인인 지평이 뻔히 보고 있으니 나중에 따로 혼내려는 것이었다. 하지만 송현은 갈 수가 없었다.

　왜냐하면 집법장로가 송현에게 담초홍을 맡겼기 때문이다. 어젯밤 같은 일이 벌어지지 않기 위한 집법장로의 배려였다.

　이에 송현이 조영의 기분이 상하지 않도록 자초지종을 설명했다.

　"집법장로님께서 벙어리 아이를 돌보라 하셨습니다, 사고님."

"그놈을 따라다닌다는 아이 말이냐?"

"네, 사고님."

조영도 송현이 여기 있는 이유를 납득할 수 있었다. 하지만 기분까지 나아진 것은 아니었다.

사실 조영 그녀가 화를 낸 건 동생처럼 아끼는 백서연 때문이기도 했다.

조영은 지난밤 백서연과 대화를 통해 그녀가 지평을 첫 남자로 알고 그를 마음에 두고 있다는 것을 알고 있었다.

그런 상태에서 지평과 송현이 정겹게 대화하는 것을 보니 더 화가 난 것이었다.

"알겠다. 네 죄는 나중에 물을 테니 어서 들어가서 아이를 돌보거라!"

"예, 사고님."

송현이 삼룡의 처소로 들어가자 지평은 멀뚱히 서 있었다.

지금의 상황에서 삼룡의 처소로 다시 들어갈 수도 없었고, 그렇다고 자신의 처소로 갈 수도 없었다. 그렇다고 지금 이 자리에 서 있자니 뭔가가 걸리는 것이 많았다.

지평은 할 수 없이 또 먼 산을 쳐다봤다.

'아, 내가 지금 뭐 하고 있는 거지? 여하튼 삼룡이 저놈만 만나면 일이 꼬여. 그것도 심하게.'

이런 지평의 모습에 조영은 더욱 실망했다.

'역시 남자들은 믿을 게 못 돼. 아무리 춘약의 기운 때문에

기억을 못한다 하지만 동생의 첫 남자인데. 게다가 송현이보다야 동생의 미모가 훨씬 뛰어나거늘.'

조영은 백서연이 역용술로 얼굴을 바꾸고 천보라는 남자 행세를 한 것을 몰랐다. 백서연이 그런 사실을 말해줄 리도 없으니까.

반면 지평의 입장에서 백서연은 처음 보는 사람일 뿐이었다.

폐사당에서 백서연의 원 모습을 봤을 때도 산발한 머리 때문에 얼굴을 제대로 보지 못한 그였다. 그러니 지평이 백서연을 알아보지 못한 건 당연했다.

조영이 하릴없이 허공만 바라보는 지평을 보고 한심하다는 듯 고개를 흔들며 백서연에게 말했다.

"동생, 들어가지."

"네, 언니."

순간 지평의 고개가 자연스레 백서연 쪽으로 돌아갔다. 그의 귀에 목소리가 어딘지 익숙한 탓이었다.

'누구였지? 어디서 듣던 목소…….'

지평이 삼룡의 처소를 들어가는 백서연을 옆모습을 본 순간 그는 생각도 잊고 말도 잃었다. 그의 머릿속은 텅 빈 것 같았으며 심장은 멈춘 것 같았다.

지평이 여자를 멀리하는 선가의 도사였지만 지금 이 순간만큼은 남자였다. 게다가 청성파라는 곳이 대부분 도가 문파처럼 출가한 도사만 있는 곳이 아니었다.

　강호를 주유해 본 그의 경험에도 백서연의 미모를 따라올 여인은 손가락에 꼽을 정도였다. 하지만 그 미녀들조차도 백서연보다 뛰어나지 않았다. 비교해 보면 한참 모자랐으니 말이다.

　지평의 멍한 눈빛을 눈치 챈 백서연은 못 본 척하며 조영을 따라 들어가려 했다. 하지만 그를 막는 사람이 하나 있었다.

　"청성 도장께서는 지금 무얼 하시고 계신 겁니까?"

　그녀는 조영이었다. 뒤늦게 백서연을 보고 홀린 듯 따라 들어오는 지평이 더 못마땅한 조영이었다.

　"아, 그게… 그러니까… 음!"

　조영의 날 선 눈빛에 지평은 횡설수설하며 마땅한 이유를 찾으려 했으나 그 이유가 생각날 턱이 없었다.

　이 모습에 지평이 더 한심해지는 조영이었다.

　"할 말 없으면 밖에서 기다리시지요."

　지평은 조영 때문에 처소로 따라 들어갈 수 없었다. 물론 마음만은 굴뚝같았지만 냉랭한 그녀의 표정을 생각하면 발걸음을 멈춰야 했다.

　한 발 물러선 지평은 조영을 따라 처소로 들어가는 백서연의 눈과 잠시 마주쳤다. 뭔가 아쉬워하는 그녀의 눈빛을 말이다.

　'저 눈빛, 혹시 저 낭자가 나를 좋아하는 것은 아닐까? 아니지. 아미파에서 추태를 부리면 사부님과 청성에 누가 돼. 정신 차려야 돼.'

지평은 애써 마음을 다잡았지만 그의 눈길은 자꾸 처소 입구를 향했다.

삼룡의 처소로 들어온 조영과 백서연의 인상이 잔뜩 구겨져 있었다.

탁자 위에는 삼룡이 안주로 남긴 음식 접시들과 빈 술병, 술잔이 뒹굴며 술 냄새가 진동하고 있었다.

지금 이 상태도 송현이 급히 치운 상태였으니 조영의 아미가 더욱 좁아들었다.

조영은 금방이라도 자신의 검을 뽑아 들어 탁자를 내려치고 싶은 충동을 간신히 참고 있는 중이었다.

반면 삼룡은 둥그렇게 솟아난 배를 오르락내리락하며 코까지 골고 있었다. 조영이 더 참지 못하고 검에 손을 가져갔다.

"내 이 자식을!"

조영의 불같은 성격을 잘 아는 아미 제자 송현은 지켜보다가 급히 말렸다.

"사고님, 안 됩니다."

사저들이 말려도 시원치 않을 판에 제자 항렬에 불과한 송현이 말리자 조영의 눈꼬리가 하늘로 향했다.

"객당의 규율을 어긴 놈은 죽여도 된다!"

마침내 조영의 목소리가 앙칼지게 올라갔다. 삼룡이 깨건 말건, 누가 듣건 말건 상관하지 않겠다는 뜻이었다.

하지만 송현은 필사적으로 그녀를 말려야 했다.

삼룡은 어쨌거나 객당의 규율과 상관없는 몸이 아닌가. 게다가 지금 그녀가 말리지 않으면 집법장로에게 변명할 여지도 없었기 때문에 송현은 필사적일 수밖에 없었다.

안 되겠다 판단한 송현은 조영의 앞을 막으며 눈을 감았다.

"비키지 않으면 같이 벤다."

평소의 행실로 보면 말처럼 진짜로 그러고도 남을 조영이었다. 하지만 송현은 물러나지 않았다.

이것이 그녀가 할 수 있는 최선의 방법이었다.

조영 또한 집법장로 때문에 송현이 자신을 막는 이유를 짐작하고 있었다. 그 때문에 검을 휘두르지 않고 삼룡을 노려보고 있었다. 그래도 삼룡이 일어나지 않자 조영이 삼룡을 향해 소리쳤다.

"네놈이 지금 당장 일어나지 않으면 벨 것이다!"

지금까지의 소란만으로도 웬만한 사람은 일어났을 것이다. 바로 삼룡 곁에서 잠든 당초홍까지 깨어나서 눈치를 보고 있었으니까. 하지만 조영은 몰랐다. 삼룡은 이런 상황이라면 더욱 일어나지 않는다는 걸 말이다.

조영이 차마 검을 휘두르지 않은 탓에 저소에는 삼시 직막감이 돌았다. 하지만 그 적막감마저 삼룡이 곧 깨버렸다.

뿌우우웅!

"이 자식이!"

뜬금없이 들린 방귀 소리에 조영의 얼굴이 시뻘겋게 변하면서 부들부들 떨렸다. 그냥 방귀만 뀐 것이라면 조영이 이렇게 화를 내지는 않았을 것이다. 그녀는 삼룡이 일부러 그런 것이라 생각한 것이다.

물론 삼룡이 실눈을 뜨고 일부러 조영이 있는 쪽으로 엉덩이를 살짝 들었으니 그녀의 생각이 아주 틀린 것은 아니었다.

송현은 삼룡과 등져 있는 터라 조영을 막기에 급급했다.

"사고님, 취중이니 그럴 수 있다고 생각합니다만."

"비켜라. 네 저놈을 베고 집법장로님께 가서 내가 죽었다 말하겠다."

"안 됩니다, 사고님!"

조영은 즉시 삼룡을 베려 했고, 송현은 필사적으로 말렸다. 하지만 둘 모두 그러지 못했다. 그다음은 말조차 제대로 못했으니 말이다.

"우욱!"

먼저 조영을 말리던 송현이 참지 못하고 처소 밖으로 뛰쳐나갔다. 이에 질세라 조영도 바로 뛰쳐나왔다. 송현이 먼저 나왔기 때문에 조영 입장에서는 말리는 사람이 없어 분명 삼룡을 찌를 시간이 있었다.

하지만 무슨 이유에서인지 조영은 그렇게 하지 않았다.

처소 밖으로 나온 조영과 송현은 서로 숨을 몰아쉬며 고개를 흔들었다. 어느 정도 숨을 쉰 조영이 뒤를 돌아 처소 안을 힐끔 쳐다보며 소리쳤다.

"내 저 자식을!"

이에 덩달아 소리치는 송현이었다.

"그냥 죽여 버리세요, 사고님!"

둘 다 삼룡을 죽이고 싶었으나 지독한 냄새 때문에 들어가지 못하는 사고와 제자였다.

삼룡의 처소 안에서는 두 여자가 눈을 마주치고 있었다.

한 여자는 시산노호의 딸 백서연이었고, 또 다른 여자는 아미신녀의 제자 담초홍이었다.

먼저 백서연이 담초홍을 알아봤다.

어두운 밤이었지만 아미신녀의 시신 곁을 지키던 담초홍의 얼굴을 잊을 수가 없었다.

반면 담초홍은 어제 봤던 조영이 자신을 몰라보고 오히려 백서연이 자신을 알아보는 것에 의아해했다. 하지만 곧 백서연에게서 풍기는 묘한 냄새를 맡고는 그녀가 누구인지 곧 알아챘다.

호랑이와 같이 자란 담초홍은 예민한 후각을 가진 여자였다. 그런 담초홍의 기억으로는 백서연의 몸에서 어젯밤처럼 천리추종향(千里追蹤香)이 풍겨나고 있었다.

삼안통이 그녀를 추적할 때 쓴 천리추종향이 아직 사라지지 않은 것이다.

'두 번째 사람!'

백서연을 보는 담추홍의 눈동자가 떨렸다.

‘저 아이, 날 알아보는 건가? 눈동자가 어제처럼 떨리고 있어. 그렇다면 지금 죽여야 해. 안 그럼 내가 위험해져.’

하지만 백서연의 눈동자도 떨리고 있었다. 그녀답지 않게 망설이고 있다는 뜻이었다.

지금까지 수많은 살인을 저지르면서도 단 한 번도 망설인 적 없는 백서연이었건만 지금의 눈동자는 분명 망설이고 있었다.

‘어머니를 살려주신 아미신녀님의 제자야.’

마음만 먹으면 백서연은 담초홍을 죽일 수 있었다. 그리고 그것을 삼룡에게 뒤집어씌울 수도 있었다. 하지만 유독 그녀의 눈동자가 심하게 흔들렸다.

‘아참! 저 아이, 벙어리였지?

순간 백서연의 눈동자에서 살의(殺意)가 사라졌다. 그때였다. 조영이 처소 바깥에서 코를 막고 백서연을 불렀다.

“동생, 괜찮아?”

이어 송현의 목소리도 들렸다.

“꼬마야, 못 참겠지? 이리 나와!”

조영과 송현은 뒤늦게 혹시나 이들이 지독한 냄새 때문에 기절하지나 않았는지 걱정하는 것이었다.

뭐, 삼룡이 그동안 먹은 게 좀 많은데다가 생리 현상 조절로 꾹꾹 눌러놓은 탓에 냄새가 지독하긴 했다.

“전 괜찮아요, 언니!”

“이제 냄새 좀 빠졌나? 우윽!”

백서연의 말에 조영이 조심스레 고개를 드밀고 냄새를 맡다가 다시 뛰쳐나갔다. 이에 송현이 조영에게 물었다.

"사고님, 아직도 냄새 나죠?"

"묻지 마!"

조영은 신경질을 내는 한편 백서연이 삼룡의 처소에서 나오지 않는 이유를 생각했다.

'동생 코가 잘못됐지 않고서야. 아니지, 그런 일을 겪었으니 몸이 정상일 리가 없어. 아마 후각이 잘못되었을 거야.'

그렇게 일각이 지나고서 조영이 송현에게 지시했다.

"송현아, 네가 들어가 봐라."

이에 눈이 커지는 송현이었다.

"네, 제가요?"

"그럼 내가 다시 들어갈까?"

송현은 점점 가늘어지는 사고의 눈매에서 살기에 가까운 기운을 느꼈다. 할 수 없이 고개를 숙이고 삼룡의 처소로 들어가는 송현이었다.

하지만 송현은 들어가자마자 곧바로 코를 막고 뛰쳐나왔다.

"우악! 저 자식이 또 뀌었어요, 사고님!"

송현의 말에 조영은 차마 들어가지는 못하고 검을 들고 바들바들 떨었다. 사실 그녀는 삼룡을 죽이지 않는 대신 팔 하나 정도를 자르려 했다. 자신을 욕보였으니 집법장로도 그 정도는 용납해 줄 것이라 생각한 것이다.

하지만 그놈의 냄새가 문제였다. 도무지 참을 수 없는 정도 였으니 말이다.

"동생은?"

"아직도 그냥 서 있던데요."

"그 아이도?"

"네, 사고님. 멀쩡해요."

조영의 물음에 송현이 코를 막은 채 대답했다. 아직도 머릿 속에서 냄새가 떠나질 않을 정도이니 어떠하겠는가.

이 모습을 옆에서 보는 사람의 입장에서는 이런 생각이 들 었다.

'사람 방귀가 다 거기서 거기지, 무슨 방귀 냄새가 얼마나 지독하다고 이러는 거야. 내가 들어가 본다고 말해볼까?

이 생각을 한 사람은 지평이었다.

지평은 자신의 생각을 곧 실천으로 옮겼고, 한사코 말리는 송현을 뒤로하고 처소 안을 살피는 일을 감행했다.

물론 지평도 송현처럼 코를 쥐고 곧바로 뛰쳐나왔지만 말 이다.

삼룡은 이각이 지나서도 일어나지 않았다.

중간중간 엉덩이를 살짝살짝 들어 냄새를 골고루 퍼뜨리 는 것은 빠뜨리지 않고 말이다.

그의 이런 행동이 고역인 것은 백서연과 담초홍이었다.

그나마 독공을 연마한 백서연의 경우는 조금 나았다. 독공

이라는 것이 지독한 냄새를 동반하는 경우가 많으니 독공을
쌓은 백서연은 버틸 만했다.
　하지만 담초홍은 정반대였다. 예민한 후각이 다른 사람보
다 몇십 배 뛰어난데다가 바로 삼룡의 옆에 있지 않은가.
　그럼에도 담초홍은 사부의 유지 때문에 삼룡에게서 떨어
지면 죽는다는 생각으로 그의 곁을 떠나지 않은 것이다.
　심상치 않은 담초홍의 표정을 보고 백서연이 물었다.
　"괜찮니?"
　백서연의 물음에 담초홍은 조용히 고개를 끄덕였다.
　마음 같아선 당장이라도 뛰쳐나가고 싶었지만, 그렇다고
고개를 가로저을 수는 없었다. 삼룡이 지켜보고 있다는 걸 알
았으니까.
　'이 남자, 날 또 시험하고 있어.'
　반면 삼룡의 심정은 심란했다. 지독한 두 여자 때문에 말이
다.
　'아, 독한 것들. 이것들은 사룡이도 도망치는 냄새를 참
네.'
　그때였다. 처소 밖에서 조영과 송현의 목소리가 동시에 들
렸다.
　"장문인과 집법장로님을 뵙습니다."
　이어 그들을 황급히 말리는 목소리가 들렸다.
　"사부님, 들어가지 마세요."
　장문인을 사부로 부를 수 있는 이는 조영뿐이었다. 하지만

장문인을 막는 것은 아무리 제자라고 할지라도 계율에 어긋나는 일이었다.

당연히 노한 집법장로의 목소리가 이어졌다.

"건방지구나. 감히 장문인의 앞길을 막다니!"

"집법장로님, 죄송합니다. 하지만……."

"또, 또! 어서 비키지 못하겠느냐? 오늘 일은 나중에 따로 물을 것이니 이후 계율원으로 찾아오너라!"

이에 조영은 장문인과 집법장로에게 길을 비켜줄 수밖에 없었다. 하지만 그 뒤 집법장로로부터 어떤 질책도 받지 않았다.

오히려 집법장로로부터 다음번에 이런 일이 있으면 주저 없이 말려 달라는 당부를 들은 조영이었다.

삼룡의 처소에 들어선 장문인과 집법장로의 얼굴이 심하게 구겨져 있었다. 하지만 그녀들은 체통이 있었고, 체면이 있었다. 게다가 참을성이 남다른 아미파 수뇌부들이었다.

그 때문에 둘 모두 꾸욱 참고 있는 중이었다.

백서연은 장문인과 집법장로가 들어오자 조용히 인사를 하고 뒤로 물러섰다. 그녀의 손에는 삼룡의 봇짐과 목검이 들려 있었다.

조영과 백서연은 집법장로가 시킨 대로 삼룡의 목검을 돌려주기 위해 온 것이었다. 물론 따질 것도 있었지만 말이다.

집법장로가 말했다.

"저자의 목검을 돌려주라 해서 온 것 같습니다, 장문."

"아직 몸도 편치 않을 텐데 거기 놓고 돌아가서 쉬도록 해라."

장문인의 말에 백서연은 다소곳이 목검을 내려놓고 물러났다. 그럼에도 삼룡은 일어날 생각을 하지 않았다.

"흠흠, 흠흠, 이제 일어나시게."

집법장로가 헛기침을 하며 삼룡을 깨우려 했다. 하지만 이런 집법장로의 모습이 아미 장문 원영 사태에게는 더 신기한 모양이었다. 평소 같으면 검을 빼 들고 처단하고도 남을 그녀가 아닌가!

'사저가 점잔을 떨어? 내일은 해가 서쪽에서 뜨겠군.'

이런 장문인의 모습에 집법장로는 고개를 갸웃거리며 의아한 듯 물었다.

"제 얼굴에 뭐가 묻었습니까, 장문?"

"아, 아닙니다. 사저도 나이가 드니 성정이 변한 것 같아서요."

장문인의 말에 자신도 모르게 얼굴이 붉어지는 집법장로였다. 그녀 자신도 아미 제자들이 자신을 엄라 사대라 부르는 것을 알고 있었다. 물론 그 별호가 마음에 쏙 들었던 것만은 아니었지만 집법장로 직책에 제법 어울린다고 생각했었다.

평소에 그런 생각을 갖고 있던 집법장로였으니 자신의 별호를 흠집 내는 삼룡의 태도가 좋게 보일 리가 없었다.

"당장 일어나지 않으면 벨 것이다!"

집법장로의 노성이 처소를 쩌렁쩌렁하게 울렸지만 삼룡은

침소에서 요지부동이었다.

'이것들은 만날 벤다고 큰소리만 치지. 당신들 마음대로 떠드세요. 난 잘 겁니다.'

차기 장문인 주희설이 삼 일 안에 깨어나지 않으면 아미파 수뇌부가 곤경에 처한다는 사실을 몰랐으면 모를까 이미 알고 있는 그였다.

처음 집법장로가 삼룡을 적당히 속여 자신이 원하는 대로 이용하려 했으나 삼룡이 이에 순순히 응할 리는 애당초 없었다.

오히려 그 점을 역이용해 자신을 욕하며 찾아다닌 아미 제자들을 트집 잡아 부려먹었다. 그런 그가 아미파 장문인이 왔다고 해서 달라질 이유가 없었다.

"내 이 자식을!"

참다 못한 집법장로가 삼룡을 때리려 손을 치켜들었다. 하지만 이를 보고 있던 담초홍이 집법장로를 막아섰다.

"으, 으!"

"애야, 네가 막을 일이 아니다."

집법장로가 부드럽게 말렸지만 담초홍은 고개를 가로저었다. 자신의 허락없이는 절대 안 된다는 뜻이었다.

실눈으로 이런 담초홍의 대담한 행동을 본 삼룡은 생각했다.

'어라, 쟤가 왜 내 편을 들지? 나한테 잘 보이려고 하는 수작인가? 그래도 편들어주니 조금 고맙긴 하네.'

말 대신 고개를 흔드는 담초홍을 보고 아미 장문이 말했다.

"저 아이, 말을 못하는군요."

"네, 장문."

"어찌 저 삼룡이란 사람을 보호하려는 겁니까?"

"글쎄, 저도 그걸 모르겠습니다. 아미파 제자로 받아주겠다고 했는데도 저 아이는 한사코 거부했습니다. 게다가 저 삼룡이란 자에게서 도통 떨어지려 하지 않습니다."

"귀머거리는 아닙니까?"

"이것저것 물어보니 말은 곧잘 알아듣던데요."

"눈빛을 보니 꽤 영명하게 생겼군요. 우리 아미의 제자로 삼으면 좋겠는데……."

아미파 장문 원영 사태 또한 아미신녀의 제자 담초홍을 모르는 눈치였다. 이는 담초홍도 마찬가지였다.

아미 장문인이 담초홍에게 부탁하듯 말했다.

"미안하지만 네가 삼룡이란 저 사람을 깨워주지 않으련?"

아미 장문의 부탁에 무슨 생각에서인지 담초홍은 천천히 고개를 끄덕였다.

"그래, 착하구나."

아미신녀의 제자 담초홍은 아주 어릴 때부터 호랑이들과 같이 자랐다.

그 때문에 황소만 한 백호와 적호가 그녀의 친구이자 놀이 대상이었다. 하지만 이 호랑이들이 항상 그녀를 기다려 주는 것은 아니었다.

때론 단잠을 자고 있는 그놈들을 깨워 놀아야 했으니 말이다.

문제는 체구가 작은 그녀가 황소만 한 호랑이를 깨우는 방법이 있겠는가? 두꺼운 가죽과 털 때문에 간지럼을 태워 봤자 소용없는 일이었으니 말이다.

호랑이를 깨우는 그녀만의 방법은 곧 삼룡을 통해서 알 수 있었다.

담초홍이 망설임없이 침소 위를 날았다. 그리곤 바로 삼룡의 복부를 향해 머리를 내리찍는 게 아닌가. 하지만 이는 단순히 잠든 호랑이를 깨우는 행동 같지는 않았다. 그 정도라는 것이 심했으니까.

이를 보면 담초홍 역시 그동안 삼룡에게 쌓인 게 많은 것이 분명했다.

어쨌든 삼룡은 방심하고 있다가 졸지에 복부를 허용하고 말았다.

"윽!"

삼룡이 복부에 입은 타격으로 벌떡 일어섰다. 내상을 입을 정도의 충격은 아니었으나 삼룡이 편히 잠자기에는 곤란한 정도의 충격이 고스란히 전해졌으니 천하태평 삼룡도 일어나야만 했다.

"야, 진드기! 갑자기 왜 이래?"

잠깐이나마 같은 편이라 생각했던 담초홍에게 당한 삼룡은 억울한 표정이었다. 하지만 담초홍의 손가락은 아미 장문인을 향하고 있었다. 즉, 자신은 시킨 대로 했으니 잘못이 없다는 뜻이었다.

이에 아미 장문인의 담초홍을 보는 눈빛이 달라졌다.

'그다지 착하지는 않구나.'

삼룡 또한 아미 장문인과 그다지 생각이 다르지 않았다. 하지만 일단은 아미 장문인이 시킨 것은 확실했다.

"치사하게 애를 시키다니, 도대체 날 왜 깨운 겁니까? 내가 집법장로님한테 희설이라는 분은 밤에 봐준다고 분명히 말씀드렸는데……."

여기 오기 전 집법장로에게 미리 삼룡이 무례하게 나올 것을 전해 듣고 온 아미파 장문인이었다. 하지만 직접 삼룡의 태도를 대하니 비위가 거슬리는 것은 어쩔 수 없었다.

'사저가 성질이 많이 죽었구나.'

속으로 집법장로의 핑계를 대며 정신 수양을 하는 아미파 장문인이었다. 그러자 집법장로가 장문인을 대신해 나섰다.

"그 아이 상태가 점점 나빠지고 있다는 전갈을 받았네. 그러니 좀 일찍 봐줄 수 없겠나?"

하지만 삼룡의 대답은 심드렁했다.

"당연히 나빠졌겠죠."

'이 녀석, 정말 희설이의 상태에 대해서 뭔가 알고 있는 눈치다.'

순간 아미 장문인은 삼룡의 눈빛을 읽었다. 그리곤 갑자기 집법장로처럼 삼룡의 비위를 맞추는 게 아닌가.

"지금 봐주면 내 자네 문제를 일시에 해결해 주겠네."

급한 나머지 아미 장문인은 모든 것을 들어주려 했다. 하지만 삼룡은 이를 다르게 해석했으니……

“어째 제 귀에는 말을 안 들으면 다시 잡아 가두겠다는 소리로 들리네요?”

“그럴 리가 있는가?”

삼룡의 말에 펄쩍 뛰는 아미 장문인이었지만 그녀 역시 찔리는 구석이 있었다. 사실 마음속으로 그런 마음이 아주 없는 것은 아니었으니 말이다.

“지금 깨워 드릴 수는 있는데 심지(心地)가 다친 상태로 깨어날 겁니다. 그래도 좋으시면 그렇게 해드리고요.”

인심 쓰듯 협박하는 삼룡의 말에 아미 장문인과 집법장로는 동시에 손을 저르며 고개를 흔들었다.

“아닐세. 그냥 원래대로 하게.”

“그럼 저 잡니다.”

그 흔한 축객령도 없이 돌아눕는 삼룡에게 아무 소리도 못하고 아미 장문인과 집법장로는 서로의 얼굴만 쳐다볼 뿐이었다.

물론 주고받는 속뜻은 이랬지만 말이다.

‘집법장로, 정말 이놈이 믿을 만한 겁니까?’

‘하루만 속는 셈 칩시다, 장문.’

그나마 삼룡의 언행에서 희망을 발견한 아미 장문인은 집법장로의 무언의 압력에 고개를 끄덕일 수밖에 없었다.

第八章

이독제독

허허실실

삼룡이 예전의 누더기 차림으로 아미파의 의방(醫方)인 혜화각(惠化閣)에 나타난 시각은 술시 초(오후 7시)였다.

삼룡은 혼자 온 것이 아니라 두 인물을 대동하고 나타났는데, 하나는 자의로 따라왔고 다른 하나는 억지로 끌려온 사람이었다.

당연히 자의로 따라온 이는 아미신녀의 제자 담초홍이었고, 끌려온 이는 청성의 지평이었다.

담초홍이야 원래 삼룡의 곁에서 떨어지지 않았지만, 지평이 삼룡을 따라온 것은 조금 의외였다. 물론 삼룡이 그전에 무슨 수를 썼겠지만.

아무튼 삼룡이 이들을 데리고 혜화각 한곳을 지날 때, 작은 소동이 벌어졌다.

온몸에 붕대를 감고 팔과 다리에 부목을 한 남자가 삼룡을 보더니 갑자기 이를 부득부득 갈며 고래고래 소리치는 것이 아닌가. 하지만 그 환자는 입까지 다쳤는지 도통 하는 말을 아무도 알아들을 수가 없었다.

물론 삼룡도 그가 누군지 몰랐고 누구인지 알고 싶지도 않았다. 그래서 삼룡은 '별 미친놈이 다 있네' 라고 무시하며 지나쳤다.

하지만 삼룡의 그런 행동 때문에 그 남자는 발작하듯 경기를 일으켰고, 이를 지켜본 아미파 제자들이 그의 혼혈을 짚어 간신히 진정시키는 것으로 소동이 마무리되었다.

그리고 나중, 아주 나중에서야 경기를 일으킨 남자가 주가장 호위무사 정패였다는 것을 삼룡은 알 수 있었다.

물론 지금은 그런 것을 신경 쓸 삼룡이 아니었다.

우여곡절 끝에 삼룡이 주희설이 있는 곳에 도착하자 그를 반기는 세 인물이 있었다.

하나는 혜화각의 각주인 호법장로였고, 다른 하나는 집법장로였다. 그리고 남은 하나는 아미 장문인의 제자 조영이었다. 조영은 장문의 제자이기도 했지만 약재창을 담당하는 혜화각의 부각주이기도 했다.

두 장로야 삼룡을 반기는 이유를 삼룡도 알고 있었지만, 조영이 뜻밖에 자신을 반기자 삼룡은 이를 더 이상하게 생각했다.

'어라, 저것이 뭘 잘못 먹었나? 언제는 날 못 죽여서 안달이더니. 그래도 지평 도장을 데려오길 잘했어. 안 그랬으면 저년이 또 칼 들고 설쳤을 거야.'

"어서 오시게. 자네가 삼룡이라는 젊은이였군."

호법장로는 다른 아미파 장로들과 달리 온화한 성품에 기품이 있었다. 그래서 그런지 삼룡 또한 호법장로에게까지 무례하게 굴지는 않았다.

"할머니는 다른 분들과 다르네요."

삼룡의 말 한마디에 온화했던 호법장로의 인상이 싸늘히 굳어졌다.

'할머니?

호법장로 또한 육십오 세가 넘었으니 할머니는 할머니였다. 하지만 정순한 내공 덕에 그렇게 나이가 들어 보이지는 않았다. 그 때문에 호법장로는 나이 든 장로이면서도 다른 장로들과는 조금은 다르다고 스스로를 위안하며 살지 않았던가.

하지만 삼룡은 아랑곳하지 않고 주희설이 누워 있는 침소부터 살폈다. 사실 삼룡이 이곳에 들어오고부터 무언가를 찾는 눈치였었다.

이윽고 삼룡의 시선이 한곳에 멈췄다. 그곳에는 커다란 화로가 타오르고 있지 않은가!

"누가 화로를 가져다 놓으라고 했습니까?!"

갑작스런 삼룡의 고성에 호법장로와 집법장로의 인상이 싸늘히 굳어졌다. 물론 각자 다른 생각을 하고 있었지만.

'이 자식, 무슨 트집을 잡으려고.'

'날 할머니라고 불렀겠다?'

장로들이 바로 뭐라 하지 않자 조영이 나섰다.

"흥, 보자 보자 하니까 자기가 무슨 신의라도 되는 것처럼 설쳐 대잖아! 이곳은 밤이 되면 기온이 떨어져 화로를 사용해야 돼!"

조영의 말에 두 장로는 기회를 틈타 자신들도 삼룡을 혼낼 틈을 엿보고 있었다. 하지만 삼룡의 다음 행동에 그녀들은 입을 다물어야 했다.

삼룡이 이백 근은 족히 나갈 것으로 보이는 커다란 청동 화로를 번쩍 들어 최대한 주희설과 멀리 떨어진 곳으로 옮겨놓는 것이 아닌가.

삼룡의 괴력도 괴력이지만 한참 뜨거워진 화로를 아무렇지도 않게 옮겼으니, 모두 자신들이 본 것이 믿기지 않는 모양이었다.

단, 담초홍만이 놀라지 않는 눈치였다.

삼룡이 손바닥을 탁탁 털며 말했다.

"무식하면 용감하다더니! 아예 사람을 죽이지 그랬어?"

한 성질 하는 조영이 가만있을 리가 없었다. 하지만 호법장로가 조영에 앞서 말했다. 호법장로는 조영과 달리 뭔가 알고 있는 눈치였다.

"저 아이가 음한지공(陰寒之功)을 익혔다고 이러는 겐가?"

"알긴 하네요."

삼룡은 퉁명스럽게 대답하고는 주희설의 얼굴을 살폈다. 다행히 삼룡이 보기에 주희설의 상태는 심하게 나빠 보이지는 않았다.

이때 아픈 주희설을 보고 딴생각을 하는 인물이 있었으니 그는 지평이었다. 지평은 침소에 고이 누워 있는 주희설의 얼굴을 보고는 낮과 다른 충격을 받고 있는 중이었다.

'저기 저 젊은 처자가 차기 장문인! 아미파에 천하절색이 많다더니, 정말 그렇구나!'

주희설의 나이 올해로 사십이 세다. 하지만 그녀는 어릴 때부터 음한지공을 익힌 탓에 나이 든 모습이 아니었다.

낮에 봤던 백서연과 비교해 거의 나이 차이가 없어 보일 정도였으니 말이다.

하지만 남자에게는 최고의 순간이 때로는 빈틈이 최고조인 순간이기도 했다.

조영은 주희설을 보고 넋을 잃은 지평의 표정에 속으로 혀를 차고 있었다.

'쯧쯧, 지평 도장은 주 사저를 보고도 저러네. 동생은 뭐가 좋다고 저런 남자를. 차라리 삼룡이가……. 아니지. 삼룡이보다 못한 놈이 있을 수 있나.'

이때 주희설을 살피던 삼룡이 말했다.

"집법장로님, 제가 가져오라고 한 거 있죠?"

"가져왔네. 영아, 약재창에서 가지고 온 것을 가져오너라."

"…아, 여기 있습니다, 장로님."

조영이 뒤늦게 집법장로의 말을 알아듣고는 재빨리 환약
이 든 병을 옆에 있는 호법장로에게 건넸다. 다행히도 조영은
집법장로의 눈총을 받는 것으로 큰 화를 모면할 수 있었다.

물론 평상시 같으면 이조차도 용서하지 않을 집법장로였
지만, 상황이 상황인지라 넘어가는 눈치였다.

호법장로가 환약이 든 병을 삼룡에게 내밀며 말했다.

"자네가 가져오라 한 것이 맞는지 확인해 보게. 혹시라도
잘못되면 안 되니까."

"맞습니다. 이게 제가 만들었던 춘약 맞습니다."

춘약이라는 소리에 환약을 건넸던 호법장로의 손이 바르
르 떨렸다.

"자네, 날 놀리는 겐가? 지금 이 아이에게 춘약을 쓰다니!"

"의술을 아신다고 하셨죠?"

삼룡의 질문에 호법장로는 고개를 끄덕였다.

"그래서 고치지 못하신 겁니다. 이 사람은 고쳐야 하는 게
아니라 죽여야 합니다. 그래야 삽니다. 제가 살리는 건 못해
도 죽이는 건 잘하거든요. 춘약은 바로 그런 용도이니 다른
오해 마세요."

점점 알 수 없는 소리에 호법장로가 고개를 갸웃거리자 삼
룡이 답답한 듯 가슴을 치며 설명했다.

"저도 처음에는 고칠 자신이 없었거든요. 제가 의원도 아
닌데 어떻게 살리겠어요. 저기 지평 도장을 살린 건 운이 좋

왔어요. 왜냐하면 바로 독 기운을 죽이면 되는 일이었거든
요."

이해가 되지 않는지 호법장로가 다시 물었다.

"그래도 난 이해할 수가 없는데……."

"그럼 일단 지켜보세요."

삼룡은 주저없이 환약을 꺼내 들고는 주희설의 입으로 가
져갔다. 호법장로는 이를 막으려 했지만, 집법장로가 그런 호
법장로를 막으니 그녀로서는 지켜볼 수밖에 없었다.

"음한지공 때문에 생긴 것이니 음한지공으로 치료합니
다."

이어 삼룡이 팔과 다리를 움직이지 못하도록 마혈을 각각
점하고는 춘약이 퍼질 때까지 기다렸다.

그러자 가만히 누워 있던 주희설이 신음 소리를 내며 고통
스러워했다.

"으윽, 으으윽!"

오히려 주희설의 상태가 악화되자 호법장로가 삼룡을 질
타했다.

"지금 무엇 하는 겐가? 저 아이가 갑자기 왜 이래?"

호법장로뿐만이 아니었다. 옆에 있던 조영까지 당장이라
도 검을 뽑아 들 기세였다. 사실 그녀가 좀 전에 삼룡을 반긴
건 장로들로부터 허락을 받았기 때문이다.

바로 삼룡을 벌할 수 있는 허락 말이다. 단, 삼룡이 주희설
의 치료를 실패할 경우에 한한 일이지만.

삼룡은 귀찮다는 듯이 소리쳤다.

"분명 죽인다 했잖아요. 그러니까 내가 하는 대로 내버려 두세요. 안 그럼 진짜 이 여자 죽으니까!"

이 순간만큼은 진지한 모습을 보이는 삼룡이었다.

삼룡이 비록 산적들에게 당한 무림인들을 외면하고 귀찮은 것을 싫어했지만, 사람 목숨 가지고 장난칠 사람은 아니었다.

"으으으, 으으으!"

주희설이 한기를 못 이겨 이를 부딪치며 신음 소리를 내자 호법장로가 다시 삼룡에게 말했다.

"이 아인 음한지공만을 쌓아서 신체의 균형이 무너진 상태다. 지금 한기가 너무 강해져서 심지를 다친 것이지. 그러니 다른 수를 찾게."

"안 됩니다."

삼룡이 거절하자 호법장로가 달궈진 화로를 쳐다보며 조영에게 말했다.

"영아, 화로라도 이리 가져오너라."

그러자 삼룡이 집법장로를 불렀다.

"집법장로님, 두고 보실 겁니까?!"

삼룡의 고함에 비로소 집법장로가 나섰다. 그녀로서도 삼룡을 믿을 수 없었으나 지금은 도리가 없었다.

"그냥 두십시다, 호법장로. 어차피 우리 손을 떠났습니다."

호법장로가 머뭇거리는 사이 삼룡은 다시 춘약 한 알을 주희설의 입에 넣는 것이었다. 그러자 바로 주희설의 얼굴에서 흰 입김이 뿜어져 나왔다.

분명 삼룡이 만든 춘약은 주희설의 음한지공을 더욱 부추기고 있는 것이 확실했다.

극심한 한기에 주희설의 턱이 마비가 됐는지 신음 소리조차 내지 못한 채 부들부들 떨기만 했다.

"젠장, 뭘 만졌기에 이리도 기운이 지독한 거야."

삼룡은 말이 끝남과 동시에 다시 주희설의 팔과 다리의 마혈을 짚었다. 그러면서 팔과 다리의 몸을 만져 가며 상태를 확인했다.

그러자 이번엔 조영이 발끈했다. 아무리 치료를 하고 있는 중이었지만 여인의 몸에 손을 댄다는 것은 무례였다.

"지금 뭐 하는 겁니까?"

이에 가만있을 삼룡이 아니었다.

"그럼 네가 만져 보든가?!"

조영은 삼룡의 외침에 왠지 기가 눌리는 느낌이었다. 그냥 눌린 것이 아니라 강한 압박을 받아 감히 삼룡의 얼굴을 쳐다볼 수가 없을 정도였다.

'내가 겁을 먹어? 아냐. 그럴 리 없어.'

조영이 고개를 부르르 떠는 사이 삼룡은 다시 춘약 한 안 알을 주희설의 입에 넣었다.

지금부터는 삼룡도 장담할 수 없는 모험이었다.

그냥 놔두면 스스로 평형을 이뤄 죽지는 않지만, 다시 이 방법을 쓸 수는 없었다. 신체라는 것이 한 번 쓴 방법에는 자연스레 저항력을 갖게 되니까.

'젠장, 괜히 큰소리쳐서 사람 죽이게 생겼군.'

이런 삼룡의 생각도 모른 채 호법장로와 집법장로는 삼룡을 믿고 있었다.

하지만 삼룡도 적절한 방법을 쓴 것은 아니었다. 주희설의 상태는 점점 악화되고 있었으니 말이다.

'뭐지? 화기에 심지를 다친 것은 알겠는데 왜 풀어지지 않는 거냐고? 이 정도 강하게 음한지공을 올렸으면 화기가 풀어져야 하는데.'

지금 주희설의 상태는 기초가 흔들린 상태였다. 즉, 평생 연공한 음한지공의 심지(心地)를 다친 것이다.

물론 원인은 조영이 전해준 보검, 화정검에 있었다. 그 화정검을 들고 주희설이 일생일대의 절학을 펼치다가 심지가 다친 것이다.

그녀가 심지를 다친 것에는 또 다른 이유가 숨어 있었는데, 그것은 바로 청강화철(青江火鐵) 때문이었다. 바로 화정검을 만든 재료 말이다.

청강화철은 화산 근처에서 푸른 기운을 내뿜고 강처럼 흐르는 용암 줄기에서 캘 수 있었는데, 이 광석으로 검을 만들면 조금만 내력을 불어넣어도 그 기운이 몇 배로 강해져 위력이 배가되는 특징이 있었다.

다만 불순물이 많아 한 번 굳으면 쓸모가 없는 광석이 된
다. 그래서 때를 잘 타야만 얻을 수 있는 희귀한 광석이었다.
　주희설도 조영의 검이 화기가 강하다는 것을 알고 있었지
만, 적수공권만으로는 뇌음사 승려들을 상대하는 데 한계를
느낀 터라 조영의 검을 받아 든 것이다.
　그리고 음한지공으로 쌓은 내력으로 혈도를 수차례 보호
하고 무공을 펼쳤던 것이다.
　하지만 그것으로 인해 점점 치료가 힘들어졌다. 여러 번 꼬
인 것을 삼룡은 단순히 음한지공의 힘을 키워 화기를 몰아내
려 했으니 풀어질 이유가 없었던 것이다.
　주희설의 상태가 점점 악화되자 삼룡은 갈등했다.
　'춘약을 다시 써야 하나? 그러면 음한지공이 너무 강해질
텐데?
　삼룡이 갈등하는 사이, 삼룡의 옆에 있던 담초홍이 갈비뼈
사이에 있는 기문혈을 툭 건드렸다.
　지금 담초홍의 행동을 본 사람은 삼룡 하나뿐이었다.
　다른 사람들은 삼룡만 주시했지 삼룡의 옆에 진드기처럼
붙어 있는 담초홍에게는 아무도 신경 쓰지 않은 탓이었다.
　'애가 지금 어떻게 한 거지?
　순간 삼룡의 눈이 동그랗게 떠졌다. 심지를 건드렸던 화기
가 한기에 밀려 일시에 기문혈을 통해 빠져나오는 것이 아닌
가.
　'됐다. 이제 풀기만 하면 된다.'

담초홍의 손길에 꼬여 있던 모든 것이 제자리를 찾으며 삼룡의 의도한 대로 되어가자 삼룡의 안색이 대번에 밝아졌다.

삼룡은 침착하게 점혈해 놓은 마혈을 하나씩 풀어가며 손발에 집중적으로 남아 있던 화기를 몰아내 버렸고, 주희설의 안색도 차차 안정을 찾아갔다.

"휴우우, 이제 됐다."

비로소 안도의 한숨을 내쉰 삼룡은 담초홍을 힐끗 보며 머리를 쓰다듬어 주려 했다. 하지만 담초홍은 횅하니 고개를 돌려 다른 곳을 쳐다보고 있었다.

머리를 쓰다듬지 말라는 담초홍의 무언의 시위였다.

아직 어린 소녀의 모습이었지만 그녀의 나이 스물이 아닌가! 아이처럼 머리를 쓰다듬는 것은 자존심 상하는 일이었다.

"잘했다, 꼬맹이!"

삼룡의 칭찬과 함께 손길이 담초홍에게로 향했다. 물론 담초홍의 머리 쪽은 아니었다.

가뜩이나 머리를 만질까 봐 예민하게 굴었으니 삼룡도 자연스레 다른 쪽으로 손길을 옮긴 것이다.

툭! 툭!

강 건너자 바로 바다라고 했던가? 삼룡의 투박한 손길이 담초홍의 머리를 쓰다듬는 대신 엉덩이를 치고 있었다. 물론 삼룡은 담초홍이 어린 꼬맹이로만 생각하고 벌인 일이었다.

"으, 으으!"

보통 이럴 때 여인들이 하는 행동은 비명을 지르는 것이 보통이었다. 담초홍도 다르지 않았는데, 아직 풀리지 않은 아혈 때문에 소리가 나오지 않은 것이다.

하지만 이를 다르게 해석하는 삼룡이었다.

"그래, 그래! 잘했어. 잘했다구."

툭! 툭!

두 번째 삼룡의 손길이 담초홍의 엉덩이를 건드리자 담초홍은 고개를 푹 숙였다. 반항하면 할수록 또 엉덩이를 칠 테니 말이다.

지금 이 순간만큼은 그녀도 아혈을 짚어 말 못하게 한 사부가 원망스러웠다.

"사저는 괜찮은 겁니까, 대협?"

주희설의 안부를 묻는 사람은 조영이었다. 어쩐 일로 그녀는 삼룡을 대협으로 불렀다. 물론 조금 인상이 찡그려 지긴했지만.

"보면 몰라요? 이제 몇 시진 후면 깨어날 겁니다."

삼룡은 핀잔을 주듯 쏘아붙이고는 자리를 비켜주었다. 이에 두 장로와 조영이 황급히 주희설을 살피러 다가왔다.

삼룡의 말대로 주희설은 점점 제 안색을 찾아가고 있었다. 하지만 삼룡이 만든 춘약의 효과가 쉽사리 꺾이지는 않았다. 다만 서서히 풀어지고 있는 중이었다.

호법장로가 마저 맥을 짚어 상태를 확인하고 집법장로에게 고개를 끄덕였다.

"이제 됐습니다, 집법장로님. 희설은 곧 깨어날 것입니다."

순간 염라 사태라 불리던 집법장로의 표정이 보름달처럼 환하게 퍼지며 밝아졌다. 그녀도 지금 이 순간만큼은 기쁜 표정을 감출 수가 없는 모양이었다.

호법장로는 신기한 듯이 삼룡에게 물었다.

"도대체 어떻게 한 건가?"

"제가 한 거 아니에요. 여기 이 꼬……."

삼룡은 말하다 말고 자신의 옷을 잡아당기는 담초홍 때문에 말을 멈춰야 했다. 아니나 다를까, 담초홍이 고개를 흔들고 있지 않은가.

'얘가 또 왜 이래? 말하지 말아달라는 뜻이냐?'

삼룡의 눈빛을 알아챘을까. 담초홍은 재빨리 고개를 끄덕였다.

"뭐, 제가 하긴 했는데 호법장로님이 그동안 잘 치료한 덕분이죠."

"겸양을 할 줄 알다니, 자네는 듣기와 정말 다른 사람이로군."

삼룡은 원래 넘겨짚기도 잘한다.

"뭐, 음적에 무례한 싸가지없는 걸신 자식이라는 얘기 말이군요? 에이, 세상이 어디 마음먹은 대로 되던가요. 그냥 그러려니 하고 사는 거죠."

졸지에 할 말이 없어진 호법장로는 눈을 껌벅였고, 그런 말

을 호법장로에게 말해준 조영과 집법장로는 먼 산을 쳐다보
고 있었다.

　자시가 되기 전 객당으로 돌아온 삼룡은 봇짐을 뒤적이며
무언가를 찾고 있었다.
　"분명히 여기 넣어두었는데 내 은자 주머니가 도대체 어디
간 거야. 그게 어떻게 모은 건데."
　삼룡은 흑자단주에게 받은 은자와 정패에게서 받은 은자
를 넣어둔 주머니를 찾고 있었다. 하지만 그것이 보일 턱이
없었다.
　백서연의 부탁을 받은 조영이 삼룡의 물건을 뒤지다가 빠
뜨렸으니 말이다.
　물론 조영이 은자를 일부러 훔친 것은 아니었다. 다만 음적
짓을 하는 놈에게 은자를 돌려줄 필요가 없다고 생각하고 아
예 잊어버리고 있었던 것이다.
　삼룡은 그것도 모르고 이 사람 저 사람을 의심하고 있었다.
우선 그의 눈길이 먼저 간 곳은 담초홍이었다.
　"야, 꼬맹이, 네가 가져갔지?"
　담초홍은 고개를 팩 돌렸다. 대답할 가치가 없다는 뜻이었
다.
　삼룡은 곧 다른 사람에게 시선을 돌렸다. 아직까지 삼룡에
게 끌려 다니는 지평 도장이었다.
　예전 같으면 이런 눈빛만으로도 생사결을 신청할 지평이

었지만 어쩐 일인지 담초홍처럼 반응이 없었다. 생각해 보면 옷이 없어 삼룡의 누더기를 입고 있던 그이지 않은가.

이에 삼룡이 은자를 포기한 듯 한숨을 내뱉었다.

"에이, 오늘 도망쳐야 하는데."

지평이 의아한 듯 물었다.

"아미파의 은인이 되셨는데 도망을 치다니요?"

그러자 삼룡이 답답한 듯 대답했다.

"난 오래 살고 싶거든요. 가늘고 길게 쭈우욱— 오래오래 살 거란 말입니다."

"그런데요, 그거랑 대접을 받는 것이랑 무슨 상관이란 말입니까? 음적의 오해도 풀렸겠다, 게다가 아미파 차기 장문인 의 생명의 은인이지 않습니까?"

지평의 물음에 삼룡이 고개를 내저으며 대답했다.

"그 은인이 조금 있으면 원수가 될 텐데요? 그리고 사방에 무서운 놈들이 널리고 널렸어요. 그놈들은 사람도 죽여요."

"말도 안 됩니다. 누가 감히 아미파에서 살인을 저지른 답니까?"

지평의 말처럼 명문 아미파에서 함부로 검을 휘두를 무인 이 몇이나 되겠는가. 하지만 삼룡은 어제도 봤다.

게다가 몇몇 떠오르는 인물을 생각하면 걱정이 되어 잠도 잘 오지 않은 그가 아닌가.

"지평 도장은 여기서 살아요. 난 갈 테니."

순간 지평이 처소 밖을 살피며 삼룡에게 말했다. 사실 그는 아까부터 삼룡에게 확인할 것이 있는 눈치였다.

"그럼 그 일은 완전히 잊는 겁니다?"

지평이 조심스럽게 말했지만 삼룡은 정반대였다.

"아, 말이랑 하려고 했던 거요?"

삼룡의 말에 지평이 화들짝 놀라며 두리번거렸다. 혹시라도 누군가 엿들을까 봐 노심초사하면서 말이다.

"목소리가 큽니다, 삼룡 대협. 애도 있는데."

"아, 괜찮아요. 애는 벙어리니까 말해줘도 퍼뜨릴 염려가 없잖아요. 그리고 나한테서 안 떨어지는데 어떡해요."

그래도 무안했던지 지평은 고개를 내저으며 당부했다.

"흠흠, 아무튼 그건 없었던 겁니다. 사실 내가 제정신도 아니었고."

"알았어요, 알았어. 이제 그건 못 봤던 일입니다. 내가 약속은 잘 지키잖아요."

"꼭, 꼬옥 지켜주시길 부탁드리겠습니다, 삼룡 대협."

삼룡의 손을 꼭 쥐는 지평은 정말 간절해 보였다. 사실 낮에 삼룡의 처소에 왔을 때까지만 해도 이 정도는 아니었다. 하지만 자신이 처소로 돌아간다고 삼룡에게 당당하게 말했을 때부터 꼬인 것이다.

지평도 처음에는 자신이 춘약을 먹고 이리저리 괴성을 지르며 돌아다녔다는 소리에는 그런가 보다 했다. 창피하긴 했지만 춘약의 효과 때문에 그런 것이라 칠 수 있었다.

하지만 사파 무사들이 암말 쪽으로 지평을 몰아넣은 대목

에서는 천하의 지평도 삼룡에게 고개를 숙이며 대협이라고
부를 수밖에 없었다.

무릎까지 꿇으려는 것을 삼룡이 간신히 말렸기에 망정이
지, 아니었으면 더한 일을 했을지도 모르는 지평이었다.

아무튼 그 일 때문에 지평은 삼룡에게 애원하듯 부탁하는
것이다.

그런 지평을 뒤로하고 삼룡이 봇짐을 메고 일어나려고 했
을 때였다. 처소 밖에서 발걸음 소리가 들리더니 이내 인기척
이 들렸다.

"흠흠, 대협님들, 송현입니다. 잠시 들어가도 되겠습니
까?"

그러자 삼룡이 재빨리 봇짐을 내려놓고는 아무 일 없었던
것처럼 탁자에 앉았다. 잠시 후 삼룡이 들어오라고 하자 송현
이 다른 아미 제자들과 함께 요리가 담긴 접시와 술을 가지고
들어왔다.

"늦은 시간인 줄은 알지만 장문인께서 아미파를 도와준 삼
룡 대협의 은공에 보답하고자 준비한 음식과 술입니다."

송현이 지시하자 아미 제자들이 탁자에 음식 접시를 내려
놓고 뒤로 물러났다. 하지만 이들은 돌아가지 않고 처소 안에
서 지키고 있는 게 아닌가.

게다가 이들의 한쪽 손에는 검이 들려져 있었다. 장문인의
호의로만 생각하기에는 미심쩍은 구석이 있었다.

삼룡이 지평에게 눈짓하며 말했다.

"지금 오신 아미파 제자님들은 우리가 먹을 때까지 기다리 실 건가 보죠?"

송현이 삼룡의 질문에 막 대답하려 할 때였다. 처소 밖에서 노색(怒色)이 깃든 엄한 목소리가 들렸다.

"내가 그렇게 하라고 지시한 것이니 자네들은 걱정 말고 식사나 하시게!"

노색이 깃든 목소리는 삼룡의 귀에 익숙했다. 하지만 그 목소리는 장문인이나 집법장로, 호법장로도 아니었다.

다만 목소리에 심상치 않은 내기가 어려 있는 것으로 보아 상당한 고수인 것으로 짐작되었다.

아미 제자들이 병풍처럼 처소 입구를 막고 있어서 삼룡이 나 지평이 밖을 확인할 방법은 없었다.

심상치 않은 분위기에 지평이 고개를 갸웃거렸으나 그라 고 뾰족한 방법은 없었다. 일단 명문정파이니 믿을 수밖에 없 었다.

삼룡은 이런 상황일수록 여유를 부릴 줄 알았다. 급하게 생 각해 봐야 악수를 둘 확률이 높으니 일단은 차근차근 정보를 수집하는 것이 낫다고 판단한 것이었다.

"지평 도장, 일단 먹읍시다. 음식 식으면 맛없어요."

이어 삼룡이 담초홍에게도 음식을 권했다.

"꼬맹아, 너도 좀 먹어라. 지난번처럼 조금만 먹지 말고 이 번엔 많이 먹어둬. 또 언제 먹을지 모르니까."

삼룡은 일부러 처소 밖에 있는 사람이 들으라는 듯이 말한 것이다. 하지만 삼룡의 기대했던 반응은 확인할 수 없었다.

'분명 무슨 일이 생긴 건 분명해. 게다가 우릴 끌어내지 않고 그대로 둔 건 차기 장문인과는 관련없는 일이야. 지금쯤 겨우 정신을 차릴 테니 그 문제는 아닌 거 같은데……'

삼룡이 생각에 잠겨 있는 사이, 다시 처소 밖에서 목소리가 들렸다.

"한눈팔지 말고 지켜보아라. 누구든지 내 허락없이는 처소 밖으로 나가게 해서는 절대 안 된다. 알겠느냐?"

이어 대답이 들린 곳은 송현과 아미 제자들이 있는 처소 안이 아니라 바깥이었다.

"예, 장로님."

일사불란한 목소리로 보아 처소 밖의 아미 제자들은 송현을 비롯한 이대제자가 아니라 아미파 일대제자들만 모아놓은 고수들 같았다.

또한 대답하는 숫자도 처소 안쪽보다 많은 것이 못 되도 백여 명은 족히 넘는 것 같았다.

잠시 후 지시를 내린 장로가 사라졌는지 처소 밖은 정적만이 감돌았다. 물론 처소 안도 마찬가지였지만.

第九章

천하태평

아미파 대회의실은 또다시 적막감에 휩싸여 있었다. 이는 차기 장문인 주희설이 깨어난 것과 무관했다.

게다가 아미파 대회의실에는 전에 볼 수 없었던 인물들이 자리하고 있었다. 그것도 아미 장문인 양옆에 말이다.

이들은 모두 여덟 명이었는데, 아미파 장문인이나 장로들처럼 비구니 복장이 아니라 흰 도포를 입은 선인의 복장이었다. 이들은 모두 젊은 여인들로, 모두 손에는 불진을, 능 뒤에는 장검을 멘 동일한 모습이었다.

장로들이 있어야 할 자리가 듬성듬성 비어서 그런지 아미 장문인의 표정은 초조한 기색이었다.

이어 회의실 문이 열리고 전공장로를 비롯한 장로들이 속속 들어와 빈자리에 앉았다. 그러자 아미 장문인이 무겁게 닫았던 입을 열었다.

"전공장로, 부탁하신 일은 처리됐습니까?"

"네, 장문. 방금 객당 곳곳에 진을 쳐서 누구도 빠져나가거나 들어오지 못하도록 해놨습니다."

"수고하셨습니다."

이들의 대화 내용으로 보아 삼룡의 처소 앞에 아미 제자들을 배치시킨 이는 전공장로임을 알 수 있었다. 하지만 그것이 아미파 장문인의 지시에 의해서였다는 것은 조금 의외였다.

무슨 이유에서인지 아미 장문인 원영 사태는 다시 좌중을 훑으며 깊은 한숨을 내쉬었다.

대부분의 장로들은 아미파 장문인이 한숨을 내쉬며 말을 못하는 이유가 짐작이 되지 않는 듯 의아한 표정이었다.

서로 나서길 꺼려하자 호법장로가 나섰다.

"장문인, 희설이 그 아이가 방금 깨어난 것을 보고 왔습니다. 그런데 더 걱정할 것이 있는 겁니까?"

하지만 아미 장문인은 입을 뗄 듯하다가 다시 굳게 다물었다. 그러자 이번엔 집법장로가 나섰다.

"장문, 무슨 일인지 말씀을 하셔야 대책을 세울 것 아닙니까?"

집법장로가 나섰음에도 아미 장문인은 깊은 한숨만 내쉬고는 끝내 입을 열지 않았다. 그러자 아미 장문인 옆에 앉아 있던 도고가 대신 말했다.

"아미신녀님께서 등선하셨습니다."

순간 좌정해 있던 모든 장로들의 얼굴빛이 창백해졌다. 그만큼 파급력이 컸던 것이다.

집법장로가 믿을 수 없다는 표정으로 말했다.

"언제 말입니까? 분명 어제까지 금정선원 아미신녀님께 소식을 전했다 하지 않으셨습니까?"

이번에도 대답을 한 건 아미 장문인이 아니라 옆에 있던 도고였다.

"오늘 저녁 확인했습니다."

"아니, 그럴 리가요? 연세가 많은 건 알지만 인간의 한계를 이미 벗어난 분이신데……."

그때 무겁게 닫혀 있던 아미 장문인의 입이 열렸다.

"아미신녀님께서는 피살되셨다 합니다. 한 팔이 잘린 채로 수많은 검상을 입고 쓰러져 계셨답니다."

장문인의 말에 아미파 장로들의 얼굴은 모두 경악스런 표정이었다. 그들에게 있어 아미신녀는 신선과 같은 영원불멸한 존재가 아닌가.

아미파 수뇌부조차 아미신녀의 나이를 정확히 알고 있는 사람이 없었다.

게다가 그녀의 무공은 또 어떤가? 수많은 아미파 고수들이 있었지만 아미신녀의 무공을 가늠할 수 있는 아미 제자는 단 한 사람도 없었다. 이는 금정선원의 선인들도 마찬가지였다.

그런 아미신녀가 강호의 일반 무사들처럼 잔인하게 피살되었다는 소식은 강호무림을 호령하는 아미파 장로들에게도 충격이었다.

모두 침묵을 지키는 사이 집법장로는 방금 전 전공장로가 객당을 봉쇄했다는 것을 기억해 내고는 조심스럽게 물었다.

"장문, 혹시 지금 객당에 있는 삼룡이란 그 사람을 의심하시는 겁니까?"

"일단은 그 사람이 가장 유력한 용의자입니다. 그 시간에 공개적으로 아미파를 빠져나간 사람은 삼룡이란 자 외에는 없습니다."

"그것만 가지고 단정하기는 힘듭니다. 어쨌거나 그는 아미파를 도왔습니다. 아미신녀님을 죽인 자가 아미파를 돕다니요!"

"지금은 모든 가능성을 생각하고 만일의 사태에 대비하는 것입니다. 그래서 객당 전체에 봉쇄령을 내린 겁니다."

아미 장문인의 결정에 반발하는 이는 오직 집법장로 하나였다. 호법장로 또한 그런 생각을 가지고 있었으나 집법장로처럼 나설 생각은 없었다.

이는 집법장로가 삼룡을 신뢰한 것이 아니라 원칙을 벗어나지 않는 그녀의 성정이기 때문이었다.

전임 아미 장문인이 원지 사태를 집법장로의 자리에 앉힌 이유도 그것이었다.

"장문, 삼룡이란 자가 괴팍하고 괴이하기는 하나 아미신녀를 해할 이유는 없습니다. 그자를 억지로 잡아둔 것도 우리 아미파에서 제대로 알아보지 않고 의심한 것이니 그가 도망쳤다고 해서 아미신녀를 죽인 살인마라고 의심할 수는 없습니다.”

집법장로는 목에 칼이 들어와도 할 말을 하는 여자였다. 때론 그 때문에 아미 장문인과 대립하기도 했지만.

아미파 장문인 원영 사태가 금정선원에서 온 선인 도고들을 가리키며 담담히 말했다.

“어제 금정선원에서 소동을 일으킬 때, 삼룡이란 자가 도망간 곳이 바로 아미신녀님의 처소였다고 합니다.”

“하지만…….”

“아직 말이 끝나지 않았으니 좀 더 들어보고 말씀하시지요, 집법장로님.”

아미 장문인은 계속 끼어드는 집법장로를 엄히 꾸짖고는 다시 말을 이었다.

“여기 있는 아미팔선은 금역 입구를 지키는 임무가 있습니다. 혹시 모를 마교의 습격을 막기 위해서 말입니다. 문제는 삼룡이란 자가 일으킨 소동 때문에 한 아미 제자가 경계를 뚫고 들어간 일이 벌어진 것입니다.”

호법장로가 답답한 듯 말했다.

“그 아미 제자가 누굽니까? 누군데 허락도 없이!”

“금역에 들어갈 수는 없어 뒷모습만 확인했답니다. 하지만 금정선원의 한 도고께서 아미 제자의 얼굴을 알아봤다고 합니다. 그 아미 제자는 바로… 혜화각 부각주 조영이었습니다."

장문인은 말이 끝남과 함께 회의실 한쪽을 가리켰다.

그곳에는 장문인의 제자 조영이 무릎이 꿇린 채 포승줄로 묶여 있었다. 그녀는 그동안 고초를 당했는지 얼굴과 몸 여기저기에 상처 자국과 찢어진 옷 사이로 피가 흥건히 젖어 있는 상태였다.

이를 보고 관재장로가 소리쳤다.

"아니, 이런 일이! 조영이, 네가 정말 금역에 있는 아미신녀님의 처소에 갔느냐?"

관재장로의 물음에 조영은 전공장로의 눈치만 볼 뿐, 아무말도 하지 않았다. 아마도 그동안 전공장로에게 심한 고초를 당한 모양이었다.

조영이 대답을 못하자 전공장로가 대신 나섰다.

"장문인의 부탁으로 제가 조사를 했습니다만 조영이 저 아이는 아니었습니다. 하지만 새로운 사실을 알아냈습니다."

호법장로가 의아한 듯 물었다.

"그게 누구란 말입니까?"

"조영이 지금 데리고 있는 아이, 백서연입니다. 조영의 말로는 어제저녁 그 아이의 부탁을 받고 삼룡이란 자의 소지품을 건네주었는데, 그때 삼룡이란 자의 소지품에 인피면구가 끼어 있었다고 합니다."

속속 삼룡에게 불리한 정황이 드러나자 집법장로가 다시

나섰다.

"그럼 삼룡이란 자가 인피면구를 가지고 있었다는 말씀입니까?"

"그렇습니다. 다른 아미 제자들도 함께 본 것입니다. 그리고 더 중요한 사실은 저 아이는 어제 그 시간에 혼절해 있었답니다. 확인해 보니 미약하지만 혼혈을 짚었던 기운을 확인할 수 있었습니다."

"그럼 범인은……?"

"백서연 그 아이라고 일단 결론 내렸습니다. 그리고 삼룡이란 자는 공범일 가능성이 큽니다. 하지만 너무 무리수를 둬서 접근한 것이라 단정하기는 힘듭니다. 아무튼 백서연이라는 아이는 일부러 우리 아미파에 접근한 것이 확실하다고 판단됩니다. 이 때문에 장문인께서 객당 봉쇄령을 내리신 겁니다."

모든 사태의 정황을 들은 장로들은 허탈한 표정이었다. 하지만 집법장로는 뭔가 개운치가 않았다.

바로 아미신녀가 암습당해서 쉽게 죽을 만큼 녹록한 상대가 아니지 않는가.

게다가 금역 주변의 호랑이들이 사람을 일부러 공격하진 않아도 아미신녀를 보호하는 것을 익히 알고 있는 집법장로였다.

그런 집법장로의 생각을 알아챘는지 아미파 장문인이 먼저 말했다.

"얼마 전 강호에 시산노호가 강호에 출두했다는 소식은 모두 들어 아실 겁니다. 그 시산노호 혁아영의 딸 이름이 백서연입니다."

장문인의 말이 갖는 파급력을 아는지 모두 말을 잃는 분위기였다. 집법장로조차 아무 말도 못했으니 말이다.

다만 백서연을 끔찍이 아꼈던 조영은 고개를 떨어뜨린 채 눈물을 흘리고 있었다.

비록 오랫동안 같이 지내지는 않았지만, 마음을 터놓고 친동생처럼 아껴주었던 그녀였으니 어찌 마음이 편하겠는가.

삼룡이 있는 처소 주변에는 아미 제자들이 진법을 펼친 채 감시를 펼치고 있었다. 그 때문에 삼룡은 처소 밖 출입을 금했다.

이는 지평도 마찬가지였다.

그 역시 삼룡의 일행이라 의심을 받고 있는 중이기 때문에 자신의 처소로 돌아가는 것이 용납되지 않았다.

반면 다른 객당의 감시는 비교적 느슨했다.

이는 삼룡의 처소에 집중 배치했고, 상대적으로 감시 인원을 늘렸기 때문에 심리적으로 크게 신경 쓰이지 않은 탓이었다.

그 때문에 능운비는 허락을 받고 내상을 치료하고 있는 두천의 처소에 갔다 올 수 있었다.

다친 의형을 살펴보겠다고 요청하는 데야 어쩌겠는가?

능운비는 두천의 처소에서 돌아와 낮 동안 쓰고 있던 장포를 벗어 탁자에 놓고는 바로 침소에 누웠다.

그런데 그에겐 한 가지 이상한 점이 있었다. 언제 다쳤는지 능운비의 이마에 손톱 크기의 작은 상처가 나 있었던 것이다.

능운비는 상처 난 이마를 매만지며 헛웃음을 지었다.

"하하, 이거 무슨 일을 저질러도 그놈이 다 뒤집어쓰는군. 재밌군, 재밌어. 하하하!"

능운비는 밖에 아미 제자들이 감시하는 것을 잊었는지 일부러 큰 소리를 내며 웃었다. 하지만 밖에 있는 아미 제자들은 별 반응이 없었다.

그때였다. 바로 능운비의 침소 옆에 한 인영이 비치더니 이윽고 야행복을 입은 사내가 무릎을 꿇고 고개를 숙였다.

"다녀왔습니다, 존주님."

"그냥 편하게 말하세요. 밖에 있는 자들은 내 섭혼술에 걸린 자들이니까. 그래, 태청검보와 극양뇌음단은 찾았습니까?"

"죄송합니다. 저희가 갔을 때는 이미 아미파 전공장로가 도착해 있었습니다."

"혈랑대 부대주의 동작이 많이 느려졌군요. 지난번엔 마교의 그림자들을 놓치더니 이번엔 물건 하나 가져오지 못하고."

능운비의 질책에 야행복 사내는 그 즉시 고개를 숙였다.

"혈존께 두 번 누를 끼친 죄, 목숨으로 대신하겠습니다."

말이 끝남과 동시에 사내는 검을 빼서 자신의 목으로 가져 갔다. 금방이라도 자신의 목을 찌르려 하던 사내는 능운비의 말을 기다렸다. 오직 그의 죽음은 능운비만이 허락할 수 있다 는 뜻이었다.

"됐습니다. 하지만 다음은 없습니다."

"감사합니다, 존주님."

고개를 숙인 사내의 신형이 다시 흐릿해지려고 할 때, 능운 비가 다시 그를 불렀다.

"부대주, 아미신녀의 제자는 알아봤습니까?"

은형술을 펼치던 사내는 능운비의 말이 끝나기가 무섭게 다시 모습을 드러내 보고했다.

"금정선원 곳곳에서 수집한 바에 의하면, 아미신녀 제자의 행방을 찾는 사람은 단 한 사람도 없었습니다. 아무래도 금정 선원에는 알리지 않고 몰래 데려다 키운 듯합니다. 게다가 아 미파 장문인과 장로들도 그 아이를 전혀 모르는 눈치였습니 다."

"그럼 그 아이가 아미신녀의 제자인지 아닌지는 아직 확실 하지 않군요."

"네, 존주님."

"그렇담 좀 더 두고 보지요. 어차피 삼룡이란 놈의 곁에 있 으니 언제든 처리하면 되니까."

"알겠습니다, 존주님."

　　　　　*　　　　　*　　　　　*

　한편 아미파 밖에서도 횃불이 움직이는 객당 쪽을 심상치 않게 지켜보고 있는 수십 개의 눈동자가 있었다.

　붉은 가사에 체구가 남달리 큰 승려들. 목에 두른 커다란 염주로 보아 뇌음사 대뢰승임을 쉽게 짐작할 수 있었다.

　이들은 아미파가 보이는 산 중턱에서 누군가를 초조하게 기다리고 있었다. 보통 열 명이 함께 다니던 대뢰승들이었지만 지금은 아홉밖에 없는 것으로 보아 나머지 한 승려를 기다리는 모양이었다.

　한 대뢰승이 바로 옆에 있는 대뢰승에게 말했다.

　"삼사형, 대사형은 왜 안 오는 거야? 혹시 무슨 일이 생긴 거 아니야? 저기 횃불이 왔다 갔다 하는 걸 보니깐 저쪽에 무슨 일이 벌어진 거 같은데?"

　"글쎄, 아무리 아미파라고 해도 대사형이 쉽게 잡힐 사람은 아니라고 생각하는데."

　그때였다. 질문을 했던 대뢰승이 손가락을 어두운 한 지점을 가리키며 외쳤다.

　"어, 소탁 대사형이다!"

　대뢰승이 가리킨 곳에는 어둠을 뚫고 쏜살처럼 달려오는 한 인물이 있었다.

　그는 대뢰승의 말대로 소탁이란 대뢰승이었고, 그는 양손에 자루 한 개씩을 쥔 채였다.

삼백 장 이상 떨어져 있던 그가 대뢰승들이 기다리고 있던 곳까지 온 것은 일다경이 채 안 되어서였다.

소탁은 도착하자마자 큼지막한 자루 두 개를 내동댕이치듯 던졌다. 소리로 보아 곡식이 담긴 자루 같았다.

자루 안을 확인한 대뢰승이 투덜거리듯 말했다.

"어, 둘 다 생쌀이네? 밥이나 교자, 아니, 속 없는 만두라도 없었어?"

"불평 말고 먹어. 그것도 간신히 훔쳐 온 거다. 그리고 지금 아미파에 온통 난리가 났어. 니들, 빨리 먹고 갈 준비나 해."

"사매가 언제 지나갈지 모른다며? 그동안 잠도 못 자게 해 놓고 어디 가는데, 대사형?"

"사매 찾았다."

소탁의 말에 모두의 눈동자가 커졌다. 하지만 그들의 입은 벌써 생쌀이 가득 차 있어서 다음 말을 잇지 못하고 있었다.

"그러니까 빨리 먹어. 시간 없어."

소탁의 말에 아홉의 사제들은 굶주린 늑대들마냥 자루를 둘러싸고 생쌀을 입으로 옮기기에 바빴다.

혹자는 대뢰승들이 사냥을 해서 굶주림을 면하면 될 것이라고 말하는 사람도 있겠지만 이들도 엄연한 승려였다.

중원에는 가끔 육식도 하는 파계승이 있지만 뇌음사는 채식을 엄격히 지킨다.

또 이런 말을 하면 산에 있는 풀을 뜯어 먹으면 되지 않나고 물을 수도 있겠지만, 산에 있어보면 풀뿌리 몇 개로는 배가 차지 않는다는 것이 몸집 큰 대뢰승들의 공통된 생각이었다.

*　　　*　　　*

처소에 감금되다시피 한 삼룡은 천하태평이다. 뭐, 그동안 행적을 살펴보면 오늘이 가장 편하게 잘 수 있는 날이기도 했다.

일단 삼룡은 침소에서 편하게 누울 수 있었다. 물론 그의 한쪽 다리는 진드기 담초홍이 꼭 잡고 있어서 움직이기 불편한 상태였다.

오히려 불쌍한 것은 지평이었다. 그는 침소가 없어서 의자에 앉아 졸고 있었다.

운기조식을 하면 쉽게 피로가 풀릴 수도 있었으나 내기를 움직이면 춘약의 독성이 재발할 수가 있어 당분간 운기조식은 삼가야 했기 때문에 그는 그냥 자야 했다.

지평의 이런 모습에 애달파 하는 여인이 하나 있었으니, 그 여인은 바로 송현이었다. 낮에 몇 마디 나눈 대화가 선부었지만 첫눈에 마음을 뺏긴 상대가 아닌가.

게다가 싸가지없는 삼룡이란 놈이 편하게 누워 자는 모습을 보니 더욱 안쓰러워진 것이다. 하지만 송현은 다른 아미 제자들 눈치 때문에 지평을 챙겨줄 수도 없었다.

‘어쩜 지평 도장은 저런 곳에 앉혀놓고 자기는 저렇게 편하게 잘 수가 있는 거지? 저걸 가만둬야 하나?

순간 송현의 머릿속에 퍼뜩 떠오르는 게 있었다.

‘생각해 보니 지평 도장에게 잘해주진 못해도 저 못된 놈 괴롭히는 건 괜찮잖아?

어떤 결심을 한 듯 송현은 자신과 친한 사매를 처소 밖으로 데리고 나와 물었다.

“사매, 아까 그거 어떡했어?”

“술 취한 뱀 말이에요?”

“응, 이상하게 생겨서 해롱해롱하던 뱀 말이야. 혹시 그것 때문에 놀랐다고 바로 죽인 건 아니지?”

“에이, 그럴 시간이 어디 있어요. 사저가 닦달해서 그냥 항아리에 넣어두고 왔는데. 그리고 다시 보니까 백사 같던데요. 잘하면 비싸게 팔 수 있을지도 모를 것 같아서 일단 보관하기로 했어요.”

송현은 한편으로는 다행이라고 여기면서도 고개를 갸웃거리며 물었다.

“너 언제부터 돈 욕심이 그리 많았냐?”

“참, 사저도. 그 백사를 팔면 저 혼자 갖겠어요? 함께 본 사람이 얼마나 많은데.”

“사매, 어찌 됐든 그거 잠깐만 쓰면 안 될까?”

“뱀을 쓰다니요?”

사매과 관심을 보이자 송현은 생각만 해도 재미있겠다는

듯 몸을 부르르 떨며 말했다.

"저기 저 못된 놈 말이야, 그 뱀으로 저놈 좀 골려주자."

"혹시 삼룡이란 사람 말이에요?"

"그래, 어제오늘 저놈 때문에 고생한 걸 생각해 봐. 게다가 아직도 우리는 고생하고 있는데 저기 저놈은 편하게 자고 있잖아"

"그래서요? 어떻게 혼내주시려고요? 밖에 사고님들과 사저님들도 계시는데……."

"그건 나한테 맡겨둬."

송현과 사매가 삼룡의 처소 밖을 나간 지 얼마 되지 않아 이들은 작은 술동이를 들고 안으로 들어왔다.

이후 처소를 지키는 아미 제자들에게 일일이 귓속말로 자신의 계획을 설명해 주자 모두들 자고 있는 삼룡을 보고 피식피식 웃는 것이 아닌가!

모두에게 얘기를 끝낸 송현이 술동이를 들고 침소로 가져가 삼룡을 깨웠다.

"삼룡 대협, 주무시나요?"

삼룡이 부른다고 일어날 턱이 없었다. 그러자 송현이 삼룡이 들으라는 듯 일부러 중얼거렸다.

"어쩌나! 아까 보니 대협께서 술이 모자란 것 같아 더 가지고 왔는데. 다른 객당에는 술을 반입 못하는데 아깝지만 버려야겠다."

송현의 말이 채 끝나기도 전이었다. 삼룡이 기지개를 켜면서 일어나는 게 아닌가.

분명 조금 전까지 코를 골며 자고 있었는데 말이다.

"아함, 잘 잤다! 어, 가지고 온 거 뭐에요?"

능청스럽게 일어나는 삼룡을 보고 송현은 미소를 지었다.

'이 자식, 술 대신 뱀 맛 좀 봐라. 감히 지평 도장을 저렇게 재워놓고 편하게 잠이 오더냐?'

송현이 술동이를 들고 배시시 웃자 삼룡도 따라 웃어주었다. 일단 술이 삼룡의 시선을 꽉 잡고 있었으니 다른 것이 보일 턱이 없었다.

자고 있던 담초홍도 술이라면 사족을 못 쓰는 삼룡을 보고 고개를 흔들고 있었다.

"자, 여기 있습니다. 이건 사고님을 고쳐 주신 삼룡 대협을 위해 특별히 말하고 가져온 것이니 지평 도장과 나눠 드시지 말고 혼자 드세요."

"하하, 뭐 이런 걸 다!"

삼룡이 술을 마다할 놈이 아니다. 벌써 송현이 들고 있던 술동이를 뺏앗 듯이 움켜쥔 상태이니 말이다.

송현은 삼룡이 술동이 입구를 틀어막은 마개를 열기 전에 재빨리 뒤로 물러났다. 삼룡이 뱀을 보고 놀라 술동이를 떨어뜨릴 것이라 생각한 것이다.

이는 송현의 계획을 전해 들은 아미 제자들도 마찬가지였다. 그들 또한 삼룡 때문에 이틀 연속 잠을 제대로 못 잤기 때문에 조금씩의 원한은 다들 가지고 있었던 것이다.

술이라고 생각하고 술동이 입구에서 살아 있는 뱀이 뚝 떨어지면 아무리 사내라고 해도 혼비백산할 것이라는 것이 그들 모두의 생각이었다.

하지만 시간이 지나도 그런 상황은 벌어지지 않았으니…….

"이 새끼!"

욕을 듣게 된 송현은 삼룡이 자신을 속인 것을 눈치 채고 일부러 그런 것이라 생각하고는 얼굴을 붉혔다. 하지만 삼룡의 시선은 아직 술동이 안으로 향해 있었다.

"어디 갔나 했더니, 인마, 너 여기서 뭐 해? 이리 나와!"

삼룡의 말에 술동이 안에서 진홍색 뱀이 꾸역꾸역 나오지 않는가! 담초홍은 술동이에서 나온 뱀을 보고 깜짝 놀라 삼룡의 다리를 세게 잡았지만 삼룡은 상관하지 않고 뱀을 혼내기에 정신이 없었다.

"오룡이 이 자식, 어디 갔다가 지금 나타난 거야? 인마, 또 내 술에 입을 대? 이 자식이 죽을려고 환장했나. 너, 뱀 장수한테 확 팔아 치운다?"

지금 이 순간, 삼룡의 처소를 지키고 있던 아미 제자들은 모두 고개를 흔들고 있었다. 혹시나 자신이 꿈을 꾸고 있는 건 아닌지 확인하기 위해서 말이다.

몇몇은 벌써 다리를 꼬집는 이도 있었다.

제일 황당한 것은 이 계획을 짠 송현이었다.

'저 자식, 뱀을 혼내고 있어. 근데 뱀이 말귀를 알아듣고 있네?

아니나 다를까, 한 술 더 뜨는 삼룡이었다.

"이 자식, 아직도 술이 덜 깼네. 도대체 얼마나 처먹은 거야? 인마, 술 깨고 와!"

삼룡의 말이 끝나기가 무섭게 오룡이 처소 밖으로 나갔다. 희끄무레한 오룡이가 발밑을 지나갔지만 뻔히 눈에 보인 탓인지 아미 제자들은 비명을 지르지는 않았다. 하지만 그다음이 문제였다.

삼룡이 오룡이 나간 지 얼마 되지 않아 소리쳤다.

"인마, 너 빨리 안 들어와! 이 자식이 주인은 안 지키고 술이나 퍼마신 주제에!"

그러자 어느새 검은색 피부로 바뀐 오룡이 쏜살같이 삼룡의 처소로 기어들어 오는 게 아닌가. 그러자,

"어맛! 저리 가!"

"저리 가란 말이야!"

아까는 잘 참았던 아미 제자들이 비명을 지르며 난리가 났다.

원래 여자들은 뱀을 싫어한다. 이는 강호 고수들도 마찬가지였는데, 험악하게 생긴 산적들은 잘 처지하면서도 흔히 볼 수 있는 뱀은 피해 다녔다.

물론 정반대인 여자도 있었지만 보통의 경우는 뱀을 끔찍이도 싫어한다는 말이다.

아미파 제자들이 아무리 명문정파 출신의 제자라고 할지

라도 이들도 여자였다. 게다가 밤이었고, 색이 변한 상태에서 뒤로 접근했으니 놀라지 않을 여자는 별로 없었다.

이번에도 제일 놀란 것은 송현이었다.

딴생각을 하느라 자신의 뒤로 접근하는 것을 전혀 눈치 채지 못하다가 갑자기 오룡이 다리를 스치며 지나쳤으니 그녀의 심정이 어떠했겠는가?

송현의 인상은 몹시 창백해져 있었다. 이는 놀라서가 아니었다. 하체의 시원한 느낌 때문이었다. 여자들이 놀라게 되면 신체 구조상 그곳에 힘에 빠지는 경향이 있지 않은가? 그나마 다행인 건 그녀가 흠모하는 지평이 아직 자고 있다는 사실이었다.

'제발 일어나지 마세요. 제발.'

이런 송현의 생각을 알았을까. 삼룡이 지평을 깨웠다.

"지평 도장, 거기서 뭐 해요, 자기 처소로 돌아가지 않고?"

삼룡도 지평이 자신의 처소로 가지 못하는 것을 이미 알고 있는 상태였다. 즉, 고의로 지평을 깨운 것이다.

순간 송현의 눈빛이 도끼처럼 변해 삼룡에게 쏘아졌다. 하지만 그 시선은 오래가지 못했다.

삼룡의 목소리에 지평이 눈을 비비며 잠에서 깨어났으니 말이다. 그런 지평의 바로 앞에 송현이 서 있었다.

"어어, 바닥에 웬 물이지? 비가 새나?"

지평이 처소 천장을 쳐다볼 때, 송현이 두 손으로 얼굴을 감싸며 뛰쳐나갔다. 이 소리와 함께.

"삼룡이, 이 나쁜 개자식아아!"

송현이 소리치고 뛰쳐나가자 지평은 상황을 모르고 두리
번거렸다.

"무슨 일 생겼나요, 삼룡 대협?"

"아닙니다. 그냥 자면 돼요."

그러자 지평은 잠에 취한 듯 다시 의자에 기대 잠이 들었
다. 춘약 해독의 여파로 그의 몸은 노곤해서 잠이 모자란 상
태였으니까.

그런 후 삼룡은 다시 오룡을 혼내기 시작했다.

어쨌거나 위기에 처한 자신을 버려두고 혼자만 도망친 의
리없는 뱀이 아닌가!

"이 자식, 또 도망칠래? 이게 누굴 닮아 가지고……."

한참 오룡을 혼내던 삼룡의 눈에 문뜩 자신의 다리를 꽉 쥐
고 놓지 않는 담초홍이 보였다.

'어라, 진드기도 이게 무섭다 이거지? 오호, 잘하면 이 진
드기를 떼어놓을 수 있겠다. 흐흐!'

이런 삼룡의 생각을 알 리 없는 담초홍은 삼룡의 다리를 꽉
잡고 숨을 죽이고 있었다.

반대로 처소 안을 지키던 아미 제자들은 삼룡의 시선만으
로도 무엇을 하려고 하는지 눈치 채고는 고개를 살랑살랑 가
로젓고 있었다.

'설마 어린 애한테까지!'

하지만 모두 뱀에 관계된 일이라 선뜻 나서는 아미파 제자

는 아무도 없었다. 혹시라도 삼룡의 목표가 바뀔 수 있으니
말이다.

"야, 꼬맹이, 이거 손으로 만져 봐!

아니나 다를까, 담초홍은 고개를 부르르 흔들었다.

'오룡이 요놈, 쓸모가 많단 말이야. 이거 팔긴 해야 되는데
갈등 생기네. 일단 진드기부터 확실하게 떼어놓고 보자.'

"꼬맹이 너, 나 따라다닐 거라고 했지?"

삼룡의 질문에 담초홍이 무서워하는 와중에도 고개를 재
빨리 끄덕였다.

"근데 어쩌냐? 이 뱀이 먼저 나한테 붙은 놈이거든. 즉, 우
선권은 얘한테 있어. 너는 그다음이고."

얼토당토않은 삼룡의 말에 담초홍은 눈을 껌뻑였다.

"아무리 세상물정 모르는 꼬맹이라고 해도 굴러온 돌이 박
힌 돌을 빼면 안 되는 거야. 너 때문에 이놈을 버릴 수는 없잖
아. 안 그래?"

담초홍이 진짜 열두 살 먹은 애가 아니니 벌써 삼룡의 말뜻
을 알아챈 지 오래이다. 하지만 담초홍도 뱀을 싫어하기는 매
한가지였다

아무리 친구가 없어서 호랑이랑 친하게 지냈다고 하더라
도 뱀이랑 친하게 지낼 사람이 몇이나 되겠는가?

어찌 됐든 담초홍은 삼룡의 의도하는 바를 알았고, 삼룡은
그걸 강요할 생각이었다.

"목에 오룡이 걸고 일각만 버티면 내가 무슨 일이 있어도

널 데리고 다닐게. 먹여 살릴 것은 물론이고, 아무리 능력이 없어도 내가 너 하나 못 먹여 살리겠냐?'

'흐흐, 눈빛을 보니 완전히 겁먹었어. 그렇지. 여자가 뱀이랑 친하면 되겠니? 아무리 꼬맹이라도 여자는 여잔데.'

삼룡은 담초홍이 생각할 여유를 주기 위해 잠시 동안 내버려 두었다. 하지만 아주 잠시였다. 고작 일다경이 되었나 싶을 정도였으니까.

"참, 꼬맹이 네가 잊어서는 안 되는 게 있어. 여기 아미파에 있으면 알아서 옷도 주고 먹을 것도 줄 거야. 원한다면 무공도 가르쳐 줄 것이고. 아무튼 내가 아무리 잘해줘도 여기 아미파만은 못해. 자, 이제 결정하렴."

삼룡의 사악한 미소를 받는 담초홍의 눈빛이 떨렸다.

하지만 벌써 담초홍은 삼룡이 어떤 인물인지 대충 알고 있었다. 그리고 그녀는 사부님의 유지를 지켜야 했다. 사부가 죽으면서까지 자신을 보호하고 떠난 것이 아직 그녀의 머릿속에 생생하니까 말이다.

그러니 그깟 뱀 하나 목에 거는 것이 어렵겠는가. 오히려 삼룡이 담초홍을 너무 만만하게 생각한 것이다.

마음의 결정을 내린 담초홍은 손을 내밀었다.

이를 보고 삼룡은 담초홍이 이제 자신을 놓아줄 것이라 생각했다.

"그래, 그래, 잘 생각했어. 나를 따라다니면 힘들기만 할 거야."

삼룡의 말에 담초홍은 고개를 가로저었다.

"뭐, 이 뱀을 목에 걸겠다고? 이거 독사야, 독사! 물리면 바로 죽는 독뱀이라구! 다시 잘 생각해 보렴. 착하지?"

담초홍은 여전히 손을 내민 상태다. 이에 삼룡이 버럭 소리를 질렀다.

"야, 어른이 말을 하면 믿어야 할 것 아니야! 저기 아줌마들이 괜히 이 뱀 보고 무서워하는 줄 아니? 이거 진짜 독뱀이야, 독뱀!"

아줌마란 소리에 아미 제자들의 눈이 찢어질 듯이 삼룡을 노려봤다. 하지만 이를 신경 쓸 삼룡이 아니었다. 지금 중요한 건 진드기 담초홍을 확실하게 떼어내야 하니까 말이다.

때론 진실이 거짓처럼 들릴 때가 있다. 바로 지금처럼 말이다.

아무튼 담초홍은 삼룡이 자신에게 거짓말을 하는 것이라 생각했다. 사부에게 독뱀의 생김새를 배우긴 했지만 이렇게 삼룡의 말을 잘 듣는 뱀에 대해서는 금시초문이었다.

즉, 담초홍은 삼룡이 독뱀 비슷한 것을 가지고 자신을 시험하는 것이라 여긴 것이다.

'이렇게까지 안 하려고 했는데 뭐, 할 수 없지. 불신 않게 할 거니까.'

"좋아. 일각이다. 일각 동안 버티면 되는 거다!"

삼룡은 담초홍이 손을 거두지 않자 오룡이를 번쩍 들어 그녀의 목에 걸었다. 뱀이 목에서 움직이면 금방 도망칠 것이라

판단한 것이었다. 하지만,

　'독한 것. 그걸 버티네. 그렇다면…….'

　"오룡이 자냐?"

　삼룡의 말이 끝나기가 무섭게 오룡이 담초홍의 몸을 기어다녔다. 다른 건 몰라도 오룡도 삼룡이처럼 눈치는 빠르지 않던가.

　그럼에도 담초홍은 꿋꿋이 버텼다.

　하지만 오룡이는 예사 뱀이 아니었다. 가뜩이나 주인 삼룡에게 찍힌 상태이니 잘 보여야겠다는 생각뿐이었다.

　오룡의 검은 혀가 목덜미에서 느껴지자 담초홍은 끈적끈적하고 소름 끼치는 기분을 느껴야 했다. 이어 담초홍의 귀에 선명하게 들리도록 음침한 소리까지 냈다.

　쉬이익! 쉬이익!

　'오, 역시 오룡이! 잘한다, 잘해!'

　보는 눈이 있어서 차마 말로 표현 못하는 삼룡이었다. 하지만 담초홍은 주먹을 꽉 쥔 채 참았다. 아니, 참아야 했다. 그렇지 않으면 한순간에 사부님 유지를 어기게 되니 말이다.

　그리고 잠시 후 보다 못한 한 아미파 제자가 나섰다.

　"일각 지났거든요."

　"나도 알아요. 나 원 참! 뭔, 애가 이리 독한 거야. 오룡아, 그만 하고 이리 와!"

　삼룡의 명령이 떨어지자 재빨리 삼룡의 품으로 돌아와 머리를 내미는 오룡이었다. 명령을 제대로 수행했으니 칭찬해

달라는 뜻이었다.

하지만 오룡이에게 돌아간 것은 칭찬이 아니라 삼태의 찌릿한 눈살이었다.

'이 자식이 꼬맹이 하나 처리 못하고 뭘 잘했다고. 이 자식을 술에 담가, 말아?'

그때였다. 처소 밖에서 전공장로의 목소리가 들렸다.

"삼룡이란 놈과 청성 도장을 데리고 나와라! 그 말 못하는 아이는 떼어놓고!"

"예, 장로님!"

곧바로 밖에 있던 아미 제자들이 처소로 밀려들어 오더니 삼룡과 지평을 포승줄로 묶는 것이었다. 밖에서 들린 소리 때문에 담초홍은 삼룡에게서 떨어지려 하지 않았지만 아미파 제자들이 억지로 떼어놓았다.

"으으, 으!"

말 못하는 담초홍이 눈물을 글썽이며 떨어지려 하지 않자, 뜯어말리는 아미파 제자들의 마음도 아팠다. 하지만 명령을 내린 이는 아미파 서열 이위 전공장로였다.

집법장로가 엄했다면 전공장로는 망설임이 없었다. 만약 전공장로의 말에 어긋난 행동을 한다면 집법장로는 세율도 엄하게 벌하는 것으로 끝냈겠지만, 전공장로는 검으로 베어서라도 일을 마무리하는 성정이었다.

이를 잘 아는 아미파 제자들은 전공장로의 명을 감히 거역할 수가 없었다.

그 순간 오히려 삼룡이 담초홍을 안정시켰다.

"내가 데려올 테니 여기서 내 봇짐 지키고 있어. 난 약속은 지키는 놈인 거 알지?"

삼룡이 말에 담초홍은 멍한 듯 서 있었다. 비로소 삼룡이 그녀를 인정하는 것이 아닌가. 이어 삼룡은 침소 한쪽에서 눈치를 보고 있는 오룡이에게도 말했다.

"오룡이 이 자식, 너 꼬맹이 잘 지켜. 이번에도 도망가면 확 술에 담가 먹어버린다?"

그러자 대번에 고개를 끄덕이는 오룡이었다.

이어 삼룡은 당당히 처소 밖으로 당당히 걸어나갔다. 물론 청성의 지평은 영문도 모른 채 끌려 나갔지만.

第十章

설검(舌劍)을 휘두르다

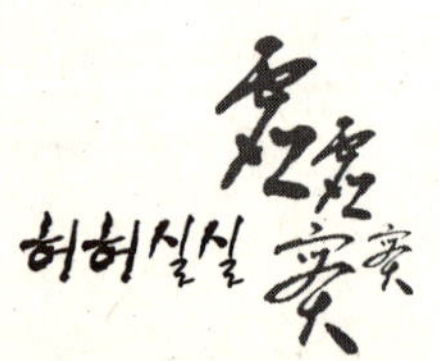

삼룡과 지평이 묶여서 끌려간 곳은 지하 밀실이었다. 그것
도 쇠로 만든 창살이 있는 옥사였다. 이곳이 바로 아미파의
죄인을 가두는 뇌옥이었다.

사방이 막힌 뇌옥에 왔음에도 삼룡과 지평의 앞뒤로 수십
명의 아미파 세자들이 진을 치고 있었다.

얼마를 들어갔을까, 삼룡과 지평은 한 여인이 쓰러져 있는
뇌옥 앞에 도착할 수 있었다.

입고 있는 흰옷 사이로 붉은 혈흔이 비치는 것으로 보아 그
동안 모진 고초를 겪은 모양이었다.

남다른 인기척이 들리자 고초를 당한 여인이 머리를 들어
끌려온 삼룡과 지평을 쳐다봤다. 그런데 그 여인은 삼룡을 볼

때와 달리 지평을 보고는 충격을 받은 듯했다. 이어 자신을 자책하는 듯 머리를 바닥에 쿵쿵 찧었다. 하지만 지평은 그 여인이 누구인지 몰랐다.

하지만 삼룡은 그녀를 보자마자 누구인지 알아챘다. 이제는 겉모습을 본 것만으로도 누구인지 알 수 있었다. 삼룡의 추측대로 그녀는 백서연이었다.

쿵!

그때였다. 머리를 바닥에 찧던 백서연이 충격을 크게 받은 듯 움직이지 않았다.

순간 삼룡의 눈에서 불꽃이 튀듯 벌겋게 달아올랐다.

삼룡을 끌고 왔던 전공장로조차 괴이한 느낌을 받고 돌아볼 정도였다. 하지만 전공장로는 이 때문에 삼룡과 백서연이 한패라 생각했다.

"흥, 역시 네놈들은 이년과 한패였군. 꿇려라!"

전공장로의 말이 떨어지자마자 아미 제자들은 검집으로 삼룡과 지평의 무릎 뒤쪽을 쳐서 꿇리려 했다. 하지만 삼룡은 꿇려지지 않았다.

분명 어느 정도 내력을 실어 쳤기 때문에 무릎이 자연스럽게 구부러지는 것이 정상이었지만 삼룡은 이를 버틴 것이다. 이 때문에 중심을 잃고 무릎을 꿇으려 했던 지평도 다시 몸을 일으켰다.

그 또한 무인이었으니 어떤 상황에서도 자존심을 잃고 싶진 않았던 것이다.

"감히 저항하겠다는 것이냐?"

앙칼진 전공장로의 목소리가 뇌옥을 쩌렁쩌렁하게 울리자, 아미 제자들은 눈을 질끈 감았다. 평소 품행으로 봐서는 당장이라도 삼룡의 다리를 잘라 무릎 꿇릴 것이라 생각되었던 것이다.

하지만 삼룡은 전공장로를 똑바로 노려보며 말했다.

"무슨 이유로 저 사람을 저렇게 취급한 거지?"

삼룡의 목소리는 차가웠다, 마치 방금 뽑혀진 검처럼.

강한 것은 강한 것과 부딪친다고 했던가. 전공장로는 대답 대신 삼룡의 시선과 부딪치려 했다. 전공장로는 눈빛만으로도 상대의 의지를 꺾는 경지에 다다라 있었다.

무공이 약한 자가 이 정도 거리에서 전공장로의 눈길과 아무 생각 없이 부딪쳤다면 금세 기혈이 뒤틀려 피를 토하고 쓰러졌을 것이다. 하지만 전공장로의 그런 눈빛은 삼룡에게 아무 영향도 끼치지 못했다.

삼룡이 그런 시선을 감내한 것이 아니라 바닥에 머리를 찧는 백서연에게로 시선을 옮긴 탓이었다.

반면 전공장로는 삼룡이 일부러 시선을 피한 것이라 생각했다.

"이년이 무슨 짓을 했는지는 네가 잘 알 터! 네놈도 주검을 직접 보지 않았더냐?"

"어제 그 할머니를 말하는 거라면 잘못 짚었다."

"갈(喝)!"

노성과 함께 전공장로의 검이 삼룡에게로 향했다.

이를 옆에서 지켜본 아미 제자들은 일제히 눈을 감았다. 분명 목을 자를 것이라 여긴 것이다. 하지만 전공장로의 검은 삼룡의 목 부근 앞에 멈춰 있었다.

"어째서?"

이유를 제대로 대지 않으면 즉시 목을 자르겠다는 전공장로의 엄포였다. 그러자 삼룡은 그럴 줄 알았다는 듯 받아쳤다.

"이 여잔 목검으로 사람을 죽일 수는 있어도 팔을 자를 능력은 못 돼!"

삼룡의 말에 전공장로는 충격을 받은 듯 고개를 흔들었다.

"네가 어제 전각 위에서 회의를 엿들었다는 것을 알고 있다. 그 정도 실력이면 목검으로도 충분히 팔을 자를 수 있어."

삼룡이 전공장로를 비웃으며 말했다.

"정말 당신들은 바보로군."

"바보라니? 네가 무공을 숨기고 있다는 것쯤은 알고 있는 나다. 혹시나 네가 능력이 없다고 말할 거라면 당장에 집어치우는 게 좋을 거야."

전공장로의 말에 삼룡은 실성한 듯이 웃었다.

"하하하, 똑같아, 똑같아! 어렸을 때나 지금이나 똑같단 말이야. 망할 놈의 세상!"

순간 삼룡이 말을 멈추고 자신에게 검을 겨누고 있는 전공장로를 노려보며 말했다.

"어렸을 때 내 부모님을 죽인 사람들도 그런 말을 했지. 능력이 없으면 그냥 죽으라고 말이야. 그래, 나도 능력이 없으니 그냥 죽어줄까?"

삼룡의 시선을 전해 받은 전공장로는 검을 움직일 수가 없었다. 아니, 하고 싶어도 할 수가 없었다. 그녀의 몸은 쇠사슬에 묶인 것처럼 꼼짝할 수가 없었으니 말이다.

"이, 이럴 수가! 역시 네놈이 죽였어!"

전공장로의 말에 아미 제자들이 삼룡과 지평을 향해 검을 뽑아 들었다. 모두가 절정을 넘어선 고수들이었으니 순식간에 검이 오고 간 것처럼 살기가 맴돌았다.

청성의 고수 지평조차 잘못 움직였다가는 바로 죽는다고 생각할 정도였다. 하지만 삼룡은 태연했다. 그는 더 나아가 이들을 협박했다.

"전공장로를 죽이기 싫으면 검을 내려놓는 게 좋을 거야."

삼룡의 말에 아미 제자들이 망설이자 전공장로가 소리쳤다.

"나는 죽어도 괜찮다! 하지만 저 살인마는 절대 놓치면 안 된다! 아미파 전체를 위한 일이다!"

아미 제자들은 전공장로의 말에 다시 검을 고쳐 쥐고는 삼룡을 경계했다. 삼룡이 포승줄에 묶여 있으니 어떻게든 제압할 수 있다고 생각한 것이다.

그러자 삼룡이 이들에게 소리쳤다.

“이봐, 당신들! 정말 내가 살인을 했을 것이라 생각해?”

*　　*　　*

그 시각 아미파 내부에서는 큰 소동이 벌어지고 있었다. 웬만한 문파와 달리 삼엄한 경비를 펼쳐진 아미파의 담장을 열 명이 넘은 것도 모자라 아미파 여기저기를 들쑤시고 다니는 소동이 벌어졌던 것이다.

더욱 황당한 건 이들이 스스로 모습을 드러낼 때까지 아무도 몰랐다는 것이다.

“저쪽에 이상한 놈이 나타났다! 잡아라!”

“이쪽이다! 이쪽에도 나타났다!”

“여기도 있다!”

여기저기에서 들리는 목소리는 평소 아미파 제자들이 주고받은 수신호와 달랐다. 게다가 소리친 이들은 모두 남자였다.

그것도 기골이 장대한 뇌음사 대뢰승들이었다.

우스꽝스럽게도 자신들을 잡아달라고 서로 소리치는 통에 아미 제자들은 이들을 잡을 수도 그렇다고 잡지 않을 수도 없는 묘한 정신적 충격에 빠졌다.

그렇다고 눈앞에 뻔히 보이는 무단 침입자들이 돌아다니도록 놔둘 수도 없는 노릇이었다.

항렬이 높은 아미 제자들을 주축으로 소동을 일으키는 대뢰승들을 쫓기 시작했지만 일반 아미 제자들은 감히 이들을 따라잡지 못했다.

바로 대뢰승들이 세외 경공 중 가장 빠르다는 뇌섬보를 익힌 승려이다 보니 경공과 내력이 딸리는 아미 제자들은 쫓다 지쳐 거친 숨을 토해내기에 바빴던 것이다.

하지만 이 모두가 대뢰승들이 스스로 계획한 것이었다. 그러니 숨을 돌리는 아미파 제자들을 두고 볼 리가 없었다.

아미파 제자들이 조금만 쉬려고 하면 어느새 돌아와 바로 눈앞에서 약을 올리니 숨을 돌리지도 못하는 형편이었다. 그 때문에 대뢰승들이 소리칠 때마다 아미파 제자들은 우왕좌왕 이리저리 뛰어다니며 힘을 소진하고 있었다.

소란이 길어지자 아미파 장문인과 장로들이 아미파 제자들을 지휘하고 절정고수들을 투입해 이 소동도 금세 정리될 듯해 보였다.

하지만 대뢰승들은 장문인과 장로들이 나타날 것까지 계산한 모양이었다. 장로들이 사태를 지휘한 지 얼마 되지 않아 갑자기 아미파 내부의 한 전각에서 불길이 치솟아 올랐다.

"불이다! 서쪽에 불이 났다!"

"이쪽에도 불이다! 어서 불을 꺼라!"

큰 불은 아니었지만 아미파 곳곳에서 불길이 치솟자 아미파 장문인과 장로들은 고민에 휩싸였다. 무단 침입자를 잡자니 불길이 거세질 것이고, 불길을 잡자니 무단 침입자들이 마음 놓고 소동을 벌일 것이니 쉬이 판단이 서지 않은 것이다.

이에 아미파 장문인은 관재장로와 호법장로 등을 시켜 아미파 제자 대부분을 불을 끄는 데 동원했고, 집법장로와 절정고수를 총동원시켜 대뢰승들을 일단 밖으로 내쫓도록 지시했다.

상황이 급하니 잡는 것보다는 내쫓자는 식이었다.

하지만 이마저도 쉽지 않았다. 지금까지 우왕좌왕한 탓에 대부분 아미 제자들이 물을 떠 나르기가 힘들 정도로 지쳐 있었던 것이다.

바로 이 점을 노리고 대뢰승들이 아미파 제자들을 지금까지 쉬지도 못하도록 괴롭혔던 것이다.

이 때문에 아미파 장문인은 절정고수들까지 불 끄는 데 동원할 수밖에 없었다.

보다 못한 아미팔선이 대뢰승들을 쫓기 시작했지만, 보이기만 하면 도망치는 대뢰승들을 완전히 내쫓기는 힘들어 보였다.

이 때문에 아미 장문인과 몇몇 장로까지 나서서 대뢰승들을 쫓아내야 했다.

뇌옥 입구를 지키는 아미 제자의 숫자는 대략 백 명이 넘었다. 이들은 아미파 곳곳에서 큰 소동이 벌어지고 불길이 치솟

았음에도 동요하는 기색이 없었다.

오히려 이들을 유인하기 위해 대뢰승들이 눈앞에서 알짱거려 봤지만 어느 하나 자리를 이탈하지 않았다.

멀리서 큰 소동이 벌어지고 불길의 숫자가 늘어날 때쯤이었다.

아미 제자 하나가 얼굴에 검정을 묻힌 채 뇌옥 쪽으로 힘겹게 뛰어오고 있었다. 이 아미 제자는 급했는지 추풍보(秋風步)를 펼치며 달려오고 있었다.

그러자 뇌옥을 지키는 수장으로 보이는 아미 제자가 소리쳤다.

"멈춰라! 누구인데 감히 허락도 없이 뇌옥에 접근하는 것이냐?"

아미 제자가 횃불로 얼굴을 비추자 달려온 아미 제자의 얼굴이 드러났다.

횃불에 비친 얼굴은 놀랍게도 한철빙면 주희설이었다.

주희설은 불을 끄다가 온 것처럼 온몸에 구석구석 검정이 묻어 있었는데, 아직 회복 중이어서 그런지 움푹 들어간 눈매가 몹시 병약해 보였다.

뇌옥 수문장 아미 제자는 그녀를 알아보고 용건을 물어왔다.

"주 사저, 여긴 어떻게 오셨습니까?"

사매의 말에 주희설은 숨을 몰아쉬며 다급하게 말했다.

"헉헉! 장문인께서 위험하시다! 장로님들도! 그래서 너희들에게 도움을 요청하러 온 것이야!"

"안 됩니다. 저희는 여길 지켜야 합니다. 저희 임무가 뇌옥을 지키는 것임을 사저도 잘 알지 않습니까?"

"알고 있어! 하지만 이대로 두면 아미파 전체가 위험하단 말이야! 잔말 말고 어서 도우러 가!"

"주 사저, 급한 상황인 건 저희도 알겠지만 지금은 안 됩니다."

다급한 요청에도 뇌옥을 지키는 아미 제자들은 하나같이 움직일 생각을 하지 않았다. 그러자 주희설은 검을 뽑아 근처에 있는 아무개 사매에게 겨눴다.

"가지 않으면 내가 너희들을 벨 것이다. 마교의 습격으로 본 문이 풍전등화인데 임무 타령만 하고 있을 것이냐?"

"사저, 마교의 습격이라고 했나요?"

"그래! 난 체력이 회복되지 않아서 도움이 되지 않으니까 너희들이 가서 도와야 한다!"

"그럼 저희를 대신해서 뇌옥을 지켜주실 수 있겠습니까? 주 사저라면 저희가 믿고 갈 수 있습니다."

주희설은 즉시 고개를 끄덕였다.

"좋다. 내 몸이 성치 않으나 여기 정도는 지킬 자신이 있다."

"뭣들 하느냐? 주 사저께서 우릴 대신해서 여길 지켜준다지 않느냐? 지금 장문인과 장로님들이 위급하시다! 어서 가자!"

뇌옥을 굳건하게 지키던 아미 제자들은 주희설 하나를 남겨놓고 모두 소란한 소리가 들리는 곳을 향해 경공을 펼쳤다.

홀로 뇌옥 입구에 남게 된 주희설은 주위를 두리번거리더니 이내 몸을 부르르 떨었다. 그리곤 뼈와 뼈가 맞부딪치는 소리가 그녀의 몸에서 들렸다.

우드득! 우드드득!

이어 그녀의 몸이 점점 커지기 시작했다.

게다가 근육이 부풀어 오르고 팔과 다리가 굵어지더니 이내 팔 척의 기골이 장대한 남자의 형상으로 바뀌는 것이었다.

커지는 것이 멈추자 사내는 자신의 얼굴을 뒤덮고 있는 인피면구를 뜯어냈다. 드러난 사내의 얼굴은 놀랍게도 뇌음사 승려 소탁이었다.

인피면구를 뜯어낸 소탁은 목을 좌우로 꺾으며 소리를 내었다.

"오랜만에 축골공(縮骨功)과 용안술(易容術)을 함께 쓰니 몸이 다 뻐근하군. 자, 눈치 채기 전에 사매를 찾으러 가야지."

소탁은 서둘러 뇌옥 입구로 들어가려 했다. 하지만 소탁은 들어가지 않고 잠시 멈칫했다. 그가 걸음을 멈춘 것은 등 뒤로 심상치 않은 한기가 느껴졌기 때문이다.

소탁은 뒤를 돌아보지도 않고 말했다.

"심지(心地)를 많이 다친 것 같던데, 벌써 다 나았는가?"

소탁의 등 뒤에서는 놀랍게도 진짜 주희설의 목소리가 들려왔다.

"네 녀석들을 저승으로 보내주기 위해 일찍 일어났다. 그런데 네 녀석들이 노리는 게 도대체 무엇이기에 아미파까지 와서 이 소동을 일으키는 것이지?"

"처음부터 보고 있었던 건가? 막내가 짠 계획이라 완벽하게 속였다고 생각했는데, 그게 아니었군."

"농담할 시간이 없을 텐데?"

주희설의 비아냥거림에 소탁은 콧방귀를 뀌며 대꾸했다.

"흥, 지난번에는 제대로 싸우기도 전에 쓰러지더니 이번에는 조금 오래 버틸 자신이 있는 건가, 주 사저?"

소탁이 뇌옥 수문장 아미 제자처럼 주희설을 호칭하자 그녀의 눈매가 가늘어졌다.

"우선 그 입부터 손봐야겠군. 덤벼라!"

주희설의 말을 끝으로 소탁의 신형이 어둠 속으로 사라져버렸다. 워낙 빠른 신법이라 눈으로 쫓아가기 힘들 정도였다.

타타타타닥!

주희설이 안력을 돋워봤지만 소탁의 신형은 보이지 않고 요란하게 움직이는 발걸음 소리만 들렸다.

주희설은 당황하지 않고 사방을 경계하며 주위에 차가운 한기를 퍼뜨렸다. 그러자 주변 공간이 순식간에 한겨울처럼 차가운 한기가 휘감았다.

이에 당황한 것은 뇌섬보를 펼치고 있는 소탁이었다.

사물이 잘 분간되지 않는 밤의 특성과 쾌속한 신법을 이용해 주희설을 단박에 제압하려 했는데, 오히려 자신이 주희설의 눈을 피해 도망치고 있지 않은가.

'이 여자, 지난번과는 완전히 다르군.'

소탁은 만만하게 생각했던 생각을 접고는 내기를 끌어올려 밀종대수인을 준비했다. 하지만 소탁이 간과한 것이 하나 있었다.

뇌옥 주변도 어두웠지만 주희설이 나고 자란 아미파가 아닌가. 소탁에게는 생소한 공간이었지만 주희설에게는 매우 익숙한 곳이 바로 이곳이었다.

즉, 발걸음 소리만으로도 어디에서 소리가 나는지 대충 짐작할 수가 있었던 것이다.

소탁이 내기를 끌어올리기도 전에 한기를 머금은 주희설의 빙장(氷掌)이 날아들었다. 이어 주희설이 외친 초식명도 뒤따라 들렸다.

"이독제독(以毒制毒)!"

'이독제독(以毒制毒)? 강호에 그런 초식도 있었던가?'

이란 생각으로 소탁은 별 생각 없이 빙장을 받아쳤다.

뇌음사야말로 장법의 대가이니 아무리 아미파 고수가 펼치는 장법이라고 해도 쉽게 무력화시킬 수 있다고 생각한 것이다.

퍼퍽!

소탁의 생각대로 주희설이 펼친 빙장의 위력은 그리 크지 않았다. 소탁이 얼마 되지 않는 내력으로도 충분히 받아치고도 남았으니까.

게다가 소탁은 주희설과 적수공권으로 싸워본 경험도 있었다.

그런 그녀가 장법으로 자신을 상대했으니 가소로운 생각이 자연스레 들었다.

"하하하, 검으로 날 이길 자신이 없어서 아예 장법을 쓴 것이냐?"

소탁의 웃음에도 주희설은 대꾸하지 않았다. 그녀가 노리는 것은 바로 어떤 기운이 퍼질 동안의 시간이었다.

주희설의 예상처럼 얼마 되지 않아 소탁은 이상한 느낌이 들었다.

'어, 심장이 빨라지고 내력이 마음대로 움직이려 해. 혹시 독장을 쓴 건가? 하지만 난 독에 중독되지 않는 몸인데.'

소탁이 당황하자 주희설이 이를 비웃었다.

"흥, 장법에 자신만만해하더니 지금 그 표정은 전혀 아닌 것 같군."

"난 중독되지 않는 몸인데, 내 몸에 무슨 짓을 한 거지?"

"말했잖아. 이독제독이라고. 어떤 분께서 이 기운을 심어주셨지. 처음에는 누구인지 몰랐는데 이독제독이라는 말을 듣고 누구인지 알 것 같았지."

'독장도 아니고 장법에 이런 기운을 심을 수 있는 사람이
중원에 있다니!'

"그게 누구냐?"

"넌 알 것 없어. 그분은 내 생명의 은인이니까. 하지만 이
러고 있을 시간이 있을까? 지금쯤이면 너희들 속임수를 눈치
챘을 텐데."

"좋다. 지금은 물러가마. 하지만 다음에는 기필코 이 빚을
갚아주겠다."

아직 주변에 아미 제자들이 나타나지 않았지만 소탁은 주
저없이 경공을 펼쳤다.

아미파 뇌옥 안에서는 또다시 삼룡의 고성(高聲)이 울렸
다.

"저 여자가 도착했을 때 이미 죽어 있었다고 말했어! 곧 그
말은 내가 갔을 때도 이미 죽어 있었다는 얘기야! 그런데도
당신은 나에게 누명을 뒤집어씌우는 건가?"

전공장로는 삼룡의 눈을 쳐다보며 소리쳤다.

"거짓말 마라! 금역에 들어간 사람은 너와 저년, 둘뿐이
다!"

"정말 구제불능이로군. 당신들이 철통같이 지켰다고 확신
하나? 어제 당신들 회의를 엿들은 게 나 하나뿐이었다고 생각
해?"

삼룡의 말에 전공장로는 자신도 모르게 말을 더듬었다.

"그, 그럴 리 없다."

"웃기지 마! 어떤 사람들은 뻔히 눈앞에 돌아다녀도 알아채지 못하는 놈도 있어! 공교롭게도 이곳 아미파에도 있지! 수두룩하게 말이야!"

"완벽한 은형술(隱形術)은 불가능하다. 그럴 리 없어."

삼룡은 어이없다는 듯이 고개를 흔들며 웃었다.

"하하하, 은형술이 불가능하다고? 완벽하지 않아서? 자기 편한 대로 생각하는 것도 재주야, 재주."

"그게 무슨 소리지?"

"당신들은 볼 능력도 없으면서 금역에 단 두 명만 들어갔다고 확신하고 있지? 당신 말은 지금 그걸 내가 설명해야 한다는 거야, 아니면 보는 방법을 가르쳐 달라는 거야?"

"그건 네놈의 주장일 뿐이다."

그러자 삼룡이 비꼬는 식으로 말했다.

"그럼 내가 거기서 데려온 아이는 뭐지? 혼령이었던 건가?"

전공장로는 삼룡이 무슨 말을 해도 무시할 수 있었지만, 지금 삼룡의 말은 무시할 수 없었다. 그녀도 알았다. 삼룡이 어젯밤 누군가를 데리고 왔다는 것을.

'설마 그 아이까지……?'

"그 아인 어제 거기에 있었어. 아주 오래전부터 있었던 거 같았지. 아미신녀인지 하는 그분의 사체를 정성스럽게 닦고 있었어. 그런데 그걸 아는 사람은 이곳에 아무도 없었고. 그런데도 당신들은 나와 저 여자만 의심하고 있지."

전공장로는 삼룡의 말을 반박하고 싶었으나 그럴 수가 없었다. 마치 자신이 그물 속에 갇힌 물고기처럼 빠져나가려고 하면 할수록 점점 옭아매니 말이다.

하지만 삼룡의 무서움은 지금부터였다.

"재미있는 사실 하나 더 말해줄까? 당신은 내가 아니라 다른 누군가의 짓이라는 걸 미리 알고 있었어. 오히려 당신은 그것을 감추기에 급급하고 있단 말이야."

"헛소리하지 마라. 난 그런 적 없어."

"그래, 그렇게 얘기할 줄 알고 있었어. 그래서 내가 모든 사실을 말하지 않은 건 누군가가 또 모함할 것이라고 눈치 챘기 때문이야. 그것 때문에 도망치려고 했는데 잃어버린 사조님의 물건 때문에 그렇게 못했지."

"홍, 무슨 얼토당토않은 소리를 계속 지껄이는 거냐? 네놈 말을 믿는 사람은 아무도 없어!"

"알고 있어. 여기는 다들 당신들 편일 테니까. 하지만 진실은 영원히 감추기 어려운 법. 당신은 진실을 감추기 위해 무슨 짓이든 다 하려고 하겠지. 방금 전에도 난 쳐다만 봤는데 당신은 기혈이 뒤틀린 것처럼 피까지 토해내듯이 했단 말이야. 자, 이게 무슨 뜻일까?"

삼룡의 말에 지금까지 삼룡을 경계했던 아미 제자들의 눈빛이 변하기 시작했다.

"묶여 있는 내가 무슨 수를 썼다고 당신이 피까지 흘린 거지? 내가 절세고수라고 뒤집어씌우고 싶지 않은 이상!"

"난 분명 네 눈빛 때문에……."

"분노하는 눈빛, 그것이 사람을 다치게 하진 않아. 당신 같은 고수라면 모를까. 내 나이 고작해야 서른일 뿐이라고, 서른!"

치밀한 머리싸움에 전개되자 아미 제자들은 누구 편을 들어야 할지 헷갈리기 시작했다. 적어도 삼룡의 말대로라면 전공장로가 가장 유력한 용의자가 아닌가?

하지만 전공장로도 당하고 있지만은 않았다.

"넌 분명 여기 있는 아미 제자들을 죽일 것처럼 협박했어. 날 죽일 수 있을 것처럼 말이야. 그런데도 네가 무공이 약하다고 주장할 텐가?"

이에 다시 아미 제자들이 삼룡을 의심했다.

하지만 삼룡은 태연하게 받아쳤다.

"전공장로, 너무 낯간지럽지 않아? 당신이 나한테 곧 죽을 것처럼 연기를 해서 난 그것을 이용한 것뿐이었잖아! 안 그럼 여기 아미 제자들이 그 자리에서 날 죽일 텐데 가만있어야 되는 거냐구?"

무슨 말을 해도 전공장로는 삼룡에게 죄를 뒤집어씌울 수가 없었다.

그 때문에 전공장로는 가슴이 막힐 정도로 답답했다. 안 그래도 기혈이 뒤틀려 버티기 힘든데 삼룡이 치밀하게 압박을 가하자 무기력해지기까지 한 것이다.

또한 생각해 보니 삼룡이 말대로 아미신녀를 죽인 사람은 다른 사람일 가능성이 컸다. 아니, 다른 사람이어야만 앞뒤가 맞는 일이었다.

"그래, 네놈과 저년이 아미신녀님을 죽이지 않은 것은 인정한다. 하지만……."

'됐다.'

순간 눈빛이 반짝거린 삼룡이 주위에 있는 아미 제자들을 향해 호령했다.

"아미파 제자 여러분은 정말 이대로 보고 계실 겁니까? 아미신녀님을 죽인 유력한 용의자는 바로 여기 전공장로입니다."

그러자 아미 제자들은 일제히 전공장로에게 검을 겨눴다. 삼룡의 말을 전적으로 믿은 것은 아니었지만, 전공장로 스스로 인정한 것이 주요했던 것이다.

"죄송합니다, 전공장로님. 잠시 무례를 범하겠습니다."

"나, 난 아니야. 난, 난……."

전공장로는 기운을 잃고 횡설수설했다. 기혈이 뒤틀린 상태에서 억지로 버티다가 자신이 아미신녀를 죽인 살인마로 몰리자 말까지 더듬으며 당황하는 것이다.

좀 전에 받은 정신적인 충격이 꽤 큰 모양이었다. 반박하려 해도 말이 나오지 않으니 말이다.

이후 아미 제자들은 곧바로 삼룡과 지평을 풀어주며 사과했다.

“죄송합니다. 본 문에 큰 변고가 생겨 두 분께 무례를 범했습니다.”

“이제라도 구명되었으니 다행입니다. 어서 뇌옥에 갇힌 저 여자도 풀어주시죠.”

“그건 아직 안 될 것 같습니다만…….”

“아무리 사파의 인물이라고 하나 죄없는 사람을 잡아두면 안 됩니다.”

삼룡이 타이르듯 따지자 망설이던 아미 제자는 백서연까지 풀어줄 수밖에 없었다.

삼룡이 지평과 함께 뇌옥을 빠져나왔을 때는 단 한 사람이 뇌옥 입구를 지키고 있었다. 바로 한철빙면 주희설이 말이다.

주희설은 삼룡이 여인을 어깨에 짊어지고 뇌옥에서 나오자 깜짝 놀라 일어섰다.

‘어, 저분이 여길 왜?’

삼룡을 대번에 알아본 주희설은 어떻게 해야 할지 난감해하는 모습이었다.

그녀가 이 자리에 있는 건 대뢰승들이 일으킨 소동 때문이었다. 혜화각에까지 와 소동을 일으키는 한 대뢰승을 쫓다가 수상한 아미 제자를 발견한 것이다.

다른 사람이라면 그냥 지나쳤겠지만 바로 자신의 얼굴을 하고 다니는 소탁을 보고 그냥 지나칠 수가 있겠는가.

일단 소탁이 무엇을 노리는지 몰랐으니 주희설은 조용히 뒤를 밟은 것이다. 그리고 소탁이 모습을 드러내고 뇌옥에 침입하려는 순간 뇌옥을 지키기 위해 자신이 나선 것이다.

주희설은 삼룡이 소탁처럼 뇌옥을 침입한 것처럼 보이지는 않아서 바로 안도의 한숨을 내쉬었다.

그런 그녀를 보고 삼룡이 먼저 아는 체를 했다.

"어, 주 낭자, 이제 괜찮아요?"

삼룡은 아직 주희설의 나이를 모른다. 그러니 낭자라고 부른 것이다. 이에 주희설은 배시시 웃으며 고개를 끄덕였다.

주희설이 비록 삼룡보다 열두 살이나 많았지만, 왠지 삼룡의 앞에 서면 얼굴이 붉어지고 웃음이 나오는 건 어쩔 수가 없었다.

그런데 그녀의 시선을 끄는 여인이 하나 있었다. 바로 삼룡의 어깨에 짊어진 백서연이었다.

'저분은 오늘도 기절한 여자와 같이 있네? 이번에도 중독된 건가?'

그사이 중간에서 멀뚱멀뚱 먼 산을 보고 인물이 하나 있었디. 물론 이는 청성의 지평이었다.

'이상하단 말이야. 삼룡이 이놈만 만나면 내가 왜 멍청하게 이래야 하는 거냐고?'

지평이 먼 산을 보고 멍청하게 있자 삼룡이 그의 옆구리를 찌르며 말했다.

"지평 도장, 뭐 해요? 여기 계속 있을 겁니까?"

"아, 갑니다, 가요."

"그럼 바빠서."

주희설은 백서연을 짊어지고 가는 삼룡의 뒷모습을 보고 왠지 그를 잡고 싶은 기분이 들었다. 하지만 그를 잡을 방법이 없었다.

그때 뒤에서 아미 제자들이 줄줄이 뇌옥 출입구를 빠져나왔다. 그들은 전공장로를 뇌옥에 가두고 나오는 길이었다.

"기령이 아니냐? 너희는 어쩐 일로 여기 있는 것이냐?"

"주 사저, 본 문에 안 좋은 일이 있어 전공장로님을 잠시 가두고 나오는 길입니다."

"전공장로님을? 무슨 일인데 장로님을 가둔단 말이냐? 어서 말해보아라!"

그러자 기령이란 아미 제자는 그동안 있었던 일을 주희설에게 하나하나 설명하기 시작했다. 하지만 이리저리 꼬인 것이 많고 설명할 것이 많은지라 자연히 시간이 지체되고 있었다.

이 때문에 삼룡이 아미파를 무사히 빠져나가는 시간을 벌게 되었다는 것은 주희설이나 그의 사매도 생각하지 못했다.

물론 주희설은 나중에 이 사실을 알고도 잘한 일이라고 생각했지만.

삼룡은 백서연을 짊어진 채 달리고 있었다. 덩달아 지평도 함께 달리고 있었다.

"삼룡 대협, 어딜 가는 겁니까?"

"몰라서 물어요? 지금 당장 떠나야 합니다."

"왜요? 살인 누명도 벗었고 오해도 다 풀렸잖아요. 게다가 거기 업혀 있는 분은 머리를 다친 거 같은데."

"괜찮아요. 잠시 충격 때문에 기절한 것뿐이에요."

순간 지평은 궁금해지는 것이 있었다.

"참, 아까 그분, 나보고 충격을 받아서 머리를 바닥에 찧던데, 왜 그런 거예요?"

"신경 쓰지 마요. 지평 도장 보고 그런 거 아니니까."

착각은 자유라고 했던가. 아무튼 삼룡은 자신이 잡힌 것을 보고 백서연이 자책감에 못 이겨 머리를 바닥에 찧은 것이라 생각했던 것이다.

그 때문에 전공장로가 말을 못할 정도로 몰아세운 그가 아닌가! 생각해 보면 전공장로도 억울할 따름이었다.

곳곳에 아미 제자들이 불만 끄고 자신들은 신경도 쓰지 않자 또 궁금한 점이 생기는 지평이었다.

"누가 침입해서 불을 질렀나 보죠?"

"그래서 지금 누구인지 되게 고마워하고 있어요."

"왜요?"

"보면 몰라요. 아무도 안 잡잖아요. 지금 아니면 아미파 못 빠져나가요."

"근데 자꾸 빠져나간다고 하면서 어딜 가는 겁니까? 짐은 객당에 있던데."

삼룡이 본시 귀찮은 걸 매우 싫어한다. 그런데 지평이 꼬치꼬치 따지니 슬슬 짜증이 일기 시작했다. 하지만 아직까지는 참을 만한 정도였다.

"이 여자 물건 찾으러 갑니다. 그거 안 가져가면 날 죽이려 들 겁니다. 그리고 힘드니까 그만 물어요. 도와줄 것도 아니면서."

삼룡의 말과는 달리 지평이 낮에 봤던 인물이 백서연인 걸 알았다면 분명 도와주고도 남았을 것이다.

아무튼 삼룡이 향하고 있는 곳은 백서연이 머물렀던 조영의 처소였다. 그걸 알 리 없는 지평은 궁금한 것을 참아가며 조용히 뒤따라가고 있었고 말이다.

다행히 조영의 처소까지 갈 동안 삼룡을 막아선 아미 제자는 아무도 없었다.

조영은 자신에게 씌워진 혐의가 풀리자 장문인으로부터 당분간 처소에서 근신하라는 처분을 받았다.

또한 근신 처분 때문에 밖에서 무슨 소동이 벌어져도 감히 나가볼 수가 없었다. 이는 또 다른 항명이고, 자칫하면 가중 처벌을 받기 때문이었다.

그래서 그녀가 할 수 있는 일은 이불을 뒤집어쓴 채 조용히 우는 것뿐이었다.

전공장로에게 받은 고초도 고초였지만, 친동생처럼 아낀

백서연을 생각하면 자연스레 눈물이 나왔다.

사실 조영은 백서연이 마교 교주의 손녀라는 것은 몰라도 아미신녀를 죽였다고 생각지는 않았다. 하지만 조영은 백서연을 지켜줄 수가 없었다.

조영은 백서연이 아미신녀를 죽이지 않았을 것이라고 하면 할수록 더 심하게 고초를 당했고, 전공장로는 그녀에게 파문까지 들먹였다.

백서연과 아무리 친해졌다고 해도 자신이 파문을 당하는 것까지 감내할 수는 없었다.

하지만 돌아와서 생각해 보니 백서연이 자신처럼 전공장로에게 고초를 받을 것이라고 생각하니 눈물이 흐른 것이다. 하지만 아미 장문인의 제자 신분에 항렬까지 높은 그녀가 소리 내서 울 수는 없었다.

그래서 소리가 밖으로 새지 않도록 이불을 뒤집어쓴 채 울고 있는 것이었다.

얼마나 울었을까? 문이 열리는 소리와 함께 누군가 조영의 처소로 들어오는 소리가 들렸다. 소리로 봐서는 한 명이었다.

하지만 조영은 고개를 들 수가 없었다.

지금 고개를 들어 확인했다가는 우는 모습을 고스란히 들킬 테니 말이다. 그래서 자는 것처럼 이불을 뒤집어쓴 채 꼼짝도 하지 않았다.

"얌마, 개구리 어딨냐?"

'이 목소리는 남자인데? 그런데 개구리라니? 나보고 그러는 건가?'

공교롭게도 조영이 웅크리고 있는 모습이 개구리 자세였다. 그리고 개구리를 찾는 건 삼룡이었다. 백서연이 금선혈와를 끔찍이 아끼는 것을 아는 이상 그것을 버려두고 갈 수가 없었던 것이다.

안 그럼 또 암기를 던질 테니 말이다.

'아, 독한 여자를 아내로 삼으면 피곤하다더니, 딱 내가 그 꼴이네.'

떡 줄 사람은 생각도 않는데 또 혼자 상상하는 삼룡이었다.

"이 자식이 어디에 숨었어! 너 빨리 안 나올래?"

이불을 뒤집어썼지만 귀에 익숙한 목소리가 들리자 조영의 호기심이 점점 발동했다.

'어디서 듣던 목소리인데 설마… 그 자식……?

호기심을 못 이긴 조영이 이불을 살짝 들자 바로 코앞에 삼룡의 큼지막한 얼굴이 보이는 게 아닌가!

이에 화들짝 놀란 조영은 다시 이불을 뒤집어쓰고 생각했다.

'저 자식이 왜 내 처소에? 설마 내가 처소에서 근신하고 있다는 것을 알고 일부러? 맞아, 저 자식은 이번 일 때문에 내가 반항 못할 거라 생각한 거야. 내 저 자식을 당장!'

조영은 생각과 달리 고함을 치거나 공격은 하지 않았다.

'가만, 밖에 소동이 일었으니까 도와줄 사람이 오지 않을 거야. 그리고 아까 보니까 저놈 힘이 장난 아니던데…….'

자신이 절정고수임에도 도움을 요청할 생각을 하는 것은 분명 평소 조영의 모습과 많이 달랐다.

낮에는 분명 삼룡의 팔 하나라도 잘라 복수할 생각을 꿈꾸던 그녀이지 않은가.

평소 조영이 볼 수 있는 남자들은 아미파 남제자들이나 객당을 찾는 사람들인데, 이들 대부분이 조영이 나타나기만 하면 허리를 숙이고 고개를 숙이는 존재였다.

그것도 아니면 금정선원에서 사는 백발노인이었다.

아무튼 그런 주변 여건 속에서 자신에게 욕하고 함부로 대하는 삼룡이란 놈과 자꾸 부딪치니 그녀의 신경이 자꾸 삼룡에게 쓰였던 것이다.

물론 처음에는 진저리칠 정도로 싫어했지만, 혜화각에서 집중하는 그의 모습은 그녀에게 신선한 충격으로 다가왔다.

이런저런 이유로 조영은 삼룡 앞에서는 연약한 여자처럼 행동하고 생각하고 있었다.

'날 좋아하는 거였어. 맞아. 그래서 그 마음을 못 이기고 찾아온 거야. 어쩌지?'

조영이 혼자만의 생각에 빠져 갈등하고 있을 때였다. 삼룡에게는 다른 생각이 들었으니,

'여기에 없는 건가? 이 개구리 자식, 대체 어디……. 아, 그

렇지! 내가 왜 그 생각을 못했지?'

삼룡은 금선혈와를 찾다 말고 후닥닥 밖으로 뛰쳐나갔다.

반면 혼자만의 생각에 빠진 조영은 삼룡이 나가는 소리도 못 듣고 이불 속에서 머리를 매만지고 있었다.

'아, 이대로 나가면 보기 흉하다고 하겠지? 눈물도 좀 닦고, 어머, 눈곱 봐! 언제 이런 게 붙었지?'

삼룡이 조영의 처소에 들어간 사이, 밖에서 망을 보던 지평은 이런저런 생각 중이었다.

'한때는 청성의 촉망받는 제자였는데 지금의 내 모습은 뭐냐고! 삼룡이 지가 생명의 은인이면 은인이지 왜 나한테 이래라저래라 하는 거냐구!'

신세 한탄을 하는 지평은 자신도 모르게 깊은 한숨이 뿜어져 나왔다.

"후우우우!"

'내 신세 참 처량하다. 사부님이 주신 검도 잃어버리고 춘약에 취해 말이랑 그 짓을 하다니! 아, 더 생각하지 말자. 그 생각만 하면 미칠 것 같아.'

순간 삼룡이 조영의 처소에서 나와 한쪽에 내려놓았던 백서연을 업고 다시 뛰어가는 게 아닌가!

"젠장, 또 어디 가는 거야!"

지평은 투덜거리면서도 삼룡을 쫓아가야 했다.

'저 자식은 믿을 수가 없어. 아까 보니 다 기억하고 있다가

중요한 순간에 써먹던데. 혹시나 저 자식이 그 일을 떠벌리고 다니면? 안 되지! 암!'

삼룡이 있던 객당 처소 안에는 담초홍이 오룡이와 사이좋게(?) 눈싸움을 하고 있었다. 이들이 눈싸움을 하게 된 이유는 간단했다. 담초홍 때문에 자신이 혼났기 때문이다.

눈치로 치자면 영물 중의 으뜸인 오룡이 이를 가만히 두고 볼 리가 없었다.

기선 제압을 할 겸 화풀이 겸, 겸사겸사해서 꼬맹이를 노려보았는데, 글쎄, 담초홍이란 이 맹랑한 꼬맹이가 독사인 자신의 눈을 피하지 않고 똑바로 쳐다보는 게 아닌가.

그런데 오룡이에게는 한 가지 약점이 있었다.

바로 자신의 주인 삼룡이 말이다. 그 삼룡이가 이 꼬맹이를 지켜주라고 하지 않았던가. 그 때문에 오룡이는 이 꼬맹이를 독니로 물 수도 없었다. 하지만 이미 싸움은 시작됐으니 물러날 수도 없었다.

그 때문에 오룡이와 담초홍이 눈싸움을 계속하고 있었던 것이다.

물론 담초홍의 입장에서는 말귀를 알아듣는 신기한 뱀이 자신을 쳐다보기에 눈을 마주친 것뿐이었다. 호랑이와 대면하고 살았던 담초홍에게는 작고 귀엽기만 했다.

담초홍이 시선을 피하지 않자 뱀 특유의 위협하는 소리를 냈다.

쉬이이익!

하지만 담초홍은 생글생글 웃고만 있었다. 이번에도 별 반응이 없자 오룡이는 듣기만 해도 섬뜩한 소리를 연속으로 냈다.

쉬이이익! 쉬이이익!

독이 잔뜩 오른 뱀 소리는 호랑이도 피해간다는 얘기가 있다. 바로 지금 오룡이처럼 말이다. 하지만 모르면 용감하다고 했던가. 담초홍은 여전히 생글생글 웃고 있었다.

'아, 자꾸 보니까 귀엽다. 말도 알아듣고. 호랑이들은 덩치가 크지만 얜 무지 작네.'

이런 담초홍의 생각도 모르고 오룡이는 최선을 다해 담초홍을 겁주기에 최선을 다했다. 근 한 시진째 말이다.

하지만 혼자서 아무리 겁을 휘두르면 뭐 하는가? 받아줄 상대가 없는데. 사실 한 시진 동안 살기를 뿜어내는 것도 쉬운 일이 아니다. 특히 삼룡이처럼 게으른 오룡이란 뱀에게는 말이다.

순간 오룡이 담초홍에게 눈을 돌리고는 머리를 숙였다. 즉, 혹 떼려다가 혹 붙인 격이었다.

삼룡이란 놈의 심상치 않은 기운에 굴복한 지가 언제인데 눈싸움에 져서 꼬맹이한테 항복을 하다니 말이다.

사실 문제는 삼룡이었다. 인간들의 눈에는 보이지 않지만 삼룡이란 놈의 몸 주변에는 항상 별에별 희한한 기운이 꿈틀대고 있었던 것이다.

그래서 삼룡에게 잘못 보였다가는 그날로 껍질이 벗겨질 운명이라고 생각한 끝에 선택한 것이 바로 복종이었다. 하지만 그것으로 끝이라고 생각했다.

더 이상 복종할 인간은 없다고 말이다.

하지만 생글생글 웃는 여자, 그것도 소녀에게 지고 말았다.

뭐, 이것도 승패이니 진 것은 진 거였다. 따라서 영물들의 습성답게 바로 복종하는 것을 선택했다.

담초홍이 오룡이의 머리를 쓰다듬어도 오룡이는 그냥 내버려 두었다. 심지어 목에 걸어도 날 잡아 잡수세요 하고 가만히 있었다.

그러자 담초홍은 채찍을 가지고 놀 듯 획획 휘두르는 게 아닌가.

그때부터 오룡이는 몹시 어지러웠다. 뭐, 이런 맹랑한 계집애가 있단 말인가.

순간, 문이 벌컥 열리며 삼룡이 뛰어들어 오면서 소리쳤다. 어깨에 누군가를 멘 채 말이다. 그리곤 두리번거리며 무언가를 찾았다.

"꼬맹아! 오룡이, 오룡이 어디 갔어? 내가 분녕히 니 지기고 있으라고 했는데!"

그러자 담초홍이 축 늘어져 있는 오룡이를 내밀었다. 순간 담초홍을 보는 삼룡이의 눈빛이 바뀌었다.

'이 독한 것 봐라. 애를 다 죽여놨네. 그냥!'

오룡이 죽지는 않았는지 꿈틀거리자 삼룡은 재빨리 오룡이를 받아 챙기고는 말했다.

"내 봇짐 들고 따라와. 목검 빼먹지 말고."

그러자 담초홍이 쪼르르 달려가 삼룡의 누더기 같은 봇짐과 목검을 들고 쫓아왔다. 그사이 지평이 뒤늦게 쫓아와 거친 숨을 몰아쉬자 삼룡이 말했다.

"지평 도장, 마차 어디에 있는지 알죠?"

마차라면 자연스럽게 다른 생각을 하게 된 지평은 삼룡의 말을 오해했다.

'이 자식, 내가 이럴 줄 알았어. 마차 애긴 안 하기로 해놓고.'

"꼬맹이랑 마차에 같이 가 있어요. 내가 금방 따라갈게요. 꼬맹이 너, 지평 아저씨 따라가 있어."

'어, 그 얘기가 아니네?

지평이 다시 반색하는 사이 삼룡은 담초홍을 맡겨두고 어디론가를 향해 뛰어갔다. 물론 담초홍은 삼룡을 뒤쫓으려 했으나 벌써 삼룡은 저만치 앞서 달려가고 있는 중이었다.

이때 지평이 아무 생각 없이 담초홍에게 실수를 하고 말았다.

"가자, 꼬맹아!"

단지 꼬맹이라고 불렀을 뿐이다. 뭐, 삼룡이도 그렇게 불렀으니까. 하지만 그건 삼룡이만 예외인 경우였다.

순간 담초홍이 다리를 구부리더니 이마를 앞세워 튕겨 오르는 게 아닌가!

퍼억!

하필이면, 하필이면 말이다.

담초홍의 머리가 그곳에 꽂히고 말았다. 그나마 내력이 실린 것이 아니라서 내상은 입지 않았지만 어두운 하늘이 순식간에 환해질 수 있다는 깨달음을 얻고 있는 지평이었다.

*   *   *

장문인의 경우 문파에서 일어나는 모든 대소사를 관여하기 때문에 제자들을 가르치는 데에는 한계가 있을 수밖에 없었다.

그래서 제자들에게 무공을 가르치는 최고 사범은 대부분 전공장로(傳功長老)가 맡는다. 때문에 문파에서는 장문인 밑에 전공장로를 두어 문파 제자들의 무공 전수를 책임지우는 것이다.

하지만 그에 따른 편의와 대우는 장문인과 대등할 정도로 제공되었다.

그 때문에 전공장로는 장문인에게만 전수되는 상승 무공이나 상승 심법이 적힌 무공서까지 볼 수 있었다. 물론 볼 수만 있고 익힐 수는 없다는 단서 조항이 꼭 따라붙었지만.

반면 장문 무공을 익힐 수 없다는 한계에도 불구하고 강호에서는 전공장로가 장문인의 무공을 넘어서는 경우가 비일비

재하게 일어났다.

전공장로는 문파의 무공이 제일 높은 장로가 맡는 경우가 대부분이었고, 무공 전수에 신경을 쓰다 보면 자연스레 문파의 모든 무공서를 꿰게 되었다.

그리고 상승의 무공일수록 큰 깨달음에서 비롯되니 장문 무공서만 보는 것만으로도 큰 도움이 되었다.

그래서 전공장로들이 이를 통해 새로운 무공을 창안하는 경우도 있었고, 기존의 무공에 자신의 깨달음을 접목시키다 보면 장문인보다 무공이 높아지는 경우도 있었다.

아미파의 전공장로의 경우도 이 같은 다른 강호 문파의 사정과 별반 다르지 않았다. 그 때문에 그녀의 처소에는 항상 무공 서적이 쌓여 있었다.

물론 그 때문에 전공장로의 처소는 무공이 특출난 아미 제자들이 장경각 못지않게 삼엄한 경계를 섰다. 하지만 오늘만큼은 예외였다.

바로 대뢰승 하나가 전공장로 처소 근처에 불을 질러놨으니까 말이다.

우선 다른 곳에서 지원을 요청해 불을 끄려 해도 때 맞춰 달려올 인원이 많지 않았다. 다른 곳도 불을 끄기에 바빴으니까.

게다가 조금만 내버려 두면 금세 전공장로의 처소로 불이 옮겨 붙을 것 같은데 어쩌겠는가.

그렇게 전공장로의 처소가 무인지경이 된 지 얼마 되지 않아 누군가 전공장로의 처소 문을 벌컥 열고 들어왔다.

물론 그는 삼룡이었고, 어깨에는 아직도 백서연이 걸쳐 있었다.

백서연은 뇌옥에서 기절한 이후 아직까지 깨어나지 못했는데, 이는 삼룡이 그녀의 혼혈을 짚어놓은 때문이었다.

왜냐하면 도중에 깨어나서 협조를 하지 않으면 곤란하니까 말이다. 삼룡이 혼혈을 짚은 이유 중에는 그녀의 성질이 한몫했다. 아무리 예비 안사람 후보라고 해도 일단 감당하기가 벅찬 상대이지 않은가.

어쨌든 삼룡은 전공장로의 처소에 들어오자마자 침소부터 찾아 백서연을 먼저 눕혀놓고, 다른 손에 들려진 또 하나의 골칫덩어리 오룡이의 정신부터 깨웠다.

"인마, 정신 차려! 시간없단 말이야!"

삼룡이의 애타는 부름에도 오룡이는 정신을 차리지 못했다. 담초홍 딴에는 귀엽다고 뱅글뱅글 돌렸지만, 그것이 뱀에게는 치명적이었던 것이다.

인간에게는 별것 아니었지만 뱀이란 놈은 잡고 돌리기만하면 정신을 놓거나 심하면 그냥 죽어버렸다.

이는 몸이 긴 신체적인 특징 때문이었다. 꼬리를 잡고 돌려버리면 그 영향이 모두 머리 쪽에 쏠리게 되는 것이다. 때문에 어지러움증이야말로 뱀에게 치명적인 것이다.

그래도 다행히 오룡이는 아직 숨은 쉬고 있었다. 다만 제정신을 찾기에는 시간이 걸릴 뿐이었다.

설검(舌劍)을 휘두르다　329

“이 자식, 아직도 정신을 못 차리네.”

삼룡이 이곳에 온 것은 두 가지 이유에서였다. 첫째는 전공장로가 백서연을 문초했다는 것이고, 둘째는 그 때문에 백서연이 독공을 익히는 데 필요한 금선혈와가 들어 있는 합이 어딘가에 있다는 것이다.

즉, 그녀가 있었던 처소가 아니었다면 바로 이곳 전공장로의 처소에 그것이 있을 가능성이 높다고 생각한 것이다.

삼룡이 금선혈와를 찾으려는 이유는 간단했다. 눈치 백단보다 조금 높은 삼룡의 눈치로 살펴볼 때 금선혈와를 가져가지 않으면 백서연은 위험을 무릅쓰고 다시 이곳에 올 것이기 때문이었다.

그런데 문제는 금선혈와를 찾아내야 할 오룡이가 정신을 놓고 있다는 점이었다.

“나 원 참, 꼬맹이한테 당하고 정신을 잃다니! 인마, 네가 뱀이냐?”

오룡이 말은 못하지만 듣기는 한다. 아까부터 쭉 듣고 있는 중이었다. 하지만 정신이 차려지지 않는데 어쩌란 말인가.

머리로는 명령을 내려도 몸이 말을 듣지 않는데.

그때 하늘이 도왔는지 삼룡의 귀를 번쩍 뜨이게 하는 소리가 들렸다.

우륵!

“어, 이 소린 분명 오룡이를 쫓아다니는 그놈인데?”

삼룡이의 혼잣말을 알아들었을까. 또다시 금선혈와의 울

음소리가 들렸다.

우륵!

"이쪽이다."

위치를 대충 파악한 삼룡은 소리가 들린 쪽으로 번개같이 움직였다.

그가 여섯 보 정도 움직였을까? 작은 합 세 개가 눈에 들어왔다.

모두 크기가 제각각이었는데, 하나는 금선혈와를 보관하던 합이었고, 그와 비슷한 작은 합 두 개가 양옆으로 놓여 있었다.

"어라, 뭐가 이리 비슷하게 생긴 거야? 이런 건 아무 데서나 파나?"

삼룡은 일단 눈에 익은 합을 꺼내 들었다. 백서연과 다시 만난 폐사당 안에서 봤던 합을 말이다. 아니나 다를까, 그 합에는 금선혈와가 보관되어 있었다.

"찾았으니 이제 빠져나갈 일만 남았네."

백서연의 합을 찾았다고 생각한 삼룡은 그냥 발길을 돌리려 했다. 하지만 그의 마음속에 걸리는 것이 하나 있었다.

"분명 어딘가 닮았는데 조금씩 다르네. 이거 가져가 볼까? 그래, 이거 주면 저것이 또 오라버니라고 부를지도 모르잖아? 아무 데서나 파는 거 같으니 가져가도 그리 손해는 아닐 거야."

전공장로가 이 소리를 들었다면 다시 선혈을 뿜을 일이었지만 삼룡은 이렇게 생각했다. 물론 자기 편하라고 말이다.

특이하게 생긴 합 세 개를 품에 모두 챙긴 삼룡은 백서연을 짊어지고 처소를 빠져나가려 했다. 하지만 이내 삼룡이 또 멈추는 게 아닌가!

"이 전공장로 할망구, 조만간 풀려나겠지? 이 못된 할머니, 그 정도로 고생하고 끝내면 내가 섭섭하지."

그런 삼룡의 눈에 큼지막한 향로가 하나 눈에 들어왔다. 족히 삼백 근은 넘게 나가 보이는 비싼 향로였다.

장로의 방에 향로가 있는 이유는 간단했다. 향이 바로 운기조식할 때 도움이 되기 때문이었다. 향을 피워두고 운기조식을 하면 머리가 맑아질 뿐만 아니라 단전에 쌓이는 내공의 양을 늘리는 데도 도움이 되기 때문이었다.

또 어떤 향은 더 특별한 작용을 하기도 했다.

그래서 문파의 수뇌부인 장로들만이 누릴 수 있는 특권 중의 하나가 바로 이런 향로였다.

물론 삼룡이 속한 개소문에는 이렇게 비싼 향로는 없었다. 쌀 살 돈도 모자라는 판에 향로에 투자할 사룡이 아니지 않는가.

'그래, 저거다!'

무슨 생각에서인지 삼룡은 백서연을 내버려 두고 향로로 향했다. 그리곤 향을 꽂는 모래 가운데 공간을 둥그렇게 손으로 파더니 향로 가장 자리에 다리를 걸치고는 쪼그려 앉는 것이 아닌가!

그것도 엉덩이를 허옇게 드러내고 말이다.

그다음 삼룡이라는 놈이 하는 짓이, 두 손에 힘을 주고 땀을 뻘뻘 흘렸다. 단전 부근에 힘을 주고서 말이다.

"아, 오래 참았더니 되게 힘드네. 읍!"

지평은 삼룡의 말대로 담초홍을 데리고 마차에서 기다리고 있었다. 하지만 지평은 절대 말 근처에는 얼씬도 하지 않았다.

물론 담초홍도 지평이 왜 말 근처에 가지 않는지 알고 있었다. 삼룡의 옆에서 그 사연을 다 들었으니까.

삼룡도 지평을 끌고 다니기 위해 한 말이었지만 그전에 담초홍을 떼어놓으려 했다. 하지만 담초홍이 어디 떨어지려고 하던가? 그러자 귀찮아진 삼룡이 그 애길 담초홍이 있는 곳에서 다 해버린 것이다.

그리고 그 애길 듣는 지평도 담초홍을 크게 신경 쓰지 않았다.

그때는 삼룡의 얘기가 진짜인지 아닌지가 더 중요했고, 자신이 어떤 행동까지 했는지가 궁금했다.

게다가 지평도 담초홍이 벙어리란 생각에 별 신경을 쓰시 않았다.

"여길 빠져나가면 무슨 일이 있어도 사부님을 따라 성도로 가야지. 그래도 정말 다행인 건 삼룡이 그 자식 입이 무겁다는 거야. 약속도 지킬 줄 알고 말이야. 역시 사람은 근본이 나쁜 건 아닌가 봐."

　새벽에 도망치듯 길을 떠나지만 이제 삼룡에게서 벗어날 수 있다는 생각에 지평은 오히려 상쾌한 기분이 들었다.

　삼룡이 자신의 목숨을 살려준 은인이기는 하지만 지금까지 시종 노릇에 피곤하게 끌려 다녔고, 게다가 몇 시진 전에는 삼룡과 한패거리라고 살인마의 누명을 쓰고 뇌옥에 갇힐 뻔하지 않았던가?

　그러니 삼룡에게 벗어난다는 것은 지평의 입장에서는 반길 일이었다.

　"하, 밤공기 시원하다. 그치, 꼬맹아? 아차, 꼬맹이라 부르는 걸 싫어했지?"

　자신이 한 말 때문에 지평이 조심스레 담초홍 쪽을 쳐다봤다. 다행히도 이번엔 담초홍도 이마를 앞세워 달려들지 않았다.

　그래도 자신의 말실수가 마음이 걸리는지 지평이 담초홍이 보는 앞에서 다짐했다.

　"꼬맹아, 지금부턴 절대 꼬맹이라 안 부를게. 약속하마. 내가 약속을 어기면 삼룡이 그 자식을 평생 형님이라 부를게."

　지평은 다짐하면서도 또 꼬맹이라 불렀다는 것을 전혀 인식하지 못하고 있었다. 사실 담초홍의 이름도 모르니 마땅히 부를 호칭도 없지 않은가.

　순간, 담초홍의 냉랭한 목소리가 들렸다.

"네, 다음부터는 그러지 마세요!"

"그래, 약속했다……?"

순간 지평은 자신의 귀를 의심했다. 분명 삼룡이가 벙어리라고 하지 않았던가? 지평이 놀란 눈으로 쳐다보자 담초홍이 돌아보며 미소를 지어 보였다.

물론 지평이 신뢰할 만한 표정은 아니었다.

"서, 서, 설마!"

지평의 눈빛이 의심에서 확신으로 바뀌었을 즈음, 멀리서 삼룡이 나타났다. 하지만 삼룡의 표정도 심상치 않았다.

"지평 도장, 빨리 출발해요."

지평은 당분간 말 근처에도 가고 싶은 생각이 없었다. 특히 삼룡이 모는 이 마차의 말은 더더욱 생각이 없었다.

"빨리요. 시간 없어요. 쫓아온단 말이에요."

언제 달려왔는지 삼룡이 혼절한 백서연을 마차 뒤에 싣고 있었다. 그런 삼룡을 보고 지평이 소리쳤다.

"이 자식아, 벙어리라며!"

대뜸 자신에게 고함을 치는 지평을 삼룡은 물끄러미 쳐다 봤다. 삼룡의 눈빛은 시간없는데 장난치지 말라는 뜻이었다. 하지만 지평은 진심이었다.

"아, 진짜 시간없는데 너까지 왜 이래?"

삼룡이 급하니 반말이 자연스레 나왔다. 이에 지평도 인상이 좋질 않았다. 그때였다. 바람에 옷깃이 스치는 소리가 담장 너머로 들렸다.

파라락! 파라락!

이어 붉은 가사에 큰 염주를 손에 쥔 뇌음사 대뢰승 셋이 심상치 않은 표정으로 담장을 넘어와 삼룡의 앞을 가로막는 것이었다.

"흥, 잘도 도망치는군! 하지만 여기까지다!"

『허허실실』 제3권에 계속…

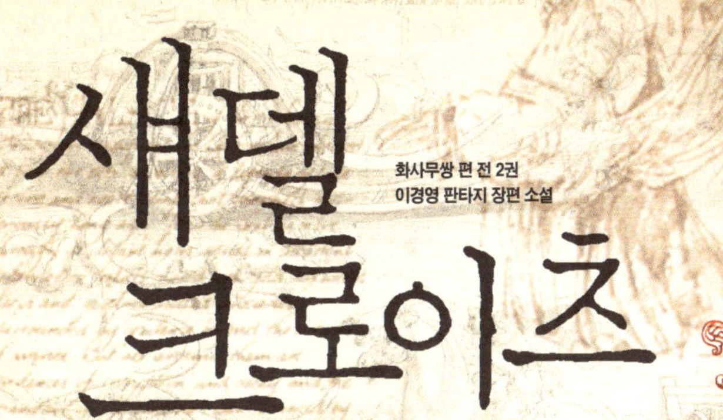

섀델 크로이츠

화사무쌍 편 전 2권
이경영 판타지 장편 소설

『가즈나이트』의 명성과 신화를 넘어설
이경영의 판타지의 새로운 상상력!

자신만의 독특한 세계관을 창조한 작가
이경영의 새로운 도전과 신선한 충격.

바란투로스의 특수부대 섀델 크로이츠의 리더 파렌 콘스탄.
야만족을 돕는 안개술사를 물리치기 위해 아시엔 대륙에서 온
불을 뿜는 요괴 소녀 카샤.
너무나 다른 두 사람이 운명의 길에서 만나다.
친구란 이름으로 시작된 모험, 그 앞에 놓인 난관과 운명의 끈은
어떻게 될 것인지……

"질투가 날 만도 하지.
요괴가 산신령을 엄마로 두는 건 흔한 일이 아니거든.
괜찮다, 파렌. 본좌가 아는 요괴들 전부 본좌를 질투하고 부러워하니까."
소녀는 손에 잔뜩 받은 빗물을 흘끔 마셨다.
파렌은 그 순수함에 웃음을 흘렸다.
그는 지금까지 자신이 봤던 그녀의 기이한 행동들을 어렴풋이나마 이해할 수 있을 것 같았다.
그렇게 친구가 된 둘은 그 길로 긴 여행을 떠나게 된다.

본문 중에-

세상을 보는 또 하나의 창 - inthebook.net
유행이 아닌 자유추구 - chungeoram.net

Book Publishing CHUNGEORAM

학교에서는 가르쳐주지 않는
10대들을 위한 인생수업

작가 : 이빙 | 역자 : 김락준

10대들을 위한 나침반 같은 인생 교과서!
사회 초입에 들어서게 될 청소년들에게 들려주는
100가지 인생 이야기

내 인생의 방향잡기!
여행길에 오르기 전에 접해보자!

100가지 이야기, 100가지 명언

사람은 태어나면서부터 각기 다른 모습으로, 각기 다른 사고로 "인생" 이라는
여행길에 오르게 된다. 내가 지금 서 있는 이 위치에서 그리고 사회라는 공간에서
한 사람의 몫을 당당하게 해낼 수 있는 역량을 키워나가기 위해서는 어떠한 생각을
가지고 있어야하는 걸까.

늦지 않게 준비하자! 스스로의 마음가짐이 자신의 미래를 결정한다!

설레는 마음으로 떠난 길일지라도 기존에 생각하고 있던 것과는 다르게 흘러가는
사회의 모습에 당혹스럽기도 할 것이다.

그러한 곳에 발을 들여놓기 위해 첫 발걸음을 막 뗀 청소년이라면 학교에서는
미처 배우지 못한 상황에 더욱이 큰 혼란스러움을 느낄 수밖에 없다.
시간이 흐를수록 사회가 한 인간에게 요구하는 것은 다양하고 세밀해지고 있다.
그러한 사회 속에서 자신만이 앞으로 나아가지 못해 제자리걸음을 하게 된다면 어떠할까.
미리 대비를 하지 않는다면 당신 역시 그러한 현상에 빠지는 또 한 명의 사람이 되고 말 것이다.

책장을 넘기는 순간, 책과 당신의 공감대가 형성된다!

적응을 위해 도움이 될 만한
인생의 지혜와 경험, 깨달음이 한가득 담겨있다.
그 속에 담긴 100가지 이야기 그리고 그와 관련된 100가지의 명언은
가슴 깊이 새겨 놓고 되뇌여 보기에 충분하다.

Book Publishing CHUNGEORAM

세상을 보는 또 하나의 창 - inthebook.net
유행이 아닌 자유추구 - chungeoram.net

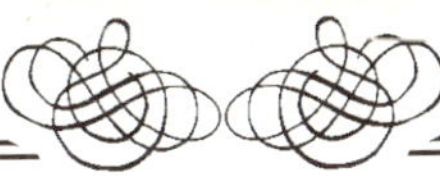

공부하는 감각의 차이가 자녀의 미래를 결정한다.
이 시대가 필요로 하는 명품 인재 만들기!

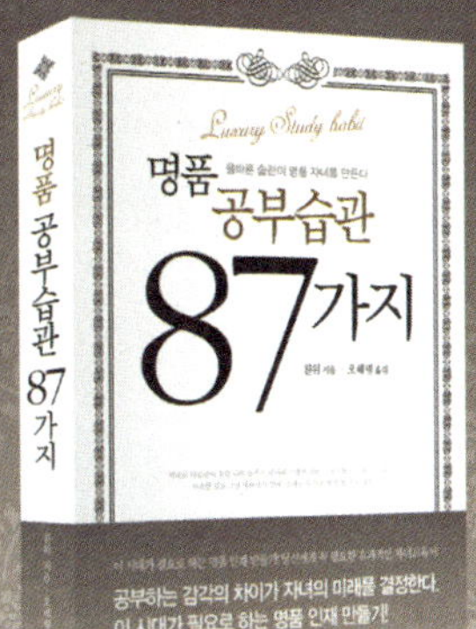

✤ 똑소리 나는 부모의 똑소리 나는 자녀 교육법!

어린 시절의 습관은 평생을 결정한다.
제대로 바로잡지 못한 나쁜 습관은 자녀의 미래에 검은 그림자를 드리울 수도 있다.
대부분의 부모들은 아이의 잘못된 습관을 발견하면 언성을 높이는 경향이 있다.
하지만 그것이 문제 해결의 방법이 아님을 당신은 이미 알고 있을 것이다.
지금 당신은 적절한 대안을 찾지 못해 힘겨워 하고 있지는 않은가.
내 아이가 명품 인생으로 살아가길 희망하는 부모라면 이 책에 귀를 기울여 보자.

✤ 내 아이가 세상의 중심에 우뚝 설 수 있게 하는 방법!

이 책은 잘못된 공부습관과 대인관계 형성 등의 문제 등을
87가지 이야기를 통해 알아보고 그에 걸맞는 올바른 해결책을 제시해주고 있다.
이 한 권의 책을 통해 똑소리 나는 부모가 되어보자.
그리고 내 아이가 최고의 명품으로 거듭날 수 있도록 노력해보자.
이 책은 분명 당신에게 꼭 맞는 효과적인 자녀교육서가 될 것이다.

세상을 보는 또 하나의 창 - inthebook.net
유행이 아닌 자유추구 - chungeoram.net

Book Publishing CHUNGEORAM

Rhapsody Of Cardinal

카디날 랩소디

송현우 판타지 장편 소설

놀라운 경험(the enormous experience)!

He created a completely new world.
It is a place who have never known and where never been able to imagine.
This splendid world will introduce the enormous experience for the
person only who reads.
그 누구에게도 알려진 것이 없으며 상상조차 할 수 없었던 새로운 세계를
작가는 완벽하게 창조해내었다.
이 멋진 세계는 독자들만이 체험할 수 있는 놀라운 경험으로 인도할 것이다.

판타지는 허구다? 아니다. 판타지는 일상이다.
우리의 삶은 연속된 판타지의 연장선상에 놓여 있고,
상상은 우리의 일상을 더욱 살찌운다.
『카디날 랩소디(Rhapsody of Cardinal)』를 경험하는 독자들은
더욱 풍부한 일상 속에서 새로운 삶을 경험할 것이다.
멋진 만남! 흥미로운 경험! 이것이 『카디날 랩소디』가 가진 장점이며,
작가 송현우가 독자들에게 바라는 꿈이다.

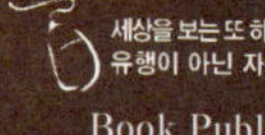
세상을 보는 또 하나의 창 - inthebook.net
유행이 아닌 자유추구 - chungeoram.net
Book Publishing CHUNGEORAM